科幻　让世界变得不同

全球华语科幻星云奖十年菁华
让想象力去旅行
NO.08

编委会

再见哆啦A梦

全球华语科幻星云奖组委会 编

所谓命运，不过是时间之河上的一个个小漩涡。
愿每一个孤单人生，都有一只哆啦A梦在守护。

北方联合出版传媒（集团）股份有限公司
万卷出版公司

图书在版编目(CIP)数据

再见哆啦A梦 / 全球华语科幻星云奖组委会编. -- 沈阳 : 万卷出版公司, 2019.9
(星云志)
ISBN 978-7-5470-5168-9

Ⅰ. ①再… Ⅱ. ①全… Ⅲ. ①科学幻想小说-中国-当代 Ⅳ. ① I247.5

中国版本图书馆 CIP 数据核字 (2019) 第 131511 号

出 品 人：刘一秀
出版发行：北方联合出版传媒（集团）股份有限公司
万卷出版公司
（地址：沈阳市和平区十一纬路 25 号　邮编：110003）
印 刷 者：鞍山新民进电脑印刷有限公司
经 销 者：全国新华书店
幅面尺寸：145mm×210mm
字　　数：300 千字
印　　张：9.5
出版时间：2019 年 9 月第 1 版
印刷时间：2019 年 9 月第 1 次印刷
责任编辑：王　越
责任校对：张兰华
装帧设计：尚世视觉
ISBN 978-7-5470-5168-9
定　　价：45.00 元
联系电话：024-23284090
传　　真：024-23284448

序一

星云奖与科幻的时间之线

不知不觉，全球华语科幻星云奖已经走过十年之久。我还记得第一届颁奖典礼在成都举办，当时费了九牛二虎之力只租到一间小小的电影院，但还是搞起了红毯仪式。它的主要创办者董仁威老师说，不管多困难，也要让科幻作家有像明星一样的成就感，受到全社会的尊重。

但当时的科幻作家都还不怎么出名，这个奖主要是圈子里热闹，要持续办下去一度显得十分吃力。这套“星云志”中所收录作品的诞生是十分艰难的，大家都在业余时间费力写作，所得的报酬却少得可怜。星云奖的主办者世界华人科幻协会的存在和发展，也像是一个科幻般的奇迹。董仁威老师经常带病奔忙，到处拉赞助，主持完星云奖的筹备会，原本就超标的血糖指标因劳累上升，他就自己在肚子上扎一针胰岛素，又接着忙下一个阶段的事。

刘慈欣获得雨果奖的小说是《三体》，这部作品之前就拿下了星云奖。另一部获雨果奖的是郝景芳的《北京折叠》，也是首先得了星云奖。可惜很久以来公众和媒体都不怎么关注我们华人自己举办的科幻“土奖”，而唯国外奖项马首是瞻。另外还有许多好作品，都是在这个平台上涌现的。我忘不了读宝树的《时间之墟》、江波的《银河之心》、墨熊的《爱丽丝没有回话》等作品时的惊喜。

现在星云奖比早前受重视得多，二〇一八年它在重庆颁奖，被重庆市的领导请进了雾都宾馆——这可是市政府的高级接待宾馆。不少获奖作品的电影版权迅速被企业买走，它们都有被拍成

《流浪地球》这种爆款电影的潜质，星云奖的含金量越来越高。

我担任了数届星云奖评委会主席和评委，跟作品有过亲密接触。现在它们以十年为期结集出版，是很让人高兴的一件事情。关注中国科幻文学的人们，拿到“星云志”这一套书，就基本了解了华语科幻近十年的创作状况。在我看来，星云奖的作品有以下几个特点。

一是多元广泛。它包含的不仅是大陆作品，还有世界各地华人的创作，以及外国作品的中文译作。我做评委时，多次看到港台作品和外国翻译作品获奖，黄海、谭剑、伊格言的小说给人留下了难忘的印象。另外，老中青几代人的作品都纳入了我们的视野，年龄跨度约半个世纪。他们的作品风格各异，有以自然科学为主导的硬核科幻，也有富含社会意义的哲学科幻，还有女性主义科幻、赛博朋克科幻、后人类科幻，等等。

二是具有中国特色。作者们用中国人的眼光来看这个世界、这个宇宙，给出独特的思考和解答。作品的书写也颇具中国风格。有的主题深深沉浸于我们民族的几千年历史，这恐怕也是中国科幻在世界上引起关注的一个原因吧。

三是高质量。获奖作品都达到了科幻的审美标准，王晋康、刘慈欣、何夕的成熟饱满，万象峰年、张冉、长铗的沉郁空灵，夏笳、顾适、阿缺的肆意飞扬，无不让人回味无穷。你会从中看到丰沛的想象力，体验浓烈的科技感，被紧张的情节感染，被流畅优美的文字打动，还会震惊于思想实验中闪耀的哲学之光，为那些挑战认知的上限、考问终极命题的疯狂构想而颤抖。

星云奖不仅仅是一个关乎科幻创作的事情，更是一个平台，它在广大华人科幻迷中，聚合起了优秀的人才，其中有科幻作者、影视工作者、画家、科学家、企业家、评论家等，每次颁奖，众人齐聚一堂，好不热闹。大家从星云奖中，看到了命运的共同。我们合力发现或创造了无尽的平行时空，与肉身所处的俗世拉开距离，却又把这底层烟火弥漫的生活看得更清楚。每次参加星云奖的评选我都倍感珍惜，觉得人生实在太有限了，因为科幻所提供的值得我们去体验的东西实在太多。

也许再过十年或不到十年，就会有人写学术论文，来探讨星云奖的意义。那会如何写呢？试想一下，如果十年前没有星云奖出现，那么这因果、互联的世界会出现怎样的变化？这个答案是一个太过科幻的悬念。我想，任何一个客观事物都会在时空河流中泛起涟漪，但星云奖的出现却改变了某些重要的时间线，让我们的明天不同了。

韩　松

2019年4月2日

序二

十年踪迹十年心

“星云志”系列丛书是全球华语科幻星云奖历届获奖作品的精选集，用以纪念该奖项创立十周年。从二〇一〇年到二〇一九年，一个没有官方背景和固定经费来源的民间奖项，竟然坚持做了十届，并且逐渐成为国际公认的华语科幻最高奖项。作为创始人之一，我感慨万千。

二〇一〇年，科幻文学在国内还不受人重视，科幻作家还处于散兵游勇的状态。我和南方科技大学的吴岩教授、《科幻世界》杂志的姚海军副总编，觉得我们应该有一个团结的科幻组织，让不大的科幻圈团结起来做更大的事。于是，我们三个资深科幻爱好者牵头创建了世界华人科幻协会。协会成立了，那做怎样的事才更有意义？姚海军老师建议，由协会设立一个奖项，以这个奖为旗帜，把全球华语科幻同人团结起来，大家积聚力量共同发展。这个建议得到了吴岩教授的支持，于是，由我们三人发起，程婧波、董晶、杨枫加入，成立了筹备组，议定创办华语科幻星云奖。

大家一致认为，星云奖不是哪一国的专利，美国有英语星云奖，日本有日语星云赏，我们再建立一个华语科幻星云奖，使它成为与这两个奖项齐名的国际大奖，这符合情理，于是这个梦想在我们心中萌芽，但若欲有所成就，其难度也可想而知。

想要在国内对全世界华人创作的科幻作品进行年度检阅，还要通过颁奖的形式引起全社会对这个领域的关注，使这个领域得到提升，我们的野心可能过分巨大。但是我们相信，在今天的中国，只要有梦想，所有的事情都有可能实现。

评奖做活动，第一个就是要有人，我们渴望得到全球华人科幻力量的支持。通过世界华人科幻协会，我们会员的规模很快壮大了起来，从内地到港澳台地区再拓展到海外，日本、美国、欧洲等地都有华人科幻作家加入进来。我们马不停蹄地开始设计评奖方案，要设法让全球的华语科幻人都在这个奖项中得到激励。

几乎所有的华人科幻作家都支持这项工作，刘慈欣、王晋康、韩松、何夕等许多作家都投身到活动之中。更重要的是，大批科幻爱好者无私地成了活动志愿者，逐渐形成了以我们三个发起人及韩松、姚予疆、甘伟康、陈楸帆、江波为核心，程婧波、董晶、孙悦、尹超、阿贤、三丰为秘书长和副秘书长，以及海内外华人科幻作家黄海、北星、郑军、杨波、杨枫、姬少亭、王侃瑜、顾备、李不撑、肖汉、吴霜、喻京川、李雷、李广益、周敬之、金霖辉等组成的科幻志愿者工作班子。他们团结了更多的科幻志愿者，不计报酬，克服种种难以想象的困难，把每届都可能夭折的华语科幻星云奖坚持办了下来，在此应该感谢他们。

到今天，全球华语科幻星云奖即将举办第十届。更为重要的是，华语科幻力量在华语科幻星云奖的旗帜下聚集了起来，把壮大科幻作为了共同的事业。每届评奖活动的组委会阵容越来越强，评奖机制越来越完善，公信力、影响力越来越大，华语科幻星云奖正在成为与美国星云奖、日本星云赏并肩的国际大奖，甚至在我们的眼中它更为伟大。中国获得雨果奖的两位作家刘慈欣、郝景芳都首先获得过华语科幻星云奖，几十位中国及世界华人科幻作家、上百部优秀科幻作品，因为获得华语科幻星云奖而广为人知。华语科幻星云奖在近十年的科幻大发展中发挥了巨大作用，这是我们当初不敢想象的，也是我们梦想的初步实现。

与此同时，华语科幻星云奖在世界上开始引起关注，美国著名科幻杂志《惊奇故事》用万字英文发表关于世界华人科幻协会和全球华语科幻星云奖的长篇文章。这打破了“中国科幻唯刘慈欣一枝独秀”的国外舆论。应该说，刘慈欣不是孤立的，虽然他领跑世界，但后面还紧跟着一支水平不俗的华语科幻队伍，韩松、王晋康、何夕、陈楸帆、江波、郝景芳、宝树、程婧波、张冉、阿缺、刘洋、夏笳等，都有能写出世界水准的科幻作品的潜质。

近几年来，刘慈欣、郝景芳先后获得雨果奖，国产科幻大片《流浪地球》走红，华语科幻逐步从小众走向大众，正在走向一片繁荣的新天地，这个时候出版“星云志”精选集有着特殊的意义。

综观科学观念昌明、科学技术先进的发达国家，无不有着深厚广博的科幻底蕴，而今天的中国社会正需要有更多、更好的科幻文学作品去耕耘一片肥沃的科幻土壤。“星云志”以“让想象力去旅行”为主题，收录了华语科幻近十年最具代表性的作品，在培养青少年想象力、创造力、思维力和写作能力上有着实际而深远的意义，是为大小科幻爱好者们奉上的一场阅读盛宴。

十年，我们的梦想不仅长成了大树，还结出了甜美的果实，“星云志”的面世便是其中一颗硕果。全球华语科幻星云奖期待在这个领域中继续前行，我们是铺路者，更要当好伴随者——伴随着所有科幻爱好者们，一同让想象力去旅行，一同走向星辰大海，走向新的未来。

董仁威

2019年4月2日

目　录　Contents

081 / 星落 / 江波

它是宇宙肇始即被抛弃的孤儿，是坠入黑暗的光明之火。它是十四万光年内唯一的绿洲，是绝境中仅存的希望之光。

它承载着六千五百五十一万九千四百八十八个神的传说，每一个传说都和漫天星斗交相辉映。

它是星落，平静得如同死水，千万年不变，直到星星落下的那一天。

155 / 与龙同穴 / 宝树

天地不仁，以万物为刍狗。地球历史上，百分之九十九的物种都已灭绝，也许蜥鸟龙不是第一个智慧物种，人类也未必就是最后一个。

再见哆啦A梦 / 阿　缺

时间是一条河，每个人都在河里挣扎着。而命运，又是多么无力的东西，不过是河流里的一个小小漩涡，每一个漩涡互相交缠，每个人都是别人命运的推手。

我逃离城市，回到故乡，是在一个冬天。天空阴郁得如同濒死之鱼的肚皮，惨兮兮地铺在视野里，西风肃杀，吹得枯枝颤抖，几只麻雀在树枝间扑腾，没个着落处。

我就是在这样的天气里，拖着行李箱，缩着脖子，回到了这个久别的村庄。

父亲在路边接我，帮我提箱子，一路都沉默。自打我小学毕业，就被姨妈带离家乡，只回来过一次，那次也行色匆匆。这么多年来，沉默一直是我和父亲之间最好的交流方式。但我看得出，他还是很高兴的，一路上跟人打招呼时，腰杆都挺直了许多。人们都惊奇地看着我，说："这是舟舟？变了好多！好些年没回来了吧，听说现在在北京坐办公室，干得少挣得多，出息哩！"

父亲连忙摆手说："干得也不少，干得也不少。"

这样的寒暄发生了四五次，可见我沉默的父亲平时是怎么跟乡亲们夸我的。但如果他知道我撞见女友劈腿，随后因心不在焉而被公司辞退，生活崩溃，回来之前退掉租房，并且删了所有人的联系方式，不知是否还会保持这份骄傲。

现在，面对这些粗粝的面孔，我感到既熟悉又陌生，每张脸都记得——我是在他们的笑声、吼声、骂声和窃窃私语声中长大的，但现在都叫不出名字，像是一面被时光磨过的玻璃挡在了我们中间。我只能对每一个人笑笑点头。

父亲把我带回了家。记忆中的小平房已经消失了，一栋两层小楼立在我面前，但已经不新了，毕竟在风中挺立了几年，墙皮都有些剥落。楼房前是一块水泥平地，青灰色的，像倒映着此时黯淡的天空。这块平地用来晒稻谷和棉花，夏天的时候，父亲和母亲肯定会把饭桌搬出来，在渐晚的暮色中吃完晚饭。父亲照例会喝上二两黄酒。

厨房就在水泥平地的对面，母亲已经做好了饭，系着被烟熏火燎而显得焦黑的围裙，搓着手，看着我。我已经离开母亲多年，此时有些哽咽。

“回来了。”她说，“来来来，先吃饭。”

吃饭的过程中，父亲一直沉默着，扒几口饭，就一筷子菜，然后抿一口酒。倒是母亲一直在说话，絮絮叨叨着这几年发生的事情：大伯的儿子退伍后跟几个混混儿一起在街上游手好闲，抢人脖子上的项链被抓了；隔壁家老来得女，但脑子有问题，五岁多了还坐在门前，冲路过的人傻笑，一笑就流口水；老唐家嫁了女儿，结果在喜宴上，新郎嫌老唐给的茶钱少，当时就把桌子给掀了……

“老唐家？”我放下筷子，抬头问道，“是住在村口路旁的那家吗？”

母亲说：“对对，是那家，我还以为你都忘了呢。对了，你以前跟老唐家的丫头经常一起玩，还记得吗？”

我默然，扒了一口饭。

“人家现在都结婚三四年了，唉，就是她男人不省心，天天喝酒，一喝酒就吵架，吵架还爱砸东西。电视机砸坏了好几个，前几天把摩托车给踹了，两三千就这么一脚给蹬没了。”母亲唉声叹气，一边说一边低头拨着煤火。

接下来母亲的絮叨我都没有听到，她的声音突然变远了。我匆忙把饭吃完，想去洗碗，母亲拦住了我。

冬天的夜晚来得特别早，不到六点，天就开始暗下来。我从北京回来，奔波了一天，在飞机、火车、大巴和拖拉机上辗转，已经很累了，于是洗漱完就在床上躺下了。

我睡得很早，但入睡之后，一场噩梦找到了我。

梦中，我悬在一条河流之上，河面上有一个漩涡，整个世界都被扭曲了，疯狂地向漩涡涌去。一切都被吞噬了。我缓缓下沉，不管怎么挣扎，也无法停下，眼睁睁地看着自己的腿陷在漩涡里，被绞碎，接着是腰、腹、胸膛，最后轮到脑袋……

我猛然惊醒，瞪着黑夜，大声喘息。这个噩梦太过熟悉，同样的场景，同样的过程，总是在午夜潜入脑中。这是故乡给我的烙印，无法抹去。

我摸出手机，才十二点。夜晚风大，窗子呼呼作响，我左右翻转都睡不着，索性爬起来，按开了灯。

白炽灯的光扫开黑暗，照亮了墙角的一个木箱子，上面有些尘土。我想起睡前母亲告诉，她把我儿时的玩意儿都收在里面了，于是起了兴致，掀开箱盖。

里面的东西少得令人失望——没有玩具，没有记录点滴的笔记本，没有书信，只有几本小学时的课本，还有一个造型奇特的物件，顶部是浑圆的金属，下部是方形晶体，中间无缝接合。可能是小时候捡的废品吧，但我拿着它想了半天，也想不出它是如何来的了，便丢在一边。我接着翻了翻，兴味索然，刚要关上，突然看到课本底下压着几张光碟，上面有看起很淡但依稀看得出的清秀字迹，写着“哆啦A梦”。

长夜漫漫，正好我带回来的笔记本电脑有内置光驱，就拿出电脑，接上电源，把这几张碟片擦干净，放进了光驱中。

“每天过的都一样，偶尔会突发奇想，只要有了哆啦A梦，欢笑就无限延长……”熟悉的旋律在这间小小的、冷清的屋子里响起，我吓了一跳，连忙调低声音。屏幕上的画面很模糊，噪点密密麻麻，偶尔还出现因碟面磨损导致的蓝色条纹。

机器猫张开了嘴，舌头上坐着另一只机器猫，它也张开了嘴，里面还有一只机器猫……

我偎在床头，电脑放在被子上，看着大雄和机器猫在久远的画面里蹦来蹦去，而静香，这个漂亮的女孩也加入了他们的冒险。碟片容量小，一张碟只有五集，三十多分钟。看完后，光驱停止转动，画面满是蓝色，我一直浑浑噩噩的脑袋却在这个清冷的空气里清晰起来。

“哆啦 A 梦，哆啦 A 梦，哆啦 A 梦。”

这四个音节，如同咒语，一经念起，脑子里满是涌现出的回忆。

在能够看到《哆啦 A 梦》之前，我的童年乏味而无趣。

在很多人的回忆里，尤其是关于乡村的回忆，童年都是充满了乐趣的——他们无忧无虑，晃晃荡荡地穿过盛夏炙热的阳光，在湖边钓龙虾，在门前打弹珠，在河里游泳……他们一边回忆一边微笑。但在当时，没有一个孩子是真正享受这种生活的，童年缓慢得就像一只烈日曝晒下的蜗牛，永远到不了夏天的尽头。他们都希望快快长大，逃离黏稠的童年，一如如今他们希望逃离空乏的现状。

尤其是我。

我从小就不合群。上树下河，偷瓜钓虾，这些我都不喜欢。别的男孩子在操场上拿着竹竿，喊打喊杀互相追逐的时候，我总是一个人游荡在田野间，有时穿过金黄的油菜花地，有时拂过一朵朵雪白的棉花，有时涉过被风吹得麦涛滚滚的稻田。

我经常走着走着就遇到了在田里干活的父母，他们对我这种漫无目的、阴气森森的游荡感到忧虑，呵斥我回家去找邻居小孩们玩。我答应了，却走得更远。

这种游荡一直到村子西边的杨方伟家买了 VCD 放映机为止。杨方伟的爸爸杨瘸子是开酒厂的，在白酒里兑了水卖给村里人，挣了钱，就给儿子买了这个。而那时，村里有电视机的都是少数，即使有，也都是右上方有两个旋钮的那种老式电视机，加上信号不好，只能收到几个地方台。但杨方伟家里，VCD 配上大彩电，加上偶尔从镇上租的电影碟片，一下子成了村里最时髦的一家子。

每个傍晚，附近老老少少都来到杨方伟家的院子里，大声喊着要看电影。杨瘸子开始没理，但人们的精力是充足的，一直喊到半夜，他连跟媳妇亲热都不成。没办法，他只能一边骂骂咧咧，一边把彩电和VCD搬出来，接好线，放上一部电影。

院子里挤满了人，自带椅子或板凳，全神贯注地盯着电视屏幕。人一挤就热，蚊子又多，但人们硬是一直忍到电影播完才散开。

杨瘸子每个星期天去镇上送酒，也就顺便换下一批碟片，因此每个星期天大家都知道有新电影看，人来得最多。但有一次，他把杨方伟带过去了，杨方伟在租碟店里转了半天，看到店里有新货，选了十张封面上印有圆头圆脑机器猫的。

那个星期天，人们都来了，但是画面蹦出的不再是熟悉的少林寺众僧，而是色彩鲜艳的动画，他们都抱怨起来，说："老杨，你怎么租的这个碟，动画片不好看，换换换！"

杨瘸子说："你叫我换就换？租碟子一张三角钱，你给我？"

众人起哄："杨老板莫小气，三毛钱抵不上你一斤酒里面掺的水，换嘛！"

"没得，碟片是伟伟租的，他就爱看这个。"

大家只能看动画片，耐着性子看了一会儿，夸张、稚气的画面并不能吸引他们，没多久大人们就陆陆续续地起身走了。

留下来的，全都是孩子，看得津津有味。

我也坐在中间，被电视里这只神奇的机器猫吸引了。它总是陪伴在大雄身边，兜里能掏出无穷无尽的宝贝，带着大雄上天入地、穿越时空，最重要的是，陪他去接近美丽的静香。我看得如痴如醉，腿上被蚊子咬出了好几个大包都浑然不觉。

放了两张碟之后，杨方伟站起来，对我们说："都放了十集了还舍不得走？回家吧，明天再来。"

我问："还是这个时候？"

“明天可以早一点，要是太晚了你们回去也不方便，”他转过头，朝我左边说，“露露，你家里有点远，回去要小心点。”

我这才发现，一直在我左边看电视的，是一个女孩子。电视机已经关了，我看不清她的脸，但看得到她的头发扎成细细的马尾，在黑暗中一晃一晃的。

我们往回走，各自散开。夏季的田野里并不全是黑暗，有星光在头顶，有萤火在身畔，我走过大路，要途经一片空旷的大稻场。我在四处游荡的时候，已经走遍了全村，所以很熟悉这条路。但走着走着，感觉身后有人跟着——是那个小女孩。一只萤火虫很近地滑过她身侧，我看到她的右边脸颊有一瞬间被照亮，即使是这样的晚上，依然可以看出她白皙的脸颊，还有黑亮的眼睛。但我再想看细时，那只萤火虫已经飞得远了。

她也停下了。

我顿时明白——稻场的周围，是一大片坟茔，村里故去的人都埋在里面。此时清冷的夜风吹过，在坟间穿梭，隐隐还能听得到一缕缕呼啸。坟茔的另一侧，是一条流淌的河，这水声就像是有人在河里走动。

这个女孩独自穿行一定会感到害怕，所以才离我近一点，保持着五六米的距离。

于是我放慢了速度。那是小学五年级结束的盛夏，我们都很矮小，步子跨得也小，走过这片深夜的稻场要花十分钟。我记起了刚才看到的动画片片头曲，轻轻哼唱：“每天过的都一样，偶尔会突发奇想……”星空亮起来，风大起来，我们小小的身体在风里穿行。我心里没有一点害怕，连路过那个突兀地立在坟茔与稻场中间的房子时也步履轻快。

走出稻场，进入村口大路时我发现，半里外家家户户灯火连缀着。

“谢谢。”

我似乎听到女孩的声音，但又怀疑听错了，因为这两个字太轻，像羽毛落在水面泛起的波纹。风有点大，我转过身，看到女孩已经低着头转到一条小路上。小路不远处是一栋房子，我记得父亲路过这家时，打招呼喊的是“老唐”——村里出名的酒鬼和赌鬼。

她转弯进了屋。

那个晚上，我始终没有看清她的脸。

我突然从床上跳下来，在木箱子里翻找，但里面只有书和光碟，没有那张照片。

我跑下楼，把母亲叫醒。她正在熟睡，醒来后过了好久都回不过神来，怔怔地看着我。

“妈，我的照片呢？”

“照片……什么照片？”

“就是小学毕业时候拍的合照，我记得跟课本放在一起的，你把它放哪儿了？”

灯光有点刺眼，母亲的眼睛眯着，好久才说：“我不记得了。十多年了吧，你找它干吗？”

我也从冲动中回过神来，意识到这是在深夜打扰母亲，便摇摇头，回到了房间。窗外依然是铁一样坚硬的黑暗，风在黑暗里切割着，声音凄厉。我准备合上箱子，心里一动，把破旧的语文书拿出来，卷了卷，有种异物感，一翻开，里面果然夹着一张照片。

因为一直藏在书中，这张照片躲过了岁月的浸染，没怎么泛黄，只有质地显得有些脆，摸上去有一种粗粝感。

我在照片上仔细寻找。第一排坐着三个教师，居中的是一个脸色阴沉的年老女人。她的目光比面色更阴沉，透过照片，穿越十数载光阴，落在我身上。

我掠过她，在角落里找到了自己。而我的身边，是一个清秀的小女孩。我终于看清楚了她，五官精致、秀气。她扎着辫子，嘴角有一丝扬起，不知道是在微笑还是因照片失真而引起的。她身后是一片杨树林，叶子被风托起。她的发梢轻扬。

唐露……在被回忆的潮水汹涌吞没前，我念出了她的名字。

那个炎热的盛夏，我停止游荡，每天吃过早饭，就跟其他孩子一起，守在杨方伟家里。他也够意思，碟片放完了就让他爸去镇上带回来新的。

杨方伟的家境优渥，是村里第一个铺上瓷砖地板的。我们坐在地板上，凉丝丝的，在夏天特别舒服。

经常有来他家买酒的人，看到我们一大群人老老实实坐在杨方伟家里看电视，都会啧啧称奇。有一次一个又瘦又黑的男人过来买酒，看到我们，冲角落里说道："露露，去，给我打一斤酒。"

一个女孩站起来，低着头，接过了他手里的酒瓶，走向杨家院子的酒窖。

我正好尿急，也出去上厕所，看到唐露走到杨瘸子身前，怯生生说："杨叔叔，我给我爸打一斤酒。"

杨瘸子叼着烟，斜睨她一眼，说："你爸爸给你钱没有？"

唐露摇摇头。

"嘿嘿，这老唐，赊了我那么多酒，自己不好意思，让个小丫头来打酒——回去告诉你爸爸，不给酒钱，我这小本生意也做不下去。"

但是唐露也没有走，低下头，开始抽泣："买不到酒，我爸爸会打我的。"

"这狠心老唐，迟早遭报应！"杨瘸子把烟扔下，踩灭了，"跟你爸说，最后一次了啊！"

我怕错过电视，匆匆上完厕所就回到房间，孩子们都在看电视，老唐也坐在一旁，龇着满口黑牙说："这动画片有什么意思，听人说杨瘸子藏了几部外国电影，自己一个人偷着看。哎，杨方伟，你知道你爸爸把碟片藏在哪儿吗？找出来放，我老唐带你们早点见到真正的女人，比这个动画片有意思多了！”

杨方伟皱着眉头，没有理他。其他人也露出嫌恶的表情，但老唐浑不在意，继续满口胡言。

幸好唐露很快提着酒进来，递给老唐。老唐乐呵呵地接过，转身就走了。唐露坐回之前的角落，但周围的人都挪了挪屁股，离她远了一些。

她低着头，好长时间都没有抬起来。我看到一滴眼泪落下来，很快洇湿了她的棉布裙角。大概十多分钟后，电视里放到大雄被胖虎和小夫欺负，夸张地哇哇乱叫，她才忍不住抬起头。她脸颊上尚有隐约的泪痕，却被大雄倒霉的画面逗得笑起来。

这个表情又美丽又哀婉，让我记得很深，此后每次看到雨中的花，都会想起她边流泪边笑的脸。

“《哆啦A梦》有多少集啊？”流鼻涕的王小磊没注意到我们，一边看一边问，“这么好看的动画片，可别给看完了。”

杨方伟一摆手，说：“放心吧，我去租碟片的时候，看到好厚一摞呢。老板跟我说，这个动画片有几百集、几千集呢，而且还一直在画，永远不会结束的。”

杨方伟跟我同年级，但比我们都要高大一些，说起话来，有一种在村庄里少见的气质。他让我们在他家看动画片，俨然已经是孩子头了。

我也被他的话吸引了——“永远不会结束的”。这世上，鲜花常凋，红颜易逝，没有什么是天长地久。时间会将所有我们心爱的人和事终结。但哆啦A梦不会，杨方伟说，它永远不会结束，它会一直陪在大雄身边。那一瞬间，我有一点热泪盈眶。

“那我们也能一直看到老了？”我情不自禁地问。

几乎是同时，另一个颤颤巍巍的声音也冒了出来，说：“我要一直看下去。”

话音刚落，我和说话的人互看了一眼，正是昨天跟在我身后的女孩。她有些怯生生的，白皙的脸上泛着微红。她的五官太精致，我不敢直视，低下了头。

“你脸怎么这么红？”杨方伟纳闷地看着我，然后对女生说，“露露，你放心，你在我家里能一直看下去。”

但是杨方伟的这个承诺并没有兑现。很快，杨瘸子给他买了一台游戏机，那可是最高级的玩意儿，连上电视，插一张卡，就能用手柄操纵比尔·雷泽，在二维画面里冒险。所有的男孩子们都被吸引，聚集在杨方伟家里。杨方伟固定用一个手柄，另一个给其他人轮流玩，轮不上的就算是看也看得津津有味。

孩子们都兴致勃勃，只有我和唐露非常失落，《哆啦A梦》的VCD光碟被杨方伟退了，换成了一张张游戏卡。我们站在满屋子围观打游戏的孩子们的身后，看了一会儿，默默转身走了。

我往家走，唐露跟在我身后，但直到过了她家，她还是跟着我。“你怎么不回去呢？”我问她。

她指指自己的家，低声说：“我爸爸……”

我于是明白，长长地叹了口气。

四周起了风，吹起她的刘海儿。我们站在风中。那一个下午，天气有些阴郁，我和她都无处可去。

回忆把我推进了睡梦里，醒过来时，天已经大亮。故乡的冬天特别阴冷，没有暖气，我缩在被子里不愿意起来。但母亲过来叫了我几次，只能挣扎起床。

春节将近，家里要办年货了，往常本是父亲搭别人的机动三轮车去镇上买，但他年纪已大，腿脚不好，爬上三轮车后车架时脚滑了几下。我上前拦住了他，说：“我去吧。”

父亲没说什么，进屋给我找了件棉衣。“风大，车开的时候，要裹住脑袋和手。”他叮嘱我说。

这棉衣又破又旧，我拿在手里都有点嫌弃，不愿意裹住手。但三轮车一开，冷风就瞬间变成了刀子，划过每一处裸露的皮肤。我连忙把羽绒服的帽子戴上，转过身，背对风口，同时裹住了手。

三轮车在崎岖坎坷的乡间路上行驶，掠过路两旁枯瘦的小杨树，枝丫孤零零的，在冷风中晃啊晃。冬日的村庄，全被一种“灰”笼罩了——灰色的天，灰色的田野，灰色的道路和人家，仿佛所有鲜活的色彩，全都在这个萧索的季节里褪色了。

村里离镇上远，办年货不易，通常都是一辆三轮车载好几家的人过去，每家收十块钱路费。我所在的这辆三轮车，在村里七拐八弯，又接了四五个人上来，都蹲在车架上。

其中一个年轻人我觉得眼熟，正思索着，他先开口了：“胡舟？”

这张脸迅速跟记忆里那个意气飞扬的孩子王重合了。我笑了笑：“杨方伟，好久不见了。”

“是啊，好多年了。小学毕业以后就没见过吧。”

的确，自从小学毕业，我跟姨妈去了山西，从此确实没有联系过。但他说得也不对，我回来过一次，村子毕竟这么小，还是见过的，只是我跟他关系有些尴尬，远远见到对方，都不会打招呼。现在，我们都缩在一辆顶着寒风前行的三轮车后架上，都缩手缩脚，不说话尴尬，开了口却不知如何往下继续。

耳边呼啸着冷风，沉默了几分钟，我问：“对了，你现在在哪工作？”

“本来是在重庆当老师，但是当老师吧，”他咧开嘴笑了笑，嘴唇被冻得苍白，因此让他的笑容显得有些苦涩，“挣不到钱，所以年后应该不回去了。”

“那你要去哪里？”

“准备过年了去深圳看看，找份工作吧。”

“深圳压力会很大吧。”

他看了我一眼：“哪里压力不大呢？”

我点点头："是啊，哪里压力都大。"

"不过跟你不能比啊！"他又笑了笑，"听人说你在北京，做……是做动画片吗？"

我做的其实是漫画，刚想解释，但觉得没有必要，点点头。

"我老婆也快生了，有了孩子就更要钱，我爸的酒厂欠了一屁股债……"他缩了缩肩膀，身子缩成小小的一团，"听你爸说，你一个月一万多呢，顶我四五个月工资。你看，你是过日子，我是熬日子。你是文化人，你说对不对？"

"谁不是熬呢？我过得也很不好。"

但我这句话他显然不太信。他笑了笑，就没话说了。

接下来，我们一直沉默着。三轮车在冷风中呼啸，许多枯树从我们身旁掠退。四周逐渐由零星的房屋变成街道，人越来越多，摆满了货物的店铺排得看不到尽头。

"到了，你们下车去买年货吧，我买点药。"开车的赵叔叼着烟，吼道，"十二点在这里集合。"

我们蹲得腿脚发麻，下车后活动了好久。杨方伟一边抽烟一边跺脚，几大口就抽完了一根，踝了几脚准备走，这时我叫住了他。

"你知道——唐露过得怎么样吗？"

他站住了，转头看着我。

我突然感到了一阵没来由的窘迫，解释道："我听我妈说她过得不好，是真的吗？"

杨方伟下意识地又点了一根烟，一口抽掉大半根，"是的，她过得不好。"在朦胧的烟雾中，他的表情有些看不清，"过得很不好。"

没了哆啦A梦，我又恢复了闲荡的状态。但与之前不同的是，唐露一直跟着我，在那个遥远夏天的尾巴上游弋。

我们这两个小小的人影穿梭在田野里，在一株株将要绽开的棉花间，也穿行在村庄纵横复杂的小路上。大人们看见我俩，总会大声调笑说："舟舟，你都有跟班啦！"每到这种时刻，我就气呼呼地昂着头走过去，而身后的唐露则脸红得低着头，羞怯地跟上我的步伐。

在那些漫无目的游荡的日子里，我把我在村子里发现的所有秘密都告诉了唐露：杨方伟的父亲之所以瘸，正是因为掺假酒被人打的；还有村尾的赵老鬼，总是悄悄把别人系好的牛牵走，在田里藏一夜，第二天再给人牵回去，以此换得一声感谢和十块钱。

唐露听得十分入神，这个村子以另外一副面孔出现在她眼中。她说："原来你知道这么多秘密啊。"

她清亮的眼睛中闪着光，这光让我豪气干云，拍了拍胸脯，说："这些秘密算什么，我还有一个更大的秘密没告诉你呢！"

我把她带到河边。这条河是村子的命脉，听说是长江的二级支流，灌溉用水都从河里面抽取。它也流经稻场，绕着坟茔而过。关于靠近坟茔的这个河流段，有许多恐怖的传说，隔壁王三傻曾说夜里路过时，听到地下传来嗡嗡嗡的声响。"不知道是河水在流啊流，还是棺材里有人翻身……"这个傻子一边吸着鼻涕，一边用阴森森的语气说。

这种鬼故事，村里还流传了很多——一头水牛在吃草，吃着吃着头就不见了，血喷了十来米；从前，有人掉进河里，十多年后才回来，却还是跟以前一样的样貌……大人们就是用这种故事让我们不要乱跑的，但我向来不信，唐露也不信，只是还是有些害怕。

我们小心沿着河边走。左侧是一座座土坟，唐露颤巍巍地跟着我，同时小声地对墓碑说着对不起。

走了没多久，我到了一处河畔前。这里非常隐秘，藏在两座荒坟后，鲜有人至。河畔长着一棵歪脖子树，都快平行于水面了。我扶着树干站稳，指着水面，对唐露说："你看这水有什么奇怪吗？"

唐露战战兢兢，看了半天，摇摇头。

"看好了。"我从地上捡起一根枯枝，扔在河面上。枯枝顺水缓缓向下流，但快到我面前这一块儿水面时，像是水里有什么拉住它，迅速下沉，连“咚”的一声都没发出。

“咦？”唐露满脸疑惑，又捡起树枝，但接下来几次都一样——树枝在水面漂得好好的，流到某一处水面，便会立刻下沉。

我说：“别说再用树枝试了，就算用泡沫盒、书包、皮球，流到这里都会沉下去。我都试过的！怎么样，我说这是村子里最大的秘密吧！”

“你是怎么发现的啊？”

“前阵子我做了小木船，放在河上，它顺着水漂，我就在岸边跟着它，看它最后是不是能漂到海里去。但是我走到这里，它就突然沉下去了，所以我就发现了这里。”

“你告诉过别人吗？”唐露昂着头问我，斜阳下的脸被染上了橘红色泽。

我摇摇头：“我本来跟我爸爸说过，非要拉他来看看，他就给了我一巴掌。我现在只告诉了你，这是我们之间的秘密，你不能告诉任何人啊！”

“我不会的！”唐露郑重地抬起手起誓，然后又问，“不过你知道为什么水面上的东西到这里就下沉吗？”

这个我倒是没想过，老老实实地摇了摇头。

唐露却转了转眼珠，看了下水面，又看了下我，说：“我猜这就是哆啦A梦的口袋，可以装进无穷无尽的东西。说不定水面下，就有一只机器猫呢！”

她转眼珠的样子实在太可爱了，我一时有些兴起，压低声音说：“说不定水下面都是死了的人哦，就像王三傻说的一样，谁在水面上，就把谁拉下去！”

唐露被吓得像受惊的兔子，眼圈顿时红了，紧紧抓住我的袖子。我有些后悔，便由她拉着袖子，慢慢走在河边，穿过坟茔，回到稻场。夕阳垂在天边，金色余晖铺满整个村庄，尤其是河面上，一片片的金鳞泛动着。

我们正要走出稻场，突然“吱呀”一声，那间突兀地立在坟茔与稻场中间的房子的门被打开，一个面目阴沉的老女人走出来，看着我们。她脸上生满了皱纹和雀斑，看上去五十多岁，但那目光却像是在寒冰中被冻住了几千年一样，只一眼便让我遍体生寒。

我赶紧拉着唐露向家跑，但背上依然感到一阵发毛。

后来，我无数次在噩梦中看到这种眼神。

办完年货已经十一点半了。风大得有点邪门，我把包裹放在脚边，哆嗦起来，瞪着灰色的天。

赵叔慢吞吞地从药店里出来，把几盒药扔到车上，嘴里骂骂咧咧。我低头扫了一眼，都是些风湿药或肠溶片，就问：“赵叔，给你家老人用的？”

“呸！不是我家里！是那个姓陈的老不死，一大把年纪了不安生入土，每次都是央我给她买药。”赵叔点燃一根烟，深吸一口，嘴里和鼻孔里都冒出烟来。

“姓陈的？”我心里一动。

赵叔又喷一口烟，说：“就是陈老师啊，我记得小学时还教过你吧。”

我于是沉默了。那双噩梦中的眼睛再次浮现，我往后缩了缩。

十二点人就来齐了，三轮车吭哧吭哧地往回走。到了村口，路稍微跟之前有些不同，绕到了稻场边。我看到满地都是枯黄的细草，冬风凛冽，草在风中簌簌发抖。一座一座的坟头像丘陵般蔓延，有些修葺过的碑石很整齐，大多数无人打理，草木乱生，一派萧索。

而坟山与稻场的中间，那间屋子依然突兀地立着。它比我记忆中更破旧，原本由红砖垒砌的墙已经变成了土黄色，屋顶瓦片没了几块，有些地方是用稻草盖住的。难以想象住在这样的屋子里，该如何度过这个寒冬。

赵叔把车开到路边，并不下车，喊了声“药来了”，然后抓起那几盒药扔在屋门口，就准备开车离开。

我疑惑道：“这就走了？”

“不然还怎么？”赵叔头都没回，踩着生锈的离合，“这屋子晦气得很，难道我还要进去？你都不知道，她一个人住在这坟边，也不知在干什么。上次县里有个开烟厂的老板来买这块地，想给家里修祖坟，开价十多万啊，多少人眼红！结果这姓陈的，怎么都不卖，人家过来劝，连门都不让人进——嘿，你跳下去干吗？”

我在地上站稳，冲赵叔喊：“帮我把年货带到家。”然后转身，走到破屋子前，风吹得屋顶的稻草上下拍打，除此之外我没听到一点人声，似乎屋子里面比外面还荒凉。

我把药捡起来，叫了声，没人应，就推开了那扇已经朽坏的木门。门发出“吱呀吱呀”声，令人牙酸。我走进去，出乎意料的是，尽管屋里很暗，摆设很少，但一桌一椅都干净整齐。最里面是一张床，上面躺着一个老人，只露出头，但依然看得出满头白发，眼角的皱纹如一群蚯蚓般弓起。

她睡得很浅，睁开眼睛，看到了我。

我正准备说话，她却先开口了。她的脸在暗处模糊不定。她说：“胡舟，是你吗？胡舟，我眼睛不好，你走近一点。胡舟，你长大了。”

我一下子颤抖起来，药盒掉在地上。

我看着她，像是看着一团被岁月揉得发霉又褶皱的抹布。我厌恶这个女人，无数次想象怎么报复她，现在进门来送药，也存了想看看她过得多么惨的心。但看了一眼这样的老态，看到岁月擅自将她摧毁，我只感到一种荒诞和无力。

她挣扎着坐起来，冲我笑笑。

“你还记得我？”我把药盒捡起来，放在床头柜上。她扫了一眼，又继续看着我：“我怎么会忘了你？你和唐露，是我印象里最深的学生，而且，你是唯一一个发现我的秘密的人。”

“秘密？”我有些诧异，随即醒悟过来，跺了跺脚下的地板，“你是说这里面吗？”

她却没有说话了，重新躺下，似乎刚才这简单的几句话已经耗尽了她的全部力量。她躺着，吭哧吭哧地喘着气，屋子里太暗，我看不清她的表情。从窗子外渗进来的风掠起了她花白杂乱的头发。

小学建在村口，附近几个村子的学生都来上学，曾经非常热闹，一个年级一百多人，分三四个班。但在我上到六年级那一年，一股去广东打工的风气突然刮起来了。大人去车间，一天能挣一百二十块钱，小孩悄悄地在黑屋子里穿线，每天也有三十块。这比在土里刨食要好多了。广东的厂家甚至派了车，停在村口，每天都有人带着孩子上车去往远方打工。村子就被这么一车一车地拉空了。

那时，一个在小学教书的老师守在村口，拦着每一个带着孩子上车的大人，说：“你自己去就去吧，别把孩子带走了！孩子要读书，读书才是唯一的出路，如果不读书，以后怎么面对这个世界？”

大人们都很不耐烦，推开老师。老师又紧紧攥住他们的衣袖，近乎固执地说：“别把孩子带走，孩子是未来，要读书。”

“读书能挣钱吗？”大人们反问，这让老师无法回答。于是大人们把衣袖从老师手中抽出来，牵着孩子的手，上了车。孩子们低着头，不敢看老师。

那个漫长暑假结束后，开学不到两个月，六年级的学生就从一百多个减少到了三十多个，老师也跑了很多。于是，原本的三个班合并成了一个班，由三个老师来教。教政治课的是一个姓丁的老头，每天干完农活来教室，给我们把课本念一遍，然后匆匆回去种菜；教语文课的是个年轻人，经常因为打牌忘了来上课，或者正上课时有人叫他去茶馆，他就放下课本跑出去。

其余科目都是让一个五十多岁的女人来教，姓陈，独居，据说就是她站在村口去拦上车人的。

第一次看到陈老师，我就心里一寒——暑假里，她站在坟场上看着我的阴沉眼神让我无比难忘。但这种害怕没有持续多久，因为我很快就看到了唐露。

唐露也和我到一个班上了。

这时我才知道，这个胆怯孤单的小姑娘，之前的成绩一直是年级前列，现在唯一成绩比她好的男生已经到广东的某个地下黑屋子里去穿线了。所以她现在是年级第一，被陈老师安排在第一排坐着，与我隔着大半间教室。

下了第一节课，我就跑到教室前面，但靠近她时又慢下来了。一种属于那个年纪的特有羞涩蒙上心头，明明没有人注意我，我却觉得自己处于所有异样目光的中心。

她一直埋头做题，没有抬头，我慢吞吞地从她身边走过，也沉默。我回到教室的时候，她抬头看了我一眼，又低下头继续做题了。

两个月没怎么说话，暑假形影相随的日子已不真切，或许她也忘了吧。

其他男生也注意到了唐露。“刘鼻涕”有一次被分到她旁边坐，高兴得连鼻涕也不流了，就是上课看着唐露傻笑。陈老师揪了几次他的耳朵，都没用，只能皱着眉把他换走了。还有一向以欺负人为乐趣的张胖子，看到唐露和几个女生在操场上跳格子后，居然一反往常的鄙夷，上去请求和她们一起玩，还让唐露辅导他。唐露细声细气地告诉张胖子跳格子的要诀，他边听边点头，俨然好学生模样。陈老师看到后把他赶开，说：“怎么不见你把这股认真的劲儿放在学习上！”

陈老师对唐露严加保护，导致没人有可乘之机。除了唐露，我们所有人在她眼中都不学无术，都游手好闲，都是愚昧父辈的延续，都注定了要在这村庄里度过一辈子。

她严格按照成绩排座位，成绩差的都坐到了后面。杨瘸子提着两刀肉去陈老师家，希望她把杨方伟安排到前面坐，结果被陈老师轰了出去。第二天，她专门点杨方伟回答问题，杨方伟回答不出，于是她从鼻子里喷出一口气，轻蔑地说："回去告诉你爸爸，拉不出屎来就别想占茅坑。"这句话让我们哄堂大笑，杨方伟在笑声中脸红得如在滴血。

陈老师一度对我也寄予厚望。她曾经把我叫到办公室，劝我好好学习，但当她知道我只对语文有兴趣，对数学课、自然课全然无感之后，非常惊异："为什么你会对语文感兴趣呢？这是最没有用处的学问啊！真正可以拿来改变世界的，是科学，是对量子领域的了解，是对空间物理的掌握，一天到晚背几遍'床前明月光'能有什么出息！"

她还说了一些什么，但那些词我都没听说过，只能低着头。她见我不开窍，叹了口气，就把我轰走了。

走之前，我突然愣住了——在陈老师的桌子上，摆放着一个小木船，槐木雕琢，模样稚拙。我看了几眼，觉得有些熟悉，突然想起暑假我丢失在河面上的木船跟这个很像，连船篷的形状和上面的刻痕都一模一样，但仔细看又不对，因为眼前这个木船的色泽很沉郁，有些地方还腐朽了，像是已经摆放了七八年的样子，而我的木船沉进水里还不到两个月。

"怎么还不走？"陈老师埋头批改作业，笔尖在本子上拖曳出一个个钩和叉。

我指着小木船，问："陈老师，这个船……"

陈老师抬起头，眼睛眯了一下，说："怎么了？"

"您放这里多久了啊？"

"十多年了吧。"

我"哦"了一声，就准备低头出去，陈老师叫住了我，问："你知道这个船吗？"这时上课铃响了，我连忙摇头说："没什么，没什么。"

后来，我成绩越来越跟不上，而且整天和杨方伟他们一起玩，上课丢字条，下课了到学校后面的橘林偷橘子。陈老师也就把我归在了他们一类，平常视而不见，闹得凶了就抓住我们，要么罚站，要么用藤条来打。我们都对她恨得牙痒痒。

我跟唐露也一直没有说过话，一间小小的教室里隔开了太远的距离。我继续跟我的小伙伴们玩耍，座位越来越靠后，直至倒数第一排。

上学期快结束的时候，陈老师在黑板上写了五道算术题，让我们上去写答案，算不出来就打手心。第一批的五个人没有一个答对，她气得嘴唇发抖，竹板都打断了一根。张胖子挨了三四下就哭了。我们在下面看得心惊胆战，祈祷陈老师不要点到自己。

“胡舟，杨方伟，彭浩，‘刘鼻涕’，张麻，你们五个上来，要是写不出，我把你们手打断！”陈老师直接指着最后一排，想了想，然后说，“算了，张麻你回去，唐露上来。我让你们看看，这题目是有人能做出来的。”

我们愁眉苦脸地从座位上站起来，慢吞吞地走上讲台。张麻则拍着心口，一脸庆幸，冲我们做鬼脸。

这是五道应用题，唐露做第四题，我做最后一题，她的左边还站了一个流着鼻涕的“刘鼻涕”。

我至今记得这道题目：小明看一本故事书，第一天看了全书的九分之一，第二天看了二十四页，两天看了的页数与剩下页数的比是一比四，这本书共有多少页？我站在黑板前，对着这些文字苦思冥想，脑子里却始终是一团糨糊。

陈老师提着竹板，站在我身后，令我背上生寒。我举着粉笔停在黑板前，却久久不能下笔，大腿开始发抖。

其他人也都不会做，只有唐露在黑板上一笔一画地写着解题步骤。我瞥见了她认真做题的样子。她的侧脸被从窗子透进来的光勾染，变成了一些柔软的线条，像是初春里生出来的柳枝。这美好的侧脸留在了我的记忆里。很久以后，我学习绘画时，总是习惯性地画一个人的侧脸，用简单的线条，用明显的光影差。我一度疑惑这奇怪的习惯从何而来，原来是记忆埋下的种子，当我拿起画笔时，它就开始萌发，在画板上绽放出唐露的脸。

“看什么看！”陈老师的呵斥打断了我的走神，并用竹板敲了一下我的头，“好好做题，做不到就下来领打。”

我摇摇头，准备丢笔放弃，这时，我听到身旁传来了轻轻的话语：“设整本书为 x 页。”

我一愣，唐露旁边的“刘鼻涕”也愣住了，同时侧过头看向她。唐露拿着粉笔做题，一丝不苟，嘴唇却轻不可察地颤动着：“别看我，老师会发现的。”

我俩连忙各自转回头。“刘鼻涕”看了眼自己的题目，小声说：“我这道题是求面粉和糖，没有书啊……”

“不是你，是胡舟。”

“刘鼻涕”僵了一下，两条鼻涕趁主人不注意，迅速垂下。

我反应过来，连忙在黑板上写了假设，又小声问：“然后呢？”

这时，陈老师在身后呵斥道：“说什么！”

顿了十几秒，唐露又小声说：“九分之一 x 加上二十四，然后等于 x 除以括号一加四括过来，算出来 x 就行了。”

我把方程式列出来，在黑板上打了下草稿，很快写出了答案。这个过程中，“刘鼻涕”一直用哀求的眼神看着唐露，眼泪和鼻涕都快流下来了。唐露却没有理他，把粉笔放下，转身对陈老师说：“老师，我做完了。”

陈老师点点头：“完全正确。你们看，这题目一点都不难，你们四个好意思吗！过来领——咦，胡舟，你让开。”

我连忙往右挪，让陈老师看到黑板。她扫了一眼，扶了一下眼镜，又看看我，说：“今天太阳打西边出来了啊……你下去吧。”又指着另外三个人，“你们过来！”

我迷迷糊糊地从讲台走向教室后面，唐露已经在她的座位上坐好了，坐姿端正。我看向她，看到一缕发丝垂下，贴着她脸颊。她的侧脸依然美丽，神情认真，似乎专注在课本上，但有那么一瞬间，她的右眼悄悄眨了一下。

办完年货，小年一过，村子里也渐渐热闹起来。茶馆里挤满了打工回乡的年轻人，在狭窄的砖屋里凑堆打牌。我闲得无聊，也过去打了一阵，茶馆里满是脏话、汗臭和烟味，待久了有一种眩晕感。摸牌、出牌、递钱和收钱，时间在这四个动作的重复中飞快溜走。

春节前一天，我去茶馆有些晚了，里面只有一桌是空的，就坐了过去。随后陆陆续续来了三个年轻人，有两个是认识的，另一个比较陌生。

陌生的青年又矮又瘦，坐我对面，刚坐下就掏出烟，发了一圈。我皱皱眉，没接。

“嫌次？”他自顾自点上，嘴里和鼻孔都冒出烟雾，“这位兄弟没怎么见过啊，哪家的外地亲戚？”

旁边有人接了话茬，说：“大路，你这五块钱一包的红河还好意思发给人家！他可是大老板，在北京工作，拍动画片，挣大钱呢，一个月万儿八千的！”

“动画片？嘿，我媳妇儿以前还挺喜欢看动画片呢。”这个名叫大路的青年把烟叼在嘴边，伸手摸牌，“来来来，打牌。”

打了半个多小时，我有些心烦，出了好几把臭牌。大路捡了空子，连赢几把，嘴都笑得合不拢了。他的笑让我更加心烦——不是因为钱，也不是因为他笑的时候露出满口的褐色牙齿，而是他的笑容里有很明显的嘲弄。

大路一根接一根地抽烟，屋子里乌烟瘴气，空气混浊，我有好几次呼吸都感到困难了。又输了一把后，我把钱往桌子上一推，说：“今天就到这里吧。”

大路往地上吐了口痰，用袖子抹了抹嘴，一边把钱扒过去一边说："还这么早，没过中午呢。别扫兴啊，才输了几百。你这种大城市里的人，几百还不是肉上一根毛？来来，坐下来继续打。"

我不想理他，站起来，向外走。但这时屋门被推开，一个女人走进来，径直走到大路身旁，说："明天就要过年了，跟我回去收拾一下房子吧，我一个人忙不过来。"

大路看了一眼这个女人，脸上露出烦躁的神色："你怎么来了？没看到我在忙吗，找你爸去！"

"我爸腿不好。"女人的声音低了下来。

"也是，你爸只剩下一条腿了。"大路轻蔑地笑了笑，然后摇摇头说，"反正我不管！你自己去弄吧，不就是洗几床被褥，擦点墙上的灰吗？你一天忙得完。我现在手气好得不得了，是在给家里挣钱呢。"

女人劝不动他，也不愿走，就站在旁边。

"你别在这里，晦气！刚刚手气好赢了，现在你一来他就不打了。"大路斜眼瞪了一下女人，又看向我，"你还打不打啊？不打我再去找别人。"

我的视线这才从女人的脸上收回来，呐呐地说："那就……那就再打一会儿吧。"

接下来的时间里，我更加心不在焉了，眼睛甚至不能认清麻将上的图案。我输得更多了，不停地拿钱，大路赢钱赢得喜笑颜开。他肯定把我当一个傻子了吧。

而这个傻子正透过烟雾窥视大路身旁的女人。

女人一直低头站着，垂下的头发在烟气中显得有些发白。她穿着红色羽绒服，蓬松地裹住身体，衣服面料上有很多褶皱，随着她身体的弯曲，这些褶皱像一张张细小的嘴巴一样紧闭着。我注意到，羽绒服的胸口处印着滑稽的"波可登"。

我一遍遍告诉自己，是认错人了。但眼前这张侧脸，以及垂到脸颊的头发，都丝毫不差地跟记忆深处的那张脸重合着。

关于与唐露的久别重逢，我幻想过很多次，却没料到再相遇，会是在这样烟雾缭绕、人声嘈杂的鬼地方。

我的喉咙有些涩，不知是烟呛的，还是别的什么原因。

唐露站了一会儿，见大路实在无动于衷，便转身走了。她出茶馆的同时，我站起来，对他们说："我去上个厕所。"

我追到唐露身边时，她已经走了十来米远了。"唐露。"我喊出了这个久违的名字。

她停下来，看着我，脸上憔悴，眼中迷惑。

"你还记得我吗？"

"没见过吧……"她犹疑地摇头。

我不死心，又问："你还有那本画着哆啦 A 梦的练习册吗？"

"什么哆啦 A 梦？"

我露出难以掩饰的失望，摇摇头："没什么……"唐露看了我一会儿，见我不再说话，便转身走了。她的背影在冷风中有些微微的佝偻。

我回到茶馆，机械地打牌。周围的咒骂、碰牌和拍桌声混在一起，这些嘈杂声一会儿遥远一会儿近，遥远的时候让我感到一阵空虚，近的时候让我耳膜欲裂。每个人都在喷吐烟雾，烟雾越来越浓，我的呼吸都被堵住了。我再也忍受不了了，跑出这个乌烟瘴气的屋子，在路边弯着腰，发出一阵干呕。

自从那次黑板做题后，我和唐露就恢复到了暑假的关系，似乎这半年的隔阂已经冰消瓦解。每天放学后，她独自走到一个路口，等我慢吞吞地赶过去，与她会合，然后一起走回去。

那时我家里已经硝烟弥漫。我父亲跟隔壁程叔媳妇的事情被发现，程叔来我家闹了一次，母亲痛恨欲绝。争吵过后，两个大人在屋子里走动，却形同陌路。姨妈专门回乡来劝，但是没用，摸着我的头叹气。

我每天晚上回去，屋子里都是冷冷清清的，连吃饭都是在碗橱里找些剩饭菜热一热，勉强对付。

而唐露父亲酗酒的毛病更严重了，大白天都喝得醉醺醺的，有时候还无缘无故打唐露。

所以我们都不愿意回家，背着书包，在路上慢吞吞地走着。我记得我们会说一些话，但时光久远，大多数已遗忘，也可能是那一阵子天气寒冷，声音一从嘴边出来，就冻结在冰冷空气中，唰唰地往下掉，就像雪花一样。

我们通常会走很久，把黄昏走成夜色，看到黑暗笼罩村庄，灯火沿着河亮起来，丝带般缠绕在远处的大地上。然后，她回她家，我背着书包走向我的家。

关于我们那些遥远飘忽的对话，我唯一记得的，就是我们提到了哆啦A梦。她依然记得在上一个夏天看到的几十集《哆啦A梦》，并且遗憾地说："要是能继续看就好了。"她小小的脸蛋在冷风中发抖，说完，还叹了口气。

我心中涌起一股豪情，拍着胸口说："没关系，我给你画！"

于是，在寒假来临前，我把之前辛苦攒下来的四块钱拿了出来，去买了彩笔和练习册。练习册选的不是五角钱一本的那种防近视的黄色本，而是三块钱的那种，纸很厚，纸页的边缘还有淡雅的水墨画。这种高档货，村里小卖部没有卖的，我顶着寒风，骑车到镇上的文具店才买到。我的钱不够，死活不走，求了老板很久，最后他才卖给我。

整个寒假，我都窝在家里，认真地用彩笔画画。我幻想着一头远古的巨龙抢走了静香，大雄在哆啦A梦的帮助下，穿梭时间，回到恐龙纪元，历经千辛万苦把静香救了回来。

记忆里的那个冬天特别干冷，画到后来，我的手都裂开了。但我没有停，把脑海里的那些画面倾泻到纸上，越画越起劲，到最后仿佛不是我在画，而是笔拖着我的手在游走。那是平生第一次，我体会到了“创作”的乐趣。我记得最后画到大雄面对三头恐龙的血盆大口，却紧紧把静香挡在身后时，我的眼角都湿了；而画到静香得救后，快速地吻了一下大雄的脸时，我也忍不住嘿嘿傻笑。

画完后，我在练习册的扉页上郑重地写下了两行字：

每一个孤单童年，都有一只哆啦 A 梦在守护。

献给唐露——我的静香

开学后，我把这本厚厚的练习册拿出来，打算送给唐露。但刚一拿出来，张胖子一把抢了过去，大声说：“这么厚的本子，你不会真做了寒假作业吧？”说完就准备打开看。

平常我没少被他欺负，通常都很怕他，但当时我眼睛都充血了，一下扑了上去，扯住练习册的书脊，另一手按住陈胖子的胸口。陈胖子毕竟壮硕太多，一伸手就把我推开了。我撞倒了一个课桌，但立刻爬起来，号叫着，又扑了过去。

陈胖子大概也没想到我会反应这么激烈，有些吓到了，但同学们都看着，他不能把本子还给我。于是我们扭打成一团。

我当然是吃亏的一方，很快就被他压在身下了。他气喘吁吁地坐在我身上，按着我的胸口，然后把练习册捡起来，说：“我还非要看看里面是什么——啊！你松开！”

我咬着他的手，死活不松口，嘴里都感觉到一丝腥咸了。陈胖子痛得眼角迸泪，连忙把练习册丢在我脑袋旁边。我刚松开，他却又把本子抢回去，同时狠狠一拳打在我头上。

这一拳让我有些蒙，陈胖子起身之后，我还站不起来。他拿着本子，扬扬得意地说：“敢跟我横！我撕了你这破本子……”他说完，却发现同学们的目光有些躲闪，连忙回头。

果然，陈老师已经站在教室门口了。

她了解事情经过后，先是把我扶起来，问我有没有受伤。我只是有点头晕，就摇摇头。然后她打了张胖子十下手板，非常重，张胖子眼角又迸出泪来。张胖子下去后，她拿起练习册，翻了几下，看到扉页上的话后露出了嗤笑，对我说："小小年纪，就想这个？真是跟你爸一样，臭不要脸！今天我不打你，但这个本子没收了，免得你祸害同学。"

我对陈老师有一种本能的畏惧，只能眼睁睁地看着她拿着练习册走出教室。我沮丧地走回座位，路过唐露身边时，她用疑惑的眼神看着我，但我只轻轻摇头，错身而过。

我在不安和悔恨中度过了这一天，实在不甘心整个寒假的心血就这么毁掉了。放学时，唐露照例慢吞吞地往小路上走，我一咬牙，对她快速说了一句："等我一会儿，等我回来！"然后转身就朝学校跑。我溜进办公室，在陈老师的办公桌上搜了搜，没有练习册，想了想，又往稻场跑去。

那一天，憋了整个冬季的天空终于开始下雪，雪粒在黄昏时候稀稀拉拉地飘下来。我跑得很快，冷风夹着雪，嗖嗖地从领口灌进衣服里。我却丝毫不感觉冷，也不畏惧坟茔的阴森，直接跑到陈老师的屋子前。

我的运气很好，看到陈老师门前那把挂着的黄铜大锁，就知道陈老师回家后又出去了。我绕着她家转了一圈，大门锁牢，窗子紧闭，只有烟囱是唯一的入口。于是我爬上屋顶，顺着烟囱进了里屋，里面很暗，我不敢开灯，只能努力睁大眼睛，用手摸索。

我都听到自己的心跳声，"咚咚咚"，像是有人在我胸口敲响了急促的鼓。我的害怕并非来源于屋子外面的坟墓，事实上，我宁愿死尸们全部从坟墓里爬出来，围着这间屋子号叫，也不想陈老师突然推门而进。我实在无法想象陈老师要是看到我偷偷跑进她家之后暴怒的样子。

我找了一遍，但没发现那本练习册，心里不甘，又哆哆嗦嗦地摸索。当我摸到床前时，脚感觉有些不对劲——床头前的一块木板是松动的。我轻轻一扳，木板就翘起来了。

木板的下面不是泥土地，而是一个幽深的地洞，有一排斜斜的台阶通向地洞的黑暗里。

我用脚探着台阶，一步一步地往下走。我以为里面会很暗，但完全进入地下之后，反而看到了通道尽头的光。

这通道不长，只有三四米，我小心翼翼地走过去，发现尽头是一道门，光就是从门缝里透出来的。我贴在门上听了半天，里面没有动静，于是深吸口气，用力把门推开。橙黄色的光“哗啦啦”地涌了出来，将我淹没。

里面空无一人，但我来不及庆幸，就被里面的景象惊呆了。

以后的很多次，我回忆起这一幕时，都会怀疑是不是记忆欺骗了我。因为我之所见，完全颠覆了我对这个贫穷村庄的认知，我一度怀疑是不是我做了一个光怪陆离的梦，而梦里的场景侵蚀了记忆，让我混淆。

因为当时，我看到一排排机器，我叫不出名的机器。

这个地下室大概有二十几平方米，墙壁连同地底都是由一种灰褐色的金属铸成，非常平滑。墙顶上镶满了灯，令整个房间没有黑暗的死角。而这整个屋子都摆满了方形仪器，红绿黄这三种颜色的灯不断闪烁，地上全是电线。屋子的正中间摆着一个大桌子，由三根支柱撑着，桌面上是一个玻璃罩子，正方形，大概有我两臂张开那么宽。玻璃罩里什么都没有，但不知是不是我眼花——我看到玻璃罩中间的空气里不时闪现着蚯蚓一样的电火花，很暗，一闪即逝。

这些巨大而又精密的仪器让我不知所措。幸好，我很快看到了我的练习册就放在桌子边缘，连忙拿起来，塞进衣服里，然后准备出去。

但是在出去之前，眼角余光一闪，我发现有些物件有些眼熟。果然，在地下室的角落里，我看到了几根树枝、破书包还有褪了色的瘪皮球。这些东西各不一样，杂乱地摆放着，但对我来说，它们有一个共同点——它们都属于我，都是在半年前的夏天，被我放在那块神秘的水面上后沉入水中消失的。

我翻了一下，发现每个物件上都贴了纸，字条已经泛黄，但字迹依稀可见。

“一九八二年七月十三日，净重二百四十三克，来历：未知。”这是皮球上贴纸的字迹，而几根树枝上分别标记着一九八五年和一九九二年。每一个标签上的时间都相差很多。

我逐一看过这些字条，百思不解，索性不管了，跑出地下室，爬上烟囱，满身灰黑地离开了稻场。刚跑不远，我就远远看见一个踽踽独行的人影，在昏暗的天色里走在坟茔与稻场之间，走进了那间神秘的屋子。

这个人影正是陈老师，我一阵侥幸，幸亏跑得及时。

我顺着小路快速奔跑，雪越下越大了，这些小白点从黛蓝的天幕中飘落，在我身边打着旋儿。我有点着急，害怕时间太晚，唐露已经回家了。

但她并没有走。她一直等在路口，渺小的身影若隐若现，似乎随时会融化在漫天细雪的背景中。

“喏，这本书送给你。”我跑过去，小心翼翼地把练习册从衣服里拿出来。我浑身都是烟囱里的灰，但没让练习册沾染一点。

“你今天跟陈胖子打架，就是因为这个吗？”唐露接过练习册，她的脸被冻得红扑扑的，但洋溢着笑容。

“是啊，这是我为你画的最新一集《哆啦A梦》，花了一个寒假呢！除了你，谁都不能看。”

她翻开了扉页，看到我写给她的两行字，然后仰头看着夜空，过了很久，才说：“你说，这世界上真的有哆啦A梦吗？”

“嗯。”我郑重地点头，“肯定有！”

“为什么我从来没有见过呢？”

我想了想，脑子一热，说：“因为我就是你的哆啦A梦啊！”

唐露看着我窘迫的脸，轻轻地“扑哧”一笑，说：“你到底是我的大雄，还是我的哆啦A梦呢？”

“我……我既是你的哆啦A梦，也是你的大雄！你放心，你是我的静香，我会一直保护你，不让你受伤。”

“你真好！”她突然踮起脚，在我右边脸上轻轻一吻，然后闪电般缩了回去。

我被这道闪电击中了，浑身僵直。

我试着回味刚才这一刹那的感觉，但发现她的嘴唇太轻，有些冰凉，跟漫天的雪花一模一样。我摸着脸颊，那里有些微的湿润，但我分不清是因为她的唇，还是因为落雪的轻吻。

在我发愣的时候，唐露合上了练习册，把它抱在胸口，转身往回走。我反应过来，连忙跟上她。那个晚上的路尤其长，我们都没有再说话，我们周围都是飘舞的雪花。

我们走啊走，走啊走，一不小心，就白了头。

大年三十，天气特别干冷，这艰难的一年终于在这一天走到了尾声。中午吃完团圆饭，母亲把全家人的旧衣物都洗了，晾好，然后带着我去坟头祭祖。

刚走到小路口，就发现那里围着四五个人，有议论的，也有在劝阻的，看样子像是这户人家在吵架。我看了看房子，觉得有些眼熟，仔细回想了一下，记起来这是唐露的家。

果然，我和母亲刚挤进人群，就看到了正坐在地上的唐露。她披散着头发，坐在地上，身上还是那件大红色的羽绒服，只是好几块面料已经被撕开了，在冷风中抖动着。她一只脚上歪歪斜斜地套着拖鞋，另一只脚赤着，被冻得有些乌青，沾满了尘土。

她的神情有些呆滞，眼角垂泪，脸上红肿，嘴里喃喃地说着什么。周围太吵，我听不清，但从嘴型就可以看出来她说的是“这日子过不下去了”。

母亲看到这场景，说："作孽啊，刚和好没几天，又吵起来了。这还是大年三十啊。"

旁边有人搭腔："这次可不得了，听说昨天大路把八万块钱全输了。啧啧，玩得可大了，输到最后眼睛都红了。"

母亲叹了口气，对我解释道，唐露是想用这笔钱来盖房子的。

我点点头，看着坐在地上的唐露。她就这么哭着，念叨着，我的目光却只汇聚到她赤着的脚上，它在冷风中有些凄凉。

这时，一身酒味的大路从屋子里冲出来，对着唐露就是一巴掌。这一巴掌太狠了，声响像是干树枝被折断，听得让人心惊。唐露的鼻子顿时冒出血来。这个矮瘦的青年像是一头发狂的豹子，满脸通红，喘着粗气，嘴里喊叫着："老子输了点儿钱，你就把老子的脸都丢完了！你爸爸是个死瘸子，你也是个扫把星！"

我才发现，老唐正畏畏缩缩地站在门口。他只剩下一条腿了，拄着拐杖，他似乎想阻止大路，但抖着嘴唇，眼神飘忽不定，始终没有动。

围观人群里也没有人上前劝阻。我看到杨方伟站在一旁，抽着烟，脸上漠然。我刚想上前一步，就被母亲拉住了。她摇了摇头。

大路又打了几下，然后要把唐露拉回家去，但拉了几下，没拉得她站起来，索性直接抓住羽绒服的衣领，把她拖回了屋子里。

唐露的头发和脸都在尘土里拖动着。一滴血落下来，转瞬被尘土遮住了。

在去拜坟的路上，母亲告诉我，大家不是不想上去劝，以前劝过，结果更惨。母亲说："大路这人啊，手黑心也黑，坐过牢的。现在劝了，倒是也能拦住，但大伙儿不能守在他家一辈子啊，一有空子，他就把唐露往死里打。"

"唐露怎么会嫁给这样的人？"我的语气闷闷的。

母亲眉头蹙起，似在仔细回忆，然后说："你是小学毕业那年离开村子的，很多事情都不知道。"

在母亲的述说里，我渐渐知晓了唐露后来的经历。小学结束的那个夏天，老唐的一条腿断了，为了治病，家里的钱都花完了。唐露也因此在读完初一上学期后，就无力再去读书，早早地跟了一个裁缝师傅学做衣服。学了一年后就到隔壁县城的一家服装厂工作，一天十个小时，全坐在封闭的地下车间里，佝偻着腰，踩着缝纫机，在幽暗的光线里拼接一块块质量堪忧的布。下班之后跟同龄的女孩们一起回到宿舍，挤着休息一夜。但那家厂很快因为雇佣童工被举报，唐露被送回家。这件事上了报纸，也成了当地派出所的业绩，但对唐露这个风雨飘摇的家来说，无疑是雨中墙塌。

那时唐露在家里待了不到一个星期，受不了老唐躺在床上看她的冰冷眼神，央求着准备去外地打工的沈阿姨。沈阿姨本来不想添加麻烦，但唐露跪在她家门口，凌晨时才离去。沈阿姨离乡的那一天，上车都坐好了，看着路边杨树掠过，突然骂了一声，然后叫司机停车，步行回到老唐家，把唐露拽起来就走，临出门时又扭头朝老唐骂了一句：“早死早超生，别祸害孩子！”

此后唐露一直跟着沈阿姨，在广东一带打工。她们先是当缝纫工，但机械化普及之后，这一行迅速没落，当时广东约有几十万缝纫工无路可走。于是那年春节，沈阿姨给唐露办了一张假身份证，年龄增加了两岁，能合法打工。春节过后，唐露没有留在家里，独自去往上海，碰壁之后再去深圳，然后到了北京。而她在北京的那阵子，我也刚刚毕业，进入了一家动漫公司。

是的，那一年多里，我们这两个漂泊异乡的人，可能在某个地方遇到过——地铁、街道或者便利店里。北京太过拥挤，充斥着一张张面无表情的脸，即使我们擦肩而过，也认不出彼此。

当我在北京站稳脚跟的时候，唐露却厌倦了这样漫无目的的漂荡，拖着疲乏的身体回到了故乡。对农村女孩子来说，二十三岁已经是结婚的年龄了，但村里没人敢上门——娶了唐露，还得捎上一个残废、嗜酒的老唐。据说杨方伟曾经跟家里商量过，认为经济能力可以负担得起，但杨家酒厂的突然倒闭，让这件事无疾而终。这可能是唐露一生中唯一接触到幸福的机会，但这扇门在她还未抬起脚准备跨进时，就发出一声无情的“咣当”，关闭了。

最后，媒婆领着邻村的大路来到了唐露家。唐露刚开始对他并没有好感，但吃完饭后，唐露去看电视，大路走过来，看到唐露心烦意乱地拿着遥控器换台，最后换到了儿童频道。大路问：“你喜欢动画片吗？”唐露点点头。大路又说：“我也喜欢啊。”唐露问：“你喜欢什么动画片呢？”大路挠着头想了很久，最后说：“多……哆啦A梦。”唐露这才抬起头，看着这个矮且瘦的年轻人。他看起来并没有别人说的那么粗鲁和暴躁。

但结婚之后，大路的秉性才暴露出来。唐露住进了大路家，跟几个婆嫂一起，还不到一个月，就被喝醉了的大路毒打，婆嫂们都只是冷眼看着。大路还有一个毛病，就是吵架时喜欢砸东西，家具、电视、摩托……在一次次争吵中，一次次破碎声中，这个原本就拮据的家变得更加贫寒。

平时唐露在镇上开店，音像店、面馆、劣质服装，什么挣钱就做什么，都做不长。大路隔三岔五地还过来要钱去打牌或喝酒。但在这样的情况下，她还是省下钱来，想自己再盖一间房，离开那几个冷嘲热讽的婆嫂。

但现在，四五年攒下来的八万块钱又被大路悄悄输掉了。

这番叙述漫长而絮叨，我在冷风中听着，思绪时常抽离。天很快暗了下来，坟场上许多坟墓上都插了蜡烛，火光在冷风中飘摇成星星。这一年的最后时光，竟然如此寒冷荒凉。

路过陈老师的家时，我问到她的来历。母亲摇了摇头说：“这个就不清楚了，但应该不是本地人，听说是很久以前有一支军队驻扎在这里，后来撤走了，只有她一个人留下来了。因为懂得多，就成了小学老师。后来小学人不够，学校解散了，她也没走。”

天空暗如锅底，破旧的屋子像是锈迹一样。我看了看，也没再多问。

晚上我陪着父亲守夜，一边打哈欠，一边看着无聊的春晚。时间就这样缓缓流逝，快到凌晨时，我把鞭炮拿出来，准备等午夜倒计时就去点燃。这是老家的习俗，以爆竹声来宣告新旧年交替。

这时，一直沉寂的夜幕里突然传来嘈杂声，有人在呼喊。我听了一下，立刻从屋里蹿出去，跑向河边。

因为，我听到的是——“快出来啊，唐家那个丫头要跳河了！”

当我们赶到河边，果然看到一个人影站在桥头。我们小心地围过去，手电筒的光驱开了浓重的黑暗，照到唐露的身上。她脸上伤痕与泪痕密布。我们都劝她不要想不开。

唐露突然转头看向我，露出一笑，说：“你不是说每个人都有自己的哆啦A梦在守护吗？”她的笑容迅速被泪水融化，浮现出了一个凄婉的表情，“为什么我从来没有看到呢？”

我浑身一颤。

所有人都看向我。我张张嘴，想说些什么，但只发出含混的嘶嘶声。

“扑通”一声，桥头已经没有她的身影。

人们连忙拥过去。我却迈不动步子，任幢幢人影从我身边掠过，脑袋里只是想着：“原来，她一直是记得的。”

我有些恍惚，又有点冷，抓紧了衣领。

这时，噼里啪啦的鞭炮声在身后响起，密集得没有间隙。我转过身，看着家家户户的爆竹火光把夜撕成了零散的碎片。

新的一年终于姗姗而至。

关于故乡最后的记忆，停留在了小学毕业的夏天。那一年之后，小学因为没有足够的生源而停办，我们成了最后一届毕业生。拍毕业照的时候，谁都看得出来，尽管陈老师依旧面目阴沉，但眼圈泛红，拍完之后长久地坐在椅子上，不肯起来。

但对那时的我来说，这意味着长达六年的监狱生活终于结束了。我唯一需要忧虑的是夏季漫长，蝉鸣聒噪，这三个月的暑假该怎么度过。

这时，我家里也买了一台VCD放映机，是用来给我爸看戏曲的。正是因为这个，我对哆啦A梦的爱好卷土重来，但我到处借，也只借到零零散散的几张碟，而且上面字迹都不清晰了，所以唐露认真地在每一张光碟上写下了“哆啦A梦”。这些碟片显然不够度过夏天，我对唐露说：“你还想看《哆啦A梦》吗？”

她使劲地点头。

我暗自思揣——如果能搞到《哆啦A梦》的一套碟片，暑假就能每天和唐露一起看大雄和静香的奇妙冒险了。童年即将结束，接下来是混乱迷茫的青春期，在这最后的尾巴上，能以这样美妙的方式跟唐露一起度过，是我梦寐以求的。

但是《哆啦A梦》的一整套有一千多集，即使是租碟片，也需要一百二十块钱。这个天文数字超过了我的想象。我把小学六年的教材和练习册装在一个麻袋里，用自行车驮着它去了镇上，卖给了收废品的老头，换回十来块钱。当我捏着这薄薄的几张纸时，感慨六年求学，换回这么点钱，实在是替我父母愧疚。

“书这个玩意儿啊，最不值钱了。”老头把麻袋里的书倒出来，用脚踢进角落，“值钱的还得是铁啊，你看，墙上写得一清二楚。”

果然，墙上贴了价格表：可乐罐一毛三个，书本一毛五一斤，废铁一块二一斤……我看了一会儿，叹口气，捏着钱走了。

那阵子，还发生了一件让我和唐露难堪的事情——我爸爸和唐露的爸爸打了一架。据说是在田里干活时，我爸爸听到老唐在跟人嚼舌根，说他出轨的事情。于是我爸冲过去，两个人扭打成一团，旁人拉了好久都拉不开。

因为这件事，我们都不想在家里待了，忧愁地继续游荡。我们在午后太阳西斜的时候，沿着河边行走，河面上也出现了两个人影。

我对唐露说："你看，他们是谁？一直跟着我们呢。"唐露把手指竖在嘴边，"嘘"一声，说："他们是住在水里面的人，看我们靠近了，也在小心地观察我们。别大声说话，吓着他们了。"

于是我们四个沉默地走在河边。夕阳斜照，河面上的影子越来越长，也越来越淡，在它们即将消失时，我和唐露走到了那块能吞噬一切的水域前。

"对了，我一直很好奇，"唐露说，"既然什么东西都能沉进去，那，可以从里面拿出东西来吗？"

"试试不就知道了？"我把上衣脱掉，准备游过去，但唐露把我拦住了。

"你要是也像其他东西一样，掉进去了出不来怎么办？"她忧虑地说，"那就没人陪我玩了……"

"放心！我不会离开你的！"我拍了拍胸膛。但唐露说的确实是个担忧，我想了想，看到岸边那棵歪脖子老树，树枝低垂，几乎快贴着水面了，一拍脑门，"我有办法了。"

我哧溜一下爬到树上，顺着最靠近水面的枝干，小心挪动身体。那根枝干只有手臂粗，我一爬上去，就压得枝干下坠，正好贴近了水面。我深吸口气，准备把手伸进水里。

"小心！"唐露在河边，面色紧张。

我的手臂伸进水里。在我的想象中，这块神秘水域的下面可能是一条有着一口密齿的大蛇，或者是布满火焰的地狱，但手真正进入水面的一刻，却什么危险都没有——甚至，水面都没有经过了一天暴晒后的温热，触之清凉。

我试图移动手臂，阻力很大，水里的黏稠感远胜正常水流。我慢慢移动手臂，手指碰到了一个硬物，像是一个铁片。我抓住它，慢慢往上拖，随着手臂从水里退出来，我看到了手里抓住的东西——是一个方形铁盖，上面有规律地摆布着一些孔洞，我感觉有些熟悉，但想不起来在哪里见过。

我把铁盖提出水面，这时它比在水里重多了，足有十几斤。树枝摇摇晃晃，似乎随时要断。我心里突然一动，一边用手夹着铁盖，一边小心地往回爬，爬到老树的主干上后，冲唐露道："你躲开些！"

唐露让了几步，我把铁盖扔下去，大声说："你看好它！我再去捞几个出来！"

"捞出来干吗啊？"

"卖钱啊，废铁很贵的，那个老头说一斤废铁一块二呢。就这个铁盖，就有十几块钱了，比一麻袋书值钱。"

唐露有些犹豫，说："这些是谁的呢？万一有主人，怎么办？我们不能偷东西啊。"

"这条河有主人吗？"我头也不回地反问。

"没有……吧？"

"那不得了，我从河里捞出来的，那就属于我们啊。就跟钓鱼一样，别多想啦，看我的！"

天已经渐渐暗了下来，远处的人家亮起了灯火。已经不早了，我隐约听到母亲在喊我的名字，于是加快了速度，又捞出几个铁件。它们各不相同，铁盖、铁盒、圆柱支架之类的，加起来得有七八十斤了。按照这个速度，我最后再捞出一件，就可以凑到租全套《哆啦A梦》碟片的钱了。

最后一个物件比我想象中大。

我摸索了一会儿，摸到一个类似提手的东西，用力往上拉。树枝在我身下呻吟着。我提出来的是一个正方形的铁盒，边角圆润，四周有许多密密麻麻的圆孔，透过圆孔可以看到里面是一层层的片状镶嵌物。整体感觉像是一台电视机的机箱，只是更加密实。铁盒侧面有一处浑圆的凸起，其余部位还有一些孔洞，看上去像是某种接口。

我两手并用，把它提出水面。这时，我听到空气中有隐约的"咔嚓"声，随后，远处的人间灯火次第熄灭，村庄被笼进黑暗中。

唐露往回看了几眼，疑惑地说："停电了吗？"

"好多年没停过电了……"我也有点纳闷儿，但天越发晚了，再不回去，父母就该找过来了。于是我咬着牙，把铁盒提出来，这时，身下的树枝发出最后的呻吟，"咔"的一声断了。我抓着箱子，一起落向水面。

那一瞬间，我脑中闪现出可怕的画面——皮球、树枝和泡沫板，这些绝不可能下沉的东西，都被这块水域吞噬了，再不复现。我直直地摔下去，正中水面，肯定也会沉进去，再也见不着唐露了。我有一点儿懊悔，想扭头去看唐露，但还未扭动脖子，就已经落进水里，砸出一大片水花。

温热的河水在那一瞬间吞噬了我。

我满心绝望，但手脚下意识地划动，居然很快站了起来。这块水域靠近岸边，并不深，才浸没到我胸口。

断掉的树枝浮在水面，静悄悄的，也没有一点儿下沉的样子。

唐露刚要惊叫，见我从水里站了起来，惊呼声又吞回去了，指着我说："怎么……你没掉进去吗？"

"水很浅啊。"一阵夜风吹来，我打了个冷战，在水里拖着铁盒，一步步地走上岸，"那么浅，以前的东西是怎么沉进去的？"

唐露盯着这个怪模怪样的铁盒，点头说："是啊，而且这么浅，你是怎么捞出来这些东西的？"

我穿上衣服，暖和了些，突然灵光一现，大喊道："我知道了！"

"是什么？告诉我嘛！"

"这里肯定有一个任意门，连接另一个时空，嗯嗯，一定是这样！"

唐露笑了下："怎么可能？"

"怎么不能了！你想想，哆啦 A 梦的口袋不就是一个任意门吗？可以从里面拿出任何东西。"我越说越觉得正确，郑重点头，"《哆啦 A 梦》里说的，还有假吗？我想，水下面肯定住着一只机器猫，知道我们要去买碟片，就把废铁送给我们了。嗯嗯，一定是这样！”

“那它为什么不直接送我们碟片呢？”

“呃……”我一下子愣住了，不知如何作答。唐露见我窘迫，脸上绽开笑容，说：“不过我相信你！一定是哆啦A梦在帮助我们，你不是说每一个童年都有一只哆啦A梦在守护吗，一定是我们的童年快结束了，所以这只哆啦A梦来给我们最后的帮助。”

“嗯！”我摇摇头，把刚才的问题甩出脑袋。

废铁已经收集齐了，一百多斤，我今晚肯定带不走。于是我把它们拖到树下面，用树枝盖住，打算明天用自行车运到镇上，卖给那老头儿。

第二天，天色阴沉，太阳被遮在云层后面，雨却迟迟不下。我起床的时候，感觉有点头疼，可能是昨天掉在河里后吹了风。但即将租到《哆啦A梦》的喜悦充盈我全身，我对唐露说我要去卖废铁，直接租碟片，下午回来，让她在家等我。

“嗯！”看得出来，唐露也很期待。

于是我骑着自行车，来到河边，用麻袋把铁件装好，放在车的后座上。装铁盒的时候，我看到侧面那个圆形凸起，好奇地去掰，一下子就把它拔了下来。圆形凸起的下面，是一截五六厘米长的晶体方块，半透明，此前这个方块一直插在铁盒里，只露出金属材质的圆形头部。我观察了一下，觉得造型有趣，就放在了口袋里，打算一会儿送给唐露。

我骑的是一辆老式二八自行车，直立起来比我都要高，我坐在车座上，脚都够不着车镫，只能斜跨着骑。它的好处在于结实，一百多斤的铁放上去都安然无恙，只是骑得更吃力而已。

出了村子，拐上公路，再骑两个多小时就能到镇上。我使出了吃奶的劲儿蹬车，天气闷热得厉害，不一会儿就满身大汗了。但一股劲在我胸中鼓荡，尽管腿累得像灌了铅，却越骑越快。

路两旁的杨树静默着，在黏稠的空气里连树叶都死气沉沉地下垂着。拐过前面最后一段水泥路，上了桥，再下去就能到镇上了。

意外就是在桥上发生的。

二八自行车牢固，我尚且有劲，没想到问题出在了麻袋上——经过两个小时的摩擦，铁件把麻袋刺破了，“哗啦”一声，这七八件沉重的铁块全部掉了下来，在桥面上“叮叮当当”地碰响。

“嘿，小崽子，偷了这么多东西！”

一个熟悉的声音响起来，我正蹲在地上捡铁件，扭头一看，居然是老唐。老唐脸上一片通红，步子有点歪，走过来踢了踢铁盒。

“我没有！”我扶住铁盒，争辩道，“是我从河里捞出来的！”

“这些东西这么新，一点锈都没有，你说从河里捞出来的？骗鬼吧！”老唐喷出一口酒气，“你老子偷人！你偷东西！一家人出息啊，走，我带你去派出所！”

我想起老唐跟父亲在田里打的那一架，他打输了，还一直怀恨在心。他身子枯瘦，心胸狭小，打不过我父亲，现在自以为抓到了我的把柄。我着急起来，大声喊：“我真的是从河里捞出来的，不信，唐露可以做证！”

老唐嘴角一撇：“露露？我早就让露露不跟你一起玩，这个死丫头非要跑出去。别说那么多了，跟我走！”

我死命反抗，但依旧敌不过老唐，他如提小鸡般揪着我的衣领，打算带着我离开。

“天杀的老唐！”我死死抱住桥边栏杆，“你欺负我，我爸爸会打死你的！”

老唐一下子火了，脸上更红，踢了我一脚，“别说老胡不在这儿，就算他在，我也得教训你！”他拉了我两下，没拉动，也不敢太过用力，就松手了，骂骂咧咧地转过身，“好，你不走！你不走我去把你偷的东西上交！”

他气冲冲地扶起自行车，把铁件装在麻袋里，系在车座下的铁杆上，然后骑着车下桥，拐进了镇上的街道。

我追了几步，没追上，满心委屈地站在桥边哭，一边哭一边骂。路过的人都诧异地看着我。我哭了一会儿，累了，脑袋昏沉，于是转身往回走。

闷了许久的天空滚动着隐隐雷声，没走到一半，雨就落了下来。初时只有几点，后来就成了瓢泼大雨，将我全身淋湿。

我在雨中抽泣，走了整整一个下午，才回到村子。路过唐露家时，看到她家家门紧闭，过去敲了敲门，没人在。我想起跟唐露的约定，她应该会在这里等我，等我带回全套《哆啦A梦》的碟片。我没有带回来，但她应该在这里等我。我昏昏沉沉地想着。

我干脆在她家门口坐了下来，雨很大，地上的水流汇聚成河。我的头越来越晕，就靠着墙，但一直到我睡着，都没有等到唐露回来。

在唐露的葬礼上，我见到了陈老师。

在年初办葬礼，在村子里是大忌，所以人们基本上都不愿意参加。再加上老唐酗酒暴躁，人缘不好，葬礼上冷冷清清的。

下葬的那一天，细雨蒙蒙，唢呐声混在雨幕中，格外萧索。我走在十来个人的送葬队伍里，缓慢地跟着前面的人，雨落在脸上，而脸已没有知觉。

老唐坐在唐露的墓前，胸前系着一个白色麻袋，表情呆滞。他的独腿直直地伸在斜前方，样子触目惊心。我们依次上前，把用白布包着的钱丢进麻袋，然后离开。

我前面的是一个老人，颤巍巍的，她丢完钱转身的时候，我才把她认了出来。

“陈老师？”

她看着我，枯瘦的脸上看上去很深邃，不知是因为衰老，还是因为哀戚。她抖动着干瘪的嘴唇，对我说：“你也来了，你来参加唐露的葬礼。唐露是我最好的学生，却过得最惨，现在埋进土里，比我都早。但你不知道，她这么惨淡的一生，可怜的结局，都是你造成的。”

我一愣，疑心陈老师是不是年老昏了头，摇头说：“从小学毕业起，我就没有再见过她了。”

陈老师却不再说话，身子佝着，在冬雨里慢慢走向自己的那间破屋。

她离开了，她的话却像是一个阴影般笼住了我。我把羽绒服的帽子戴上，缩着脖子回家，母亲正在火炉边烤火，问我：“你把钱给老唐了？”

我点点头，然后问母亲：“对了，老唐的腿，是怎么断的？”

母亲眯着眼睛想了一会儿，炉火因失去了拨弄而变得暗红，青色的烟雾升腾。“好多年了。”她说，“不过这事我记得很清楚，因为他出车祸，正巧是你生大病那天。你小时候淋雨生了场大病，你还记得吗？”

我当然记得。小学毕业的暑假里，我淋雨回来，在唐露家门前等了很久，后来倚着门睡了过去。当路过的人看到我时，过来拍我的脸，却发现我怎么都醒不过来，这才通知我父母，把我送到医院。

那场大病其实早有预告——前一天我下河捞铁件，已经是着了凉，早上时便头疼。但我却没有在意，骑车骑得大汗淋漓，然后冒雨回村，一场高烧于是将我击倒。这是我得过的最严重的病，因处理不及时，高烧引发脑水肿，一度呼吸衰竭，在医院里昏昏沉沉地躺了两个月才有好转。也正是因为这场病，远在北方的姨妈千里迢迢地赶过来，把父母骂得狗血淋头，然后在我出院后，将我接走。我走的那天，路过唐露家，她家依旧家门紧闭。

母亲接着说：“我听说他当时骑着我家的车，去废品收购站卖废铁，喝多了，结果被一辆车给撞了。”

我恍然，原来老唐后来并没有把那些铁件交给派出所，而是像我一样去当废品卖钱。听到这个，我一点都不吃惊，这太像是老唐能做出来的事情了。

我惊讶的是，陈老师说的果然没错——我驮着铁件去卖，被老唐看到，他抢了铁件和自行车，自己去了废品站，因此出了车祸，失去了一条腿，唐家从此没有了经济来源。唐露的整个人生就在那一天发生了转折。她之所以没有如约等我，恐怕也是因为老唐出车祸，她赶去医院了吧。

尽管我并非故意，也无须自责，但确实是我的行为，导致了唐露命运的急转，间接将她推向了悲惨绝望的人生。

想到这里，我豁然转身。

“你去哪里？”母亲在我身后喊道，“外面冷，把衣服换上。”

雨丝如针，刺在我身上每一寸露出的皮肤上。我边跑边裹紧衣服，一路跑到陈老师家中，推开门，床上没人。我有些发愣，略作思索，把床前的地板挪开，再一次进入那条深邃的通道。

果然，推开门，在满是金属的房间里，我看到陈老师。她的头发在灯光下犹如一蓬风中的蒿草。

“你来了。”她甚至没有转身，在按那些复杂的按钮，“我知道你会来的，唐露是我最好的学生，是你最好的朋友。现在她死了，我们都有责任，我们都是她命运的推手。”

“可是……”我莫名地口干舌燥，后退两步，抵到了桌角，“可是我不是故意的……”

陈老师继续拨弄那些按钮，一阵嗡嗡声响了起来，越来越剧烈，但随着陈老师按下最后一个按钮，屋子里的仪器一颤，又恢复了寂静。她微弱地叹了口气，转过身来看着我：“你知道时间是什么吗？”

“什么？”我一时愣住了。

“时间是一条河，每个人都在河里挣扎着。而命运，又是多么无力的东西，不过是河流里的一个小小漩涡，每一个漩涡互相交缠，每个人都是别人命运的推手。不管是故意，还是无心，一个小小的动作都能让所有的漩涡在时间之河上卷向全然不同的方向。胡舟，这是时间的魅力，也是时间的残酷。”

这些话在房间里回荡着。我张着嘴，不可思议地看着这个年近八十的老人，无论如何也想象不出这番话是她说出的。陈老师，我印象中永远阴沉偏执的陈老师，在她生命的尾声，开始思考时间和命运了吗？

陈老师让我感到一阵诡异，四周闪烁的灯更让我觉得陌生。我说：“但时间是不能更改的，就算是我间接造成了她的悲剧，也没有办法了……”

陈老师看着我，眼睛浑浊如陈酒，良久，她摇了摇头说：“时间并非不能更改。这条河的很多流段，是存在闭环的。”

我越发迷糊。陈老师伸出枯瘦手指，在四周画了一圈，问道：“你知道这间屋子是做什么的吗？”

这是从童年开始便笼罩我的疑惑，但还未等我猜测，陈老师已经接着说道：“这是一个实验室。”

我环顾四周，这些电路和仪器确实像是在进行着某种实验。但我想不出，在这个落后偏僻的乡村，有什么可做实验的。

“这个实验室的背景，是军方。”陈老师一边说，一边抚摸着仪器的外壳，“但是更多的，我不能跟你说——尽管他们已经放弃了这个项目，已经有三十多年没有联系过我。我能告诉你的是，这个实验的目的，是研究时空闭环。”

“什么？”我疑心听错了，“时空闭环？”

“当时，我们从全国各地被调过来，都不知道是要来干什么。但那是……是那段时间，我们只能听从安排。这里是全国‘范式指数’最高的地方，哦，你不知道‘范式指数’。这是以老范的姓来命名的，老范已经死了，他的上半身就埋在外面的义山上。”

我浑身一寒：“为什么只有上半身？”

“因为我们找不到他的下半身。我们钻研了十多年，才人为造出了一条时间闭环，老范亲自做了第一例人体实验。但他刚刚沉入河面一半，闭环就失稳关闭了，时间和空间的错位被切合，他的下半身消失在另一个时空里。我记得当时，整个河面都被染红了。”

“河面？你说的是外面那个长了歪脖子树的河面吗？”

陈老师点点头，时空闭环在空间上的两个节点，就是这间实验室和外面那个直径一点四二米的圆形河面。而在时间上的节点是随机的。河面上经常漂来一些乱七八糟的东西，漂到河面节点时，就会落进这间实验室。

“所以你都标了记号，是吗？”我的记忆开始清晰，指着角落——时隔多年，我的皮球、泡沫板都还堆在那里。

“嗯，你曾经为了拿走你的练习册，偷跑进来过。但你没有跟别人提起，我也就没多管。”一口气说了这么多，陈老师似乎耗尽了精力，摸索着坐下来，然后继续说，“这个实验耗费了太多的人力物力，一直没有进展，所以那个时期结束后，实验被叫停了。他们都想回家，毕竟做这个研究就像坐牢一样，他们都走了，只有我留下来，央求他们不要销毁实验室。”

“你为什么不回家呢？”

“因为我没有家了。”陈老师凄凉地一笑，“你知道我跟老范是什么关系吗？他是我的丈夫，他埋在哪里，哪里就是我的家。”

我大概猜到了，心里哀戚，却只能点头。

陈老师接着说：“他们看在老范的面子上，把这些仪器留下了，把我的名字画掉了。在当时的中国，这种无疾而终的实验多不胜数，没人在意一个留在乡村的寡妇。”说到这里，她苦笑着摇了摇头，“反正我一直留在这里，替老范继续完成这个实验。”

“你刚才说时间可以改变，是已经完成了这个实验吗？”

陈老师刚要回答，突然咳嗽起来，她掏出手帕捂着，手帕立刻被染红。我连忙扶住她，然后背她离开实验室。她轻得像是一片叶子。

我把她放在床上，倒了药片和热水，喂她服下。她这才呼吸通顺些，喘了许久，说："我差一点就成功了……数据和原理我已经推导了无数遍，没有任何问题，但就在我准备做实验的时候，实验室里几样关键仪器不见了。"

"是什么时候？"

"太久了……但应该是小学倒闭之后两三年吧。"

我"噢"了一声，大概明白了——陈老师说时空闭环另一端是随机的。我那次从河里捞出铁件，手伸进的地方，应该是两三年以后的实验室。过了两三年，她才发现实验室的仪器被我偷走了。

"我花了很长时间来重新制造消失的仪器，但只有超晶体谐稳器没法复原，它太精密了，材料少见，我一个人无论如何也做不出。所以我谈不上成功，但是，但是时间确实是可以更改的。"她说着，眼睛慢慢合上，眼角沁出一滴浑浊的泪水，在丘壑般的脸颊上滑下，"离完成老范的夙愿只差一步，这一步我却再也走不下去了……"

我离开了这间小屋。外面依然雨丝飘飞，一座座坟茔在冬雨中瑟瑟发抖。我深一脚浅一脚地穿过这些荒凉的墓碑，来到一处新墓前。送葬的队伍已经走了，一片空旷、安寂，只有沙沙雨声。地上撒满了纸钱，被雨水打湿，混进了泥里。

我看到墓碑上贴着一张泛黄的照片，上面是一个清秀小女孩的剪影，扎着辫子，嘴角挂着微笑。听说老唐找遍了家里，没有一张唐露的照片，只找到了小学毕业照。他本来想把毕业照贴在墓碑上，但照片上还有其他人，这些人家觉得晦气，死活拦住了他。于是他把唐露的人影剪下来，当作冥照贴了上去。老唐手抖，剪得不太干净，唐露身旁还残留有我的侧脸。

天色暗了，雨更冷了。

我看着童年记忆里的唐露，她也看着我，对我笑。我伸出手，碰到了她的脸。

我和唐露最后一次见面，是在我高二的寒假。

那时我已在城市里生活多年，成了一个十七岁的城市少年。我开始听流行音乐，爱打篮球，想买一双耐克鞋，暗恋隔壁班的长头发女孩。我厌恶记忆里贫穷闭塞的故乡。

但姨妈多年未归，春节探亲时把我带上了。我住在父母家里，却格格不入。这里的人和其他一切，都让我感觉脏且陈旧。其间父母担心太麻烦姨妈照顾我了，向她提出把我接回来，姨妈以让我接受更好的教育为由拒绝了。我当时坐在旁边，悄悄地松了口气。

好不容易挨到大年初六，我跟姨妈一起坐陈叔的拖拉机去镇上，然后想着从镇上搭大巴去市里，再坐火车回山西。但我们到镇上时，大巴已经开走了，我们在街边等了半个多小时，才拦到一辆顺路回市里的小汽车。司机要收一百块，姨妈谈了半天，才以五十块的价格谈妥。

刚要走时，身后突然传来一个怯生生的声音："你们是要去市里吗？"

我转头看见一个女生，十五六岁的样子，身形消瘦，却背着一个鼓鼓的大包，手里也提着两个布袋。我疑心这些包裹比她自己都要重。

"是啊。"我说。

"捎我一个吧，我也去市里……没赶上大巴。"

我觉得她有些眼熟，点点头："应该可以吧。"

这时，司机探出头来，不满地说："这可不行啊！三个人就不是五十了，得加钱，六十！"

姨妈瞪了他一眼，然后转头看着女孩，说："小姑娘，一共六十，三个人。我们四十，你出二十块，可以吗？"

女孩犹豫了，在司机催促地按了几下喇叭后，才点点头。我帮她把行李放在后车厢里，突然记起了她的名字，脱口而出："唐露？"

"好久不见，"她却没有太惊讶，看着我笑了笑，"胡舟，你长高了。”

在去镇上的一个多小时里，我坐在唐露旁边，彼此沉默着，气氛有些尴尬。我扭头看着车窗外飞逝的树影，车窗倒映出她的脸。我看到她低着头，刘海儿的影子若隐若现。

“你是去哪里呀？”我打破沉默。

“上海。你呢？”

“我跟姨妈回山西，快开学了。你现在也是在上海读书吗？”话刚说完，我就后悔了——她背着这样多的行李，无论如何都不像是去念书的样子。

唐露依旧笑了笑：“去打工。”

坐在前座的姨妈回了下头，看了一眼唐露，又转过去。我下意识地问：“做什么工作呢？”

“还不知道，去了再看吧，”顿了顿，她又补充说，“总有活儿做吧。”

接下来，又是沉默。车子上了跨江大桥，飞速行驶，我看到江面上有一只白色的鸟飞过。过了桥，就是市火车站，我和姨妈将在这里踏上回山西的火车。

唐露突然说：“你还看《哆啦A梦》吗？”

我一愣：“很久没看了……怎么了？”

“没什么。”她说。她的声音突然变得有些闷，像是鼻子被堵住了一样。

车子下了桥，在车流中缓慢行进。喇叭声此起彼伏，破旧的火车站已然在望，门口拥挤着黑压压的一片人。

“我一直在看，但是他们说，《哆啦A梦》已经有结局了。”唐露说话的时候，视线掠过了我的脸，投射到窗外的很远处，“原来，大雄得了精神病，所有发生的故事，都是他的幻想，都是假的。所以，这个世界上从来没有哆啦A梦……”

那时我已经很久没看动画片了，对《哆啦A梦》的印象早已模糊，只能硬着头皮问："是谁告诉你是这个结局的？"

"网上是这么说的，都这么说，就不会有假吧。"唐露收回目光，垂下头。不知是不是我眼花，我看到她脸上滑过了两道浅浅的泪痕，"可是你跟我说过，每一个孤单童年，都有……"

这时，司机开到了火车站前，停下车，转头对我们说："到了，下去吧。"

唐露便没有把后面的话说完。她推开车门，我帮着把行李拿出来。姨妈给了司机六十块钱，唐露随后掏出一个布钱包，数出二十块零钱，递给姨妈。

"不用了，不用了。"姨妈看了我一眼，对她摆手说，"你留着吧，以后用得着。"

唐露执意要给，姨妈毕竟处事老到，拉着我的手就往售票厅走。我回头看去，看到唐露背着大大的包裹，手里捏着钱，没有追上来。但她眼眶有些红，似乎是想说什么。

周围全是背着行囊赶往四方的人，人太多了，我走了几步再回头时，唐露瘦弱的身躯已经被淹没在人潮里。我使劲昂着头，看不到她的影子，我再踮起脚，依然只看得到人流汹涌。我再也找不到她了。

雨丝落在脖子上，我突然一个激灵，转身往家里跑。我在装着旧物的木箱子一阵翻找，找到了那个底方顶圆的金属和晶体无缝接合的物件。现在端详起来，它更像是一个造型拙朴的U盘，但它的底部不是USB接口。

我把它揣在怀里，匆匆跑出去。出门前，母亲拉住我问："都晚上了，你还去哪里？"

这是我的母亲，旁边木讷寡言的是我的父亲。我突然有些心酸，上前抱住了他们，母亲满脸困惑，而父亲则有些不习惯。

我对他们说："我很快会回来的。"

“几点？”母亲问。

“不是今晚。”我说完，出门一路快走。我不需要在黑夜里打开电筒，只沿着记忆里的路，很快就到了陈老师家里。

“现在实验室里唯一缺的，”我把那物件掏出来，“就是这个吧？”

陈老师本已经睡下了，看到我手上的物件，眼皮一跳，挣扎着坐了起来。“是，是超晶体谐稳器。”她的声音都在抖，“我找了这么久，怎么会在你手里？”

我没有回答，急切地问：“是不是有了这个，你就能把我送到从前？”

陈老师从激动中回过神来，抬头看我：“你真的要回去？”

我点头。

“你现在的日子很好，舍得放弃吗？”

我苦笑：“很好吗？我在北京遍体鳞伤，所以才回到故乡。”

“现实没有往事美好，所以就要回去吗？但往事是用来回忆的，不是用来重复的。在你的想象中它很美好，但当你真正进去，它就未必了。你要想好。”

“没关系，我不是逃避，也不是去重复往事。”我上前一步，看着神态老朽的陈老师，“我是去改变。”

“改变什么？”

“如果按照因果论，唐露的悲惨是我造成的，那我就应该去纠正这个错误。我要当一只真正的哆啦A梦。”

“你去了就再也回不来了，你知道吗？”

我摇摇头：“没关系。我会再次长大的，不是吗？”

我扶着陈老师来到地下通道，进了实验室。她把谐稳器插好，熟练地启动繁复的按钮。中间桌子的玻璃箱里，电火花再次闪现，越来越密集，最终交织成环。

“这十多年我没闲着，一直在计算闭环的落点，理论上，可以精确控制两个节点的时间。”陈老师问，“你要去哪一天？”

我输入了日期。

光环随之扩大，透出了玻璃箱子，在空中悬浮着。陈老师点点头，眼里闪光，说："看来计算没有错。"她再次按下几个按钮，光环竖向转动，与地面垂直，成了一个圆形门。

"我最后问你一遍，你想好了吗？"

这个问题已经无须回答了。我深吸一口气，站在光环前。它闪烁着，光照在我脸上，越来越亮。电流的嗞嗞声在房间里回响。我突然流下泪来，上前一步，跨进了光环里。

那一瞬间，我像是初领圣餐的孩子，放大了胆子，但屏住了呼吸。

有光，黏稠，清冷。

我的大脑短暂性地停止了工作，等恢复过来时，只记得这三个感觉了。

我张开眼睛，发现还是这间实验室里，但陈老师不知去向。难道失败了？我疑惑地走出地下通道，推开陈老师的家门，走出去，一股只属于夏天的沉闷的灼热感顿时袭来。

没错！

我回到了那个夏天的阴沉上午！

我顾不得惊讶，匆匆赶到大路边，看到一个男孩正骑着老式自行车，车座后面驮着一个麻袋，正向镇上骑去。

"你等下。"我拦住了他。

男孩停下来，扶着车，惊讶地看着我："你是谁？"

我说："不用管我——你的麻袋不太结实，待会儿里面的东西就掉出来了，我帮你重新系一下。"我把羽绒服脱下来，包住麻袋，用袖子拴紧车杠，"嗯，这样应该就可以了。还有，你去镇上时，不要走桥上，从小路绕过去，听到了吗？"

男孩一直疑惑地盯着我，闻言点点头。

“去吧，”我挥挥手，“早点回来，唐露还等你呢。”

“你怎么知道……”

“对了，你卖了废铁，找那老头借一套雨衣，待会儿你回来时会下雨。千万不要淋雨。”

男孩重新跨上车，走之前又盯着我看了几眼，说：“你跟我爸爸长得好像，你是我家亲戚吗？”

我笑了笑：“总之你记住我说的话就可以了，去吧！”

男孩骑车远去，很快消失在路上。我站在原地踯躅了一会儿，然后走向唐露家。我没有进去，站在屋前马路的对面，坐下来开始等。

这个午后过得很慢，时光像天气一样黏稠，但没关系，我有足够的耐心。我一直坐着，路过的人好奇地打量我，我一直坐着。后来下雨了，我便到唐露家的屋檐下躲雨。

一个女孩从屋里探出头来，看见我，清秀的脸上有些失望，然后冲我一笑，说：“要喝杯水吗？”

我说：“不用了，我只是躲会儿雨。谢谢你。”

“哦。”唐露缩回头，但过了一会儿，又搬了两个板凳出来，递给我一个。她也坐在我身边，看着外面无穷无尽的雨幕。

“你在等什么人吗？”我问。

唐露点点头：“我在等哆啦 A 梦。”

“是动画片吗？”

“不是的，是一个人。”她没有回头看我。我却看到了她的侧脸，熟悉的侧脸。

我们就这么坐在屋檐下。

男孩的身影出现在雨中，骑着车，身上披了一件雨衣。女孩站起来了，板凳倒在她身后，她都没有察觉。

男孩骑过来，把车靠在墙边，冲女孩大声喊：“露露，我租到了！”他看到了我，有些诧异，却没有理我，只把雨衣脱下，从怀里掏出一叠厚厚的光碟，递给女孩。

“太好啦！”女孩高兴地接过来。

我站起来，转身踏进雨中。这时，女孩对男孩说：“谢谢你，哆啦A梦！”然后，他们抑制不住高兴，牵着手，在屋檐下唱起了歌——

每天过的都一样，
偶尔会突发奇想，
只要有了哆啦A梦，
欢笑就无限延长……

歌声清脆欢快，穿过无边雨幕，在这村庄上空回荡。我没有转身，不知道他们是唱给自己听，还是唱给我听的。但这已不重要了。从这一刻起，命运已经转向，时间之河上的漩涡被打乱、重组。这两个小孩将踏上他们全新的人生，就像野比大雄和藤野静香，将会慢慢成长。

而哆啦A梦，已经完成了它的使命。

这颗星球上
最孤独的那一只鲸鱼 / 谢云宁

在如此广袤无垠的宇宙中，我们地球上的生命却是独此一份地存在，每一位天文工作者的心底都埋藏着在茫茫宇宙中寻找到另外一脉文明的希冀。

一

当Alice那旋律熟悉的歌声突然再次响起，探测仪显示此刻Alice已远在一百二十公里以外的西北方向。

兰伯特轻叹了口气，自己与Alice再一次地擦身而过，当然他并不感到特别的失望，毕竟这么多年来他已经习惯了这种不断失之交臂的感觉。一直以来，自己与Alice之间就像是进行着一场有趣而又漫长得没有尽头的捉迷藏游戏，他不知道Alice最终会将自己引向怎样的一个隐秘之地。

他打开了电脑，进入到“52赫兹人星球”网站的直播频道，开始每天一次的在线直播，“所有的52赫兹星人，下午好。今天有一个坏消息和一个好消息与大家分享。坏消息是我们再次与Alice错过，而好消息则是Alice又重新开始了自由歌唱，大家又可以下载收听他最新发布的新专辑。好了，今天的直播就到这里，请继续关注我。明天再会。”

在一口气说完一通话后，他并没有如往常一样与听众进行互动，而是直接下了线。他取下耳塞，将目光转向船窗外的大海，天空阴云密布，淡白色的薄雾弥散在白波翻腾的海面，白色海鸟如飞扬的纸片在上下翻飞，更远处的海岸线是挪威的贝尔松海湾，能够隐约看到一座高耸的白色灯塔。

自己已经有多久没有上过岸了？两个月还是三个月？或许应

该上岸采购一些食物和日用品？

在踌躇了半天后，他还是调转了“兔子洞号”行进的方向，向着远方的海湾驶去。

兰伯特泊好船上岸，沿着海港小镇的商业街漫步，镇中心有着一个不大的广场，他曾来过这里好几次。贝尔松是一个著名的旅游景点，离这不远处有一座秀美的国家森林公园以及北欧最为壮观的鲸鱼墓地，来这里的游客很多，加上今天刚好是一个集市日子，因此广场上特别的热闹。

每次上岸穿行在陌生的人流中，兰伯特都强烈感到一种被时代潮流抛得好远的感受，今天这种感觉尤为强烈。因为一路上他见到很多人都戴着巨大的VR眼镜，看起来VR技术已经在世界上蔚然成风，听说这些眼镜具有现实虚拟加强功能，能够把身边的人与景物进行一番夸张的处理，依照用户喜好将视界变成魔法世界或是别的什么奇幻场景。

一个个沉浸在VR世界、脸上挂着自得笑容的男男女女从他身旁走过，也不知自己在他们眼中被加强成了什么样子，不过以自己此刻的尊容：凌乱的长发，满脸的胡楂儿，臃肿不堪的体态，VR眼镜应该会很自然地把自己加强成一位手持战斧的剽悍维京大叔吧！他暗中思忖道。

花了一个下午采购完日用品后，他返回到海边，走进了一家叫作“世界的尽头”的露天酒吧，他要了熏鲑鱼、驯鹿肉、洋葱沙拉、奶酪，大口享用起久违的挪威美食。

在用完晚餐后，他又要了一大杯啤酒，一个人对着大海喝了起来。

此刻，海面上的薄雾已经退去，黄昏的太阳从灰色云层穿出，天空难得地晴朗起来。

他凝望着波光粼粼的海面，一口口灌下杯子里浑浊的黑色液体，北欧特有的高浓度啤酒口感浓烈而厚重。渐渐地，酒精带来的愉悦感让他身体变得轻飘飘起来。

他将迷离的目光从大海收回，怔怔地环顾四周的景致，寂静的海滩上散布着过去捕鲸船的残骸，以及鲸鱼与驯鹿的枯骨。远处群山白雪皑皑，拂面的海风潮湿而寒冷，空气中飘荡着一股像是来自远古的腐朽味道，这一瞬，时间仿佛被冻结住了。

一时间，大脑中涌起的眩晕感让他暂时忘记了此刻身处何地。

片刻过后，他的脑海中才浮现出答案。这里是挪威国土的北端，濒临北极圈。

是什么样的力量引领着自己一步步来到这片蛮荒苦寒的极北之地？

故事的开端要追溯到遥远的一九八九年。那一年，美国海军在监听北太平洋海下潜艇过程中无意记录下了一个奇怪的声音，这声音听上去很像是一头雄性鲸鱼发出的歌声，然而这个声音的频率远远超出了其他鲸类——大部分的雄性鲸鱼的歌声频率在17～18赫兹，而这头孤独鲸鱼歌唱的频率竟然高达52赫兹！

也就是说，这头鲸鱼在所有其他同类的眼中只是一个海水般透明的存在，没有任何同类能够聆听到他的声音，也没有任何同类能够感知到它的存在。

在此后的二十多年里，这头神秘鲸鱼的足迹辗转环绕了半个地球，依然孑然一身，却从未停止过歌唱，日复一日地在茫茫大海中浅吟低唱着52赫兹的歌曲。

于是，它被人们称作“这颗星球上最孤独的一只鲸鱼”，并有了一个叫作“Alice”的名字，一个与《爱丽丝梦游仙境》主角一样的好听名字。

Alice的故事在全世界流传开来，很多的音乐人、小说家、画家围绕这个主题创作出了缤纷的作品。地球上每一个孤独的灵魂都在这个故事中取得了共鸣，在感伤叹惋的同时又获得心灵的慰籍。这些Alice追随者称自己为“52赫兹星人”，他们在网络中悄然集结了起来，建立了一个庞大社交网站，分享着彼此孤独的心声，而在线下他们甚至众筹了几次寻找Alice的远航行动。然而Alice飘忽不定的行踪让一次次搜寻无功而返，在多次无果的行动过后，许多“52赫兹星人”都已放弃了有生之年一睹Alice真身的心愿，在他们心中，Alice的歌声时断时续、深邃如谜，如同这个繁复世界若有若无的背景之音，倒是为ALice增添了几分隐秘色彩。

当然了，也并不是所有人都放弃了努力，始终有一位“52赫兹星人”仍执拗地将生命全部热忱投入到寻找Alice的漫漫长路上，十年来独自驾驶着渔船全世界地追寻Alice，他就是三十六岁的海洋哺乳动物学家，汤姆·兰伯特。

是的，汤姆·兰伯特就是他自己，被“52赫兹星人”称作“Alice最后的倾听者”。

敬“最后的倾听者”一杯，他暗自微笑着，向着大海与落日举起酒杯。

“兰伯特博士，你寻找到Alice了吗？”一个轻柔的女声突然在他身后响起。

兰伯特慌忙转过身，怔住了，一位身着天蓝色羽绒服、背着大背包的女子站在他的面前，她像是一名途经此地的旅行者，约莫二十八九岁的年纪，干练的短发，个子不高，一张五官柔和的东方人面孔上挂着浅淡恬静的笑容。

他茫然地放下酒杯，开口道：“你认识我？”

“我看见了你的船，‘兔子洞号’。”女旅行者指了指海边，“再说了，我也是一名‘52赫兹星人’，我见到过你的照片。”

“是吗？”兰伯特心中一暖，“52赫兹星人”就如数列中相距遥远的孤独质数，稀稀落落地散布在地球表面各个角落，两位“52赫兹星人”能在现实世界不期而遇实在不是一件容易的事。

“当然了，我也参与过你的众筹活动，认购过一张Alice的插画，虽然只是可怜的十美元。”女旅行者又笑了笑。

“啊哈，说来你也是我的金主，能邀请你坐下喝一杯吗？”兰伯特这才意识到自己应该站起身来。

“当然。”女旅行者欣然接受了邀请。

她坐了下来，点了一杯鸡尾酒。

“你来自哪里？”兰伯特询问道。

“我是中国人。中文名叫左小月。”

“中国——”兰伯特在心中咀嚼着这一个对于自己具有特别意义的单词。他的脑海中不禁浮现出了一张面孔，那是一张因操劳过度而显得异常消瘦的中国女性的面容，事实上他对这张面孔已经有些模糊，那是他的母亲……

“后来我离开中国到美国留学，”左小月的话让兰伯特赶紧停住了思绪，“学习天体物理，毕业后去了NASA实验室工作。”

“左，你是天文工作者？研究遥远的星星，还是黑洞或引力波？”兰伯特露出了惊奇的表情，自己也是一名“星空控”。

“是的，我研究天上的星星，不过我的视野还未能走出太阳系——”

“具体是——”

“目前我参与的是‘朱诺’木星探测项目，我们的探测器已经在几年前抵达木星轨道，正在对木星进行一次全面的体检。”

“木星，那个长着大红斑的大家伙，你们究竟看到了什么——”兰伯特惊呼道，他下意识抬头望着天空，他清楚地知道这个时节木星在北半球夜空的准确位置，然而此刻太阳还没完全落下，木星还没有显现。

左小月的目光也跟随他停驻在了遥远的海天尽头，她轻声说道：“从木星轨道近距离观看木星，气态的木星就像是一片镶嵌在墨黑太空中的大海，只是这片大海的惊涛骇浪要比地球上的海洋汹涌上千万倍，波澜壮阔的海面之上肆虐着超级风暴与闪电，海面之下则充满了岩浆般翻滚的液态氢。”

“真是壮观。如果说木星是一片汪洋大海，在海水中是不是也存在着别样的生命？”兰伯特半开着玩笑道。

“很遗憾，我们没有寻找到任何生命的迹象，再说了，木星内部充满了对有机生命致命的电磁辐射，或许很难产生我们能够理解的生命形态。”左小月认真地说，“不过，我们也没有放弃在木星周边寻找生命的可能性，我们将目光锁定在了木星的一颗卫星上，木卫二。”

“木卫二？你们准备进入到木卫二的海洋中？就像科幻电影《木卫二报告》那样？”兰伯特好奇地追问道。

“是的，木卫二可能是太阳系内最具潜力拥有生命的星球，其拥有一个结实的冰质外壳，在表面冰层之下是一个巨大的盐水海洋，这个海洋充满了木星潮汐力所产生的热量，与此同时海洋之上厚厚的冰层也能阻挡住来自木星的剧烈射线，非常适宜海洋生物存活。”左小月顿了顿，“可以告诉你的是，我们的探测器甚至在木卫二的表面发现了一些奇特的现象。”

“你们已经发现了生命的迹象？”

“我们暂时还无法确认，但‘朱诺’探测器多次发现，每当有陨石撞击木卫二留下深深的陨石坑时，过不了多久，这个深坑就会神奇地凸起，木卫二的冰层外壁又恢复成平整无损的球形。”

“你的意思是冰层之下有智慧生命完成了一轮修复工程，他们这样做的目的是——”兰伯特震惊道。

“我们只是猜测，如果这真是生命的有意识行为，或许是为了抵挡来自木星的辐射吧。”

兰伯特点了点头：“你们接下来的计划是什么？”

“我们‘朱诺项目’接下来的计划将是发送一个全新的探测器到木卫二上空，探测器会释放出一个高速穿透器，如彗星般撞开冰层，紧接着，数以百计的微型机器人将通过打开的冰口进入海洋中寻找生命的踪迹。”

“听上去很棒。”兰伯特由衷地赞叹道。他想象着当冰层被猛地凿开，一束笔直的探测器强光骤然射入幽暗的海水中，木卫二深海里如果真存在着生命，那些上亿年来习惯了冰冷与黑暗的生物会不会被这突然降临的奇妙光亮吸引；它们或许会兴奋地会聚到光芒的周围，睁大眼睛好奇地打量着随着光亮涌入的机器人，在一番打探后，外形独特的它们小心翼翼地与浮游生物一般的机器人互动起来，这是一幅多么奇丽的画面……

“兰伯特，我说了这么多，该轮到你了，你的Alice有什么新的进展吗？”左小月嘟着嘴说道。

“Alice……我还在继续寻找他。”兰伯特沉吟道，当话题从绚丽的木卫二海底世界拉回到平淡无奇的地球表面，他深深地感到了一种失落感。相比精彩纷呈、高歌猛进的木星探索计划，他一筹莫展的追寻之路像是陷入了北极圈漫长的极夜一般，看不到一丝黎明的曙光。

“终有一天你会找到他的。”左小月轻声安慰道，“想好与Alice见面的那一刻如何与他打招呼吗？”

“我还没想好呢，也许潜入水中给它一个深深的拥抱。”兰伯特喃喃道，这并不是他此刻想要讨论的话题，于是他迅速地转移开了话题，“能聊聊你如何成为一名‘52赫兹星人’的故事吗？”

左小月愣了愣，转而微笑着回答道：“你相信吗？每个天文工作者都是天然的‘52赫兹星人’。”

“为什么这么说？”

“在如此广袤无垠的宇宙中，我们地球上的生命却是独此一份地存在，每一位天文工作者的心底都埋藏着在茫茫宇宙中寻找到另外一脉文明的希冀。”

“你的说话实在太官方，我聆听过很多位‘52赫兹星人’的倾诉，每一个人背后都有着一个独特的故事，我相信你还有别的原因。”

左小月沉默了片刻，“或许吧，下次有机会再告诉你。”

“好吧，希望以后还有机会。”兰伯特耸了耸肩，没有再追问。

左小月接着说道：“现在轮到你了，你又是怎么成为‘52 赫兹星人’的，而且还是全世界最虔诚的那一位？”

“似乎也没有太多可说的，我大学的专业碰巧是海洋哺乳生物学，很久之前我就把以后研究的目标锁定在了鲸鱼身上。你知道，鲸鱼身上还有很多人类未解之谜，再后来，我了解到了 Alice 的故事，或许是它的状态吸引了我吧，这些年来，它一直孤身遨游大海，自由歌唱、从不留恋、从不停驻……”兰伯特含糊地应付道。

“很像是你现在的生活状态。”左小月附和道。

兰伯特不置可否地笑了笑。

“兰伯特，你觉得真实的 Alice 会是什么样子？”左小月继续追问道。

“从 Alice 的歌声分析，它最大可能还是长须鲸与蓝鲸杂交的后代，应该有着与众不同的混血外形。”兰伯特思考着说。

“如果你的说法正确，Alice 外形应该非常的标致，好比我们人类很多混血儿拥有着漂亮长相，就如你一样——”说着，左小月顿住了，她猛地意识到了自己说错了什么，慌忙紧张地说道，“对不起，触犯到你的隐私了。”

兰伯特苦涩地笑了笑，嗓子发干地说：“没关系，你所说的我早已释怀。”

他将目光移向了远方，还是在心中叹了口气，对此自己又有什么可否认的呢。自己的身世就像是一个如影随形的标签，与生俱来地跟随着自己。

有过不止一起的新闻报道（在过去遥远的某一段时间里他也曾是媒体追踪的热点）将他的出生与 Alice 联系在一起，“跨越种族所孕育的后代”“特立独行”“与世界格格不入”，这些形容词充斥在报道中。

他的母亲来自中国，十七岁时通过“蛇头”来到美国打黑工，后来为了留在美国嫁给了一个比自己大二十岁的卡车司机，于是有了兰伯特。从他记事开始，父母就没有任何的交流，他的父亲脾气暴躁，每次酗酒后总是暴打母亲。在一个圣诞夜的晚上，五岁的他亲眼看见了父亲用一把左轮手枪对着母亲连开三枪，然后满身血迹的父亲举枪走向了他，那一刻躲在桌子下面的他只是瑟瑟发抖。十几分钟后，父亲最终还是选择转动枪口，对着自己太阳穴扣动了扳机，在那之后他一直在孤儿院长大……

兰伯特轻轻摇了摇头，强迫自己停止回忆，他右手颤抖着举起酒杯，猛灌了一大口啤酒，像是要将令人哀伤的往事一饮而尽。

“真的很抱歉，兰伯特。”左小月再次道歉。

“没事，我们谈些别的话题吧。”他生硬地笑了笑。

这一刻，两人陷入了片刻的冷场，在他们周遭，深沉的夜色已然降临，远处的大海轻响着。

“你在Glitter的ID是什么？”兰伯特终于寻找到一个话题。Glitter是目前最流行的一款社交软件。

“木卫二的抹香鲸。”

“你在‘52赫兹星社区’使用的也是这个ID？”

“是的，难道——”

“我记得这个ID。”

“真的吗？我一般很少在社区发言。”左小月表示怀疑地说。

“你的头像是一座漂浮在海面上的冰山，我还以为是位男性。”

“天啊，你说得没错。”

“我还记得你曾发过一个有趣的帖子。”

“真的吗？帖子的内容是——”

“你在一个帖子里一本正经地发问，‘为什么说生命、宇宙以及任何事情的终极答案是四十二’，也就是《银河系漫游指南》里的那个梗，并许诺会在第四十二层给出答案。”兰伯特回忆道。

“是的，我想起来了，我确实发过那样一个故弄玄虚的帖子。

我记得那时我脑海中突然冒出一个古怪想法，关于四十二的答案，那种感觉就像是道格拉斯·亚当斯附身，于是我迫不及待地上网想要分享给网友，当然，那实际上只是一个并不好笑的冷笑话。”左小月惊喜地说。

“哈哈，你最后给出的答案确实把所有人都冷得冻僵了，‘因为每个人灵魂的重量是二十一克，二十一加上二十一等于四十二，一个灵魂只有在寻找到另外一个灵魂伴侣时才能获得生命的圆满，从而获得宇宙的答案’。”

“天啊，那时候的我实在是傻得可爱。”左小月“咯咯”地笑出声来。

“其实你的笑话反响也还不错，获得了一半的点赞、一半的嘘声。”

“是吗？你连这个细节都记得，你的记忆力实在让人难以置信。”

“或许吧，有时候我总是对一些细微的小事记忆犹新。”兰伯特有些不好意思地说。

“你当时给我是点赞还是嘘声？”

“啊哈，我有些忘记，不过——”兰伯特笑着说，“我的笑点通常有些高。”

“那就是给的嘘声。”左小月领会到了兰伯特的意思，两人相视一笑。兰伯特在大笑过后，放松地伸了个懒腰，这样的谈话真是让他感到轻松惬意，不知是酒精的作用，还是太久时间没有与人面对面交流，自己比以往要健谈许多。

随后的时间里，两人就像是多年未见的老友，漫无边际地畅谈着，在他们的头顶之上，星辰冉冉升起在夜空，如同点点冰碛般冷峻而深邃。在天穹的东北方向，群星之中有一颗异常醒目的而又并不眨眼睛的明亮星辰，那正是木星，她就如一位真挚的旁观者，高高在上地注视着两颗初次相遇的二十一克灵魂，静静地倾听着两人相互吐露着心扉。

直到酒吧打烊，两人才不得不意犹未尽地结束谈话。

明天一早两人又要回到各自的生活，奔向各自的远方，左小月要赶往奥斯陆，然后坐飞机返回美国。

兰伯特将她送回了旅店，在旅店门外他们挥手作别。

“兰伯特，该说再见了，”左小月目光明亮地望着兰伯特说，突然她又像想起了什么似的，在迟疑了片刻后，她又轻声说，“哪一天你寻找到Alice记得第一时间通知我，即使不邀请我参加你的新闻发布会，也至少要在Glitter上艾特我一下。”

兰伯特愣住了，一股暖流荡漾在他的心田，这就像是一个美好的约定，只是这个约定如此的遥遥无期……

“一定会的，你也是，木卫二上有什么新奇的发现，记得与我分享。”最后兰伯特喃喃地说。

左小月微笑着点了点头，向他挥了挥手，然后转过身去，她的笑眼在星光下闪烁生光。

他呆呆地注视着她走远，这一刻，他突然意识到，实际上自己可以开船送她到奥斯陆。于是他犹豫了起来，可是明天自己还需要继续奔向Alice歌唱之地，这与奥斯陆是截然相反的方向。

就这样，兰伯特久久地僵立在原地，迟迟做不出决定，而她的身影早已消失。

在此后的很多年里，兰伯特无数次回想起这个奇妙的夜晚，如果那时他做出了不一样的决定，也许他的人生会从此改变。

二

两人的再次见面已是六年之后。

在初夏时节的加州海港，兰伯特正在专注于修补“兔子洞号”破旧的船体，当他不经意间抬头，见到左小月出现在他的面前，穿着一身白色衬衣与天蓝色碎花裙，站在一方明媚的阳光中，微笑着向他挥手。

他不禁一阵恍惚，这真是左小月吗？那纤秀的五官轮廓、清澈明亮的眼睛，分明就是她，只是相比记忆里的样子，她如今的面容显得更加清瘦，体型显得更加单薄，或许是上次见面她穿着羽绒服的缘故。

“兰伯特——”左小月轻声唤道。

“左小月，真的是你？”兰伯特的心剧烈地跳动了起来。她仿佛穿越了时光的隧道来到自己的面前。

“兰伯特，很高兴你还记得我的样子。”

“你怎么会出现在这里？”

“我在你的Glitter上留过言啊。”

“我以为你在开玩笑。”

“哪里，你知道‘木卫二计划’陷入了停顿，于是我有了一个悠长的休假。我想着出来散散心。于是通过网站找到了你的位置。”

兰伯特愣愣地点了点头，事实上，这些年来他一直在关注着木卫二探测的动态，他甚至购买了NASA推出的最新VR头盔，跟随着核动能微型探测器的视野进入到木卫二的冰层以下……

“船长，能邀请我上船，带着我在大海上航行一程吗？”左小月的话打断了兰伯特的思绪。

“当然，当然，非常有幸能与大天文学家同行。”兰伯特回答道，他尽力压抑着自己喜出望外的情绪。

黄昏时分，“兔子洞号”再次扬帆起航，离开美国西海岸。

然而，这一次“兔子洞号”并没有明确的目的地。

因为Alice在过去的三个月里都没有再歌唱，“兔子洞号”只能继续游荡在Alice最后歌声消失的海域。

兰伯特将船设置为自动航行模式，然后走出驾驶舱，来到甲板上。

此刻，左小月正斜倚在舷栏，出神地眺望着大海，只见远处有几只海豚不时地跃出海面，欢快地嬉戏。

“这里是宽吻海豚经常出没的海域。”兰伯特开口道。

“这些海豚真是可爱，”左小月回头望着他，“不过我已经没有太多力气欣赏它们的表演了，赶了一天的路，快饿坏了，船上有什么食物吗？”

兰伯特带她来到厨房，为她盛了一盘冷冰冰的水煮土豆块，又从一个罐头里倒出一些沙丁鱼酱拌在土豆上。

“你在船上常年就吃这样的东西？”左小月微微皱了皱眉头。

“一个人吃得比较简单。”兰伯特有些不好意思地说，他将食物放到了甲板上的圆桌上，又从储物间拿出了自己珍藏了多年的红酒。

“左，这几年过得怎么样？”兰伯特为左小月斟了杯红酒。

“还行吧，经过了一次失败的婚姻。”左小月就着红酒艰难下咽着土豆块，并没有抬头。

兰伯特点了点头，事实上，他时常关注Glitter，对她这几年的生活状态还算了解。

“你的‘木卫二计划’呢，还会重启吗？”兰伯特继续关心道。

“当然，不过新的探测器还需要几年的时间才能飞抵木卫二，这一次我们准备了一艘‘大块头’，它会直接潜入海底，足以抵挡狂暴的洋流。”

兰伯特没有再说什么，他默默地注视着左小月用餐，事实上，她也不再年轻，眉宇间透着几分倦意，眼角有了几丝明显的皱纹。这一刻，他有了一种奇怪的错觉，左小月这些年仿佛是在冰天雪地的木卫二度过，来到这里前刚乘宇宙飞船返回地球表面。他的脑中回想起了自己通过VR眼镜体验到的木卫二海底幻景的那些奇妙记忆——曾经有一大段日子自己就是靠着这个眼镜打发掉一个个无所事事的夜晚。那种身临其境的感觉极具冲击力，在剧烈晃动的视角中，携带着能捕捉各种生命信号的探测器就如同一粒坠落进了幽暗深渊的石子，颤颤巍巍地坠向深渊的底端。在这一过程中，兰伯特的心一直紧绷着，探测器迸发出的微光只能照出异常微小的区域，他始终预感有着骇人外形的怪兽会从光亮未抵达的黑暗中突然蹿出，然而他所期待的刺激一幕始终没有发生。随着探测器不断地深入，海水的温度逐渐升高，在某一点突然变得动荡起来，四下的湍流像是在不断累积着能量，在转眼间，漩涡演变成了一场海啸。探测器被狂暴的洋流裹挟着，逆转了方向，冲向了木卫二表面被撞开的缺口，之后的画面被飞速快进了，探测器周围的海水被飞速冻结了，最终视野凝固在了一片晶莹的冰雪中，究竟发生了什么？一种不可名状的恐惧攫取了他的心。就在这一刻，他耳畔响起了解说员的解说词，以无比遗憾的口吻告诉他，就在刚才，木卫二表面被人类撞开的洞口已经重新被结冰的海水填满，所有的探测器都被封进了冰层之中。

这样的结果让所有人始料未及，但很快，科学家们根据已有的探测数据建模得到了一个结论，木卫二的公转周期是三天半。当木卫二运行到轨道某一点上，木星巨大无比的引力加之炽热的海底热流共同作用，海水被剧烈地搅动，并向着表面存在裂缝的区域涌去，最终被冻结。

也就是说，过去“朱诺”所探测到的陨坑神奇地凸起现象，不过是木卫二天生能量循环过程造成的必然结果，木卫二就像是一个具有自我修复能力的巨型生命体，而在她体内波谲云诡的海洋中，人类还未探索到任何生命的迹象……

“兰伯特，你呢？这几年过得怎么样？”

左小月的询问将兰伯特的思绪一下子从木卫二拉回到了地球，重新回到了日复一日浑浑噩噩的生活中。他喃喃地开口道：“你应该看得出来，我还是老样子——”事实上，他此时的样子一定比起六年前更加邋遢，更加衰老。

“你为什么不找一个助手，跟着你一起出海？”吃完土豆块的左小月望着他的眼睛说。

兰伯特避开了她的目光，艰难地回答道:“你知道，这几年Alice的热度在消退，我所提供的有关Alice周边产品:铃声、插画、视频，愿意下单的人越来越少，我的经费很难再负担一位助手——”

“事实上，今天美国政府的海洋探测系统监控着太平洋上所有鲸鱼的歌声，你为什么不待在家里，借助这套系统与高分辨率的卫星寻找Alice？”

“可是……这样我无法第一时间与Alice见面。”兰伯特沉吟道。

“这不是实情，”左小月摇了摇头，“如今交通工具是如此便捷，你完全可以即刻奔赴它现身之地。”

兰伯特木然地站在原地，他不知道该如何回答。

“我猜你害怕回到陆地上，Alice就像是一个万能的理由，让你能够心安理得地享受着一个人的孤独。”左小月目光定定地注视着他。

兰伯特苦涩地一笑，这又有什么可否认的。“或许是吧，习惯了海面上广阔的天空，当我短时间内回到城市，那里被建筑物分割的天空总是显得太过局促，让我心神不安……”兰伯特喃喃地说道。而此刻他的脑海中浮现的却是另一幕画面，那是六年前一个悠长的冬日黄昏，在那片薄雾消退的北极海滩，她就像一位翩然降临的精灵，给自己一成不变的生活注入了一丝亮色，自己冰封已久的心海中激荡起了一丝难以平复的涟漪。那一段时间里，他甚至第一次对自己宿命般的海上漂泊生活产生了一丝动摇……

“你有没有想过，如果有一天你永远失去了Alice，你会如何生活？”左小月突然意味深长地发问。

“永远失去？我并不是太懂你的意思。”

“比如说，当然，我只是打个比方，比如有一天Alice的歌声永远地消失，意味着Alice最终离开了我们的世界……”左小月压低了声音说道。

兰伯特被这个问题吓住了，他思索了好一会儿：“如果真的有一天Alice停止了歌唱，我还是会继续寻找下去，哪怕最后只是寻找到Alice已经死亡、坠沉在海底的躯体，至少证明它真正在这个世界存在过，我的一生以及所有‘52赫兹星人’的努力并不是虚幻的……”

“然后呢？那时你会离开‘兔子洞号’，回到陆地上生活吗？”

兰伯特又思考了一会儿，“当然，这有什么可说的，不过我应该还是会经常回到大海，造访Alice安息的海域，就像一个老朋友一样与他聊聊天。”

“我想你或许会对陆地上的生活感到不适的。”

“是吗……左，你到底想要告诉我什么？”这一刻，兰伯特意识到左小月话中的异样，他困惑地凝视着她，她为什么会对自己说这番话，她的突然出现或许并不只是老友叙旧那么简单。

她依然面容平静地凝视着他的眼睛，“兰伯特，Alice的身世远比你想象的复杂。”

“你的意思是——”

“Alice或许并不是一只鲸鱼——”

“不是一只鲸鱼？”兰伯特打了一个寒战，“那又是什么？”

“我也不知道Alice究竟是什么，但我可以确定地告诉你，事实上Alice不是鲸鱼，他也并不孤单，我们在这个世界另外的地方发现了他的同伴，他们应该属于一个全新的种族。”

“Alice的同伴？在哪里？”兰伯特听到了自己沙哑得失真的声音，在夜空中震颤着飘散。

左小月没有立刻回答，而是将目光投向了夜空中的漫天繁星，似乎停留在木星的位置，接着，她低声说：“Alice的同伴生活在木卫二冰层之下激荡的海水中，虽然我们的搜寻工作暂时中断了，但我们捕捉到了漂荡在海水中一丝独特的声音，微弱而又不容忽视，声音的频率是52赫兹，震动的模式与Alice如出一辙。”

兰伯特张开嘴，却久久说不出话来，他感觉自己整个人恍惚得快要飘离甲板了。自己追逐了二十年的真相终于昭然揭晓，脚下的大海与头顶上的星辰，竟以这种匪夷所思的方式隐秘地连接在了一起。

这个世界扑朔迷离的程度远远超出了他的想象。

左小月望着他继续说道："NASA也意识到了木卫二海底生命与Alice的联系，尽管下一轮探测器需要几年后才能抵达木卫二，但他们计划马上动用各国政府的力量尽快搜寻Alice，相信要不了多久，Alice的真身就将浮出水面。因此……我第一时间想到了你，急切地想要把这个消息告诉你。"

"谢谢你——"许久过后，兰伯特梦呓般颤声说道。

"兰伯特，你还好吗？"左小月的声音就像是来自某个遥远维度的召唤，他缓缓回过神来，他不知道自己呆立了多久。

"生活还得继续，只是……我还需要一点时间去接受这个结果。"兰伯特努力让自己微笑着说。自己用二十年人生时光做了一场梦，如今终于以这样的方式走到了梦醒时分。

"你要听听Alice同伴的歌声吗？"左小月轻声说。

兰伯特稍微愣怔了一下，明白了她的意思，他点了点头。

左小月拿出手机，在屏幕上点了点，一段低沉、厚重的音乐响起。这正是52赫兹的吟唱，一种略高于大号的低音，这来自木卫二的歌声旋律乍听上去与Alice如此地接近，不过，或许是兰伯特对于Alice的歌声太过熟悉的缘故，他能敏锐察觉到歌声中些许细微的不同……

兰伯特试着闭上眼睛，将自己身体的所有感觉交给了音乐跌宕起伏的旋律，他能感到一个醇厚的灵魂正在述说着什么，这歌声似乎与大海一样古老，与夜空的星辰一般永恒……慢慢的，一种朦胧的感觉升盈在他的心中，这声音似乎相较Alice略显粗犷的歌声要更轻盈、舒缓几分，如果Alice是雄性的话，木卫二的歌者更像是一个温柔的雌性生命，他们似乎在用如泣如诉的歌声呼应着……

兰伯特猛地睁开眼睛，这一刻，他才发现自己眼眶中已盈满了泪水，空灵的鲸歌还继续飘荡在空茫的海面之上。

“他们在用歌声寻找着对方——”兰伯特怔怔地开口道。

“这也是NASA的观点，可是，看起来他们这样的举动完全是徒劳，地球与木卫二之间浩渺的太空阻隔了他们的呼唤。”

“究竟是……什么力量将他们阻隔开来？”

“我们暂时还无从知晓，也许海底深处藏匿着一个类似于星门的‘兔子洞’，连通着地球与木卫二，也许，Alice与他的同伴的祖先们本来就生活在同一片海洋中，远古时代太阳系的一次天体事件让地球与木卫二的海洋分离开来。”左小月轻声说道，“不过，答案很快就会揭晓。”

兰伯特恍然点了点头，他不由得抬头将目光投向夜空，在盈满泪水的视线中，过去所熟悉的星空崩塌了。群星在自己眼中呈现出全然不同的模样，这是一种难以言说的神秘感，或许就如原始人类第一次无意间发现星辰年复一年、周而复始的排列变化而被深深震撼时一样。

此时此刻，他心中依然充溢着沉甸甸的怅然，不过他又感到了一丝欣慰与解脱。自己的一生并没有虚掷，与Alice有关的所有挣扎与求索，都与宏大的星空之秘密隐隐地联系在一起，虽然这种宏大，人类暂时还无从领悟……

恍惚间，在悠远的鲸歌声中，他又隐约地聆听到了另一种刺耳声音，“嘀嘀嘀，嘀嘀嘀。”那是放在桌上的鲸歌探测仪在鸣叫，他慌忙地拿起了探测仪。

他无法相信自己看到的屏幕上的数据，自己苦苦追寻的Alice正以箭一般的速度向着“兔子洞号”飞奔而来，所发出的52赫兹的歌声更是从未有过地激越而高亢。

“兰伯特，发生了什么？”左小月惊奇地道。

兰伯特僵立在原地，愣愣地注视探测器，Alice已经抵达了“兔子洞号”的附近海域。

海面翻涌起滔天巨浪，甲板剧烈地摇晃起来，兰伯特与左小月骤然失去了平衡，跌倒在甲板上，所幸，他俩慌乱之间抓住了舷栏，就在两人跪在甲板上惊魂未定之时，一个庞然大物轰然跃出了海面，翻腾了半圈，然后几乎静止地半悬在空中。

兰伯特睁大眼睛望去，这是一只通体光滑、锃亮的奇怪生物，在星光照耀下闪烁着冷峻异常的银白色金属光泽，庞大的身躯两侧有着鲨鱼鳍一样的宽大侧翼，翅膀般微微颤抖着，这就像是某种人造的鱼形机甲。

庞然大物挺直身躯，居高临下地与兰伯特对视着，尽管对方并没有像眼睛的器官，但兰伯特仍能感到Alice正在打量着自己，目光热切而期盼。

“Alice——”兰伯特缓缓站起身来，鼓起勇气轻声唤道。他注意到机甲的尾部如伤口般裸露出了残损的黑色内核，像是在某场激斗中被对手生硬地截断似的。

兰伯特的发声像是刺激到了Alice，Alice的身躯如触电般猛地一颤，缓缓向兰伯特移动了过来。

“Alice，你能听懂我的声音。”兰伯特欣喜道。

然而，Alice并没有理会他，而是径直掠过了他，向着左小月所在的甲板另一侧游弋而去。

Alice的目标竟是左小月。

兰伯特顿时愣住了，但就在这瞬间，他顿悟到了答案。

“扔掉手机！”兰伯特向着左小月大喊道。

就在这一瞬间，Alice摇晃着庞大的身躯，飞速地冲向了左小月。

面对气势汹汹俯冲而下的Alice，左小月在愣怔了半秒后回过神来，奋力地将手机掷向了黝黑的海面。

就在这一瞬，已与左小月近在咫尺的Alice猛地停在空中，如低空回旋的飞机般折转了方向，向着手机坠落的海面猛扑了过去。

随着沉雷般一声巨响，Alice坠入海里，然而Alice似乎并没有离开，他还在海面之下来回地翻腾着，激起的波浪如同海啸般拍打着“兔子洞号”。很快，“兔子洞号”整个船面倾斜了过来，猛然侧翻，兰伯特与左小月都落入了水中。

兰伯特在海水中奋力挣扎，终于从惊涛骇浪中冒出头来，他看见“兔子洞号”已经沉没，散落的船体物件漂浮在黑魆魆的海面，视野中没有左小月的身影。

“左——”他嘶声大喊道。

“兰伯特，我在这里——”从远方传来了左小月的声音。

他向着声音的方向游去，发现左小月正抱着一个空油桶漂浮在海面上。

“不用害怕，这里离西海岸不远，海岸急救中心应该能接受到沉船的讯息，很快就会赶来营救我们。”兰伯特大口喘着气说，他伸手抓住了空油桶的另一边。

“我一点都不害怕，兰伯特，是我手机的音乐把Alice召唤过来了。”左小月很是抱歉地说。

“要感谢你的音乐让我见到了Alice的真容，”兰伯特认真地说，“Alice并不是我们大自然的生物，至少不是在我们地球能够进化出的生物，他只是碰巧拥有了与鲸相近的体型以及交流频段。”

“这样的见面方式让你感到很失望吧？”

“一点也不，Alice能出现让我非常感动，”兰伯特抬眼望着星空说道，“我只是觉得这样的结果对于Alice太过残酷。”

“你是说——”左小月情不自禁地望了眼海面，此刻，海面已渐渐平静了下来，Alice似乎已经离开。

“不管Alice来自哪里，但在如此漫长的等待过后，独唱者才第一次收听到合唱者的声音，当他满怀渴望地飞奔到此，寻找到的只是一只毫无生气的硬块，他将感受到怎样的一种绝望？”

“这或许才是真正的孤独吧。”左小月轻声感慨道。

随后的时间里，两人都沉默了。就这样，两位不再年轻的人紧紧拥着一个空油桶，漂浮在黑魆魆的海面上。万籁俱寂，他俩久久地仰望着深邃的夜空，直到一颗颗星辰逐一熄灭，破晓的曙光慢慢升起在东方的海天尽头。

当壮美的霞光染红了整个天际，一艘船出现在了远远的海平线上。

“我们的救援船来了。”左小月激动地喊道。

“是啊，”兰伯特望着左小月说，“我得开始陆地上的生活了，此刻，我倒希望救援船能慢一点驶过来。”

“你还想在海水里多泡一段时间啊。”

“这倒不是，我只是在想，能和你一起看日出也是一次不错的经历。”

“你真的这么想？”左小月莞尔一笑。

很自然，两人的手紧紧地牵在了一起。

这是一个令他俩此生最难忘、属于他俩的黎明。

三

兰伯特与左小月被救起的第二天，Alice就在“兔子洞号”沉没的附近海域被打捞上岸，然而此刻的Alice已不再具有生气，他像是完成了自己的使命似的，心脏停止了跳动，变成了一具冰冷、一动不动的残骸。

NASA的专家紧急地会集起来，他们组成了一支先遣队。从Alice外壁裂开的一个窟窿进入，在探照灯的照射下，队员们惊奇地发现了一个光怪陆离的世界，各种奇形怪状的几何体以超现实的形式扭曲相连，这让他们感到无所适从。他们寻找不到想象中的引擎、主控电脑、通信器，甚至也弄不清这些几何体的材料构成，这是一具远远超过了人类科技水平的非凡造物。

同时，他们还寻找到了左小月的手机，深深地镶嵌在 Alice 的一处内壁上。

就在人们对 Alice 的探究一筹莫展之时，一位工程师无意间触发了一处隐秘的机关，一串全息影像徐徐浮现，通过支离破碎的影像，人类借助想象力大致解开了 Alice 的身世之谜。

Alice 与同伴是一场远古星际战役遗留下来的两块碎片。

时间回溯到了一亿年前，一场在银河系中心星域蔓延了上千万年的惨烈战争已尘埃落定。

由上百个银河系种族加上仙女座星系的几个种族联合组成的浩荡联军，将鲸星人的老巢“W22”团团包围。“W22”是一颗阴冷而古老的中子星，早在十多亿年前就走到了其主序恒星生命的终点，就在这短暂的上千万年主序恒星的时代，鲸星人创造出了辉煌的文明，并离开“W22”，开疆拓土，最终称霸银河系，成为银河系秩序的制定者，享有着相比其他种族更高的特权。

然而如今，大厦倾覆，众叛亲离，盛极一时的帝国就此灰飞烟灭。当然，这也只是漫长的宇宙历史长河中不时荡起的一丝极其平常的波澜，文明的兴盛衰落，就如转瞬即逝的巨型恒星一般，质量越大反而拥有着越短的寿命，没有什么是星际间永恒不朽的存在。

此刻，当鲸星人仅剩的上百艘残损不堪的战舰退回到“W22”星域，幽灵般穿行于当年“W22”超新星爆炸时所扩张出的酷寒星云中时，那颗最初诞生他们种族的液态行星早已消融进了这片混沌的星云物质中，重返故地，自己种族的那些童真年代的远古记忆还是难以抑制地被唤起，所有的幸存者感到了一丝深沉的哀伤。

在“W22”星域的外缘，无数艘联军战舰同一时间震颤了起来，熠熠生辉，好像组成了一面闪亮而密集的蜘蛛网，即将对鲸星人发起最后的进攻。

就在这一瞬间，不堪受辱的鲸星人抛出了战舰所有的能源，点燃了中子星，一道强光乍起，顷刻间，狂暴肆虐的冲击波将所有鲸星人与一部分联军的飞船变成了灰烬。

然而，事实上，鲸星人这一看上去玉石俱焚的行径背后也隐藏着他们孤注一掷的最后希望。

他们利用中子星爆裂的能量打开了一个微小的虫洞，一艘小型战舰隐蔽地进行了一次时空跃迁，这艘战舰搭载着他们种族的精神领袖隆冬与他的伴侣莉亚迪的大脑，更为重要的是战舰还运载着他们种族的上万胚胎。

在一瞬间，这艘背负着鲸星人最后希望的战舰完成了跃迁，涌入隆冬与莉亚迪视线中的是一片潮水般的黑暗，这片广漠星域的黑暗甚至比“W22”晦暗的星云还要深沉。由于这一次时空跃迁的方向完全是随机的，一时间他们也无法辨认这里的位置。

很快，飞船取得了时空定位，这里是银河系边缘的猎户座旋臂，荒凉而空旷，远没有银河系中心那样密集的恒星群落，因此缺少高等星际文明发展所必不可少的一环——星际跃迁的能量源，因此这样的星域即使产生文明，也只能孤独地进化，自生自灭，如果碰巧发展出星际航行能力，也会很大概率地在低效远航中逐渐迷失，最终走向衰落。

隆冬发现他们所在的广漠星域中仅有着一颗质量微不足道的小恒星，慵懒地放射着一丝隐绰的微光。他用了一微秒的时间，匆匆地对这个恒星系进行了一遍扫描，多少有些出乎他的意料的是，恒星的第三颗蔚蓝色行星上竟然存在着成形、甚至可以用完美来形容的生物圈，各类初等生命和谐地生活在其间。更让隆冬怦然心动的是，这颗行星拥有着一片广袤而柔和的液态海洋，而在十多亿年前，鲸族最初的生命萌芽就诞生于海洋之中，直至他们离开“W22”星，并最终抛离如地球海洋中巨型鱼类那样的沉重肉体，将改造过的大脑嵌入结构复杂的星际战舰中。

隆冬感慨于这颗行星就如同危机四伏的宇宙中一小片未经侵扰的绿洲，这一刻，他已经拿定主意要降临这颗星球。如果运气足够好，鲸星人的文明或许可以得以重建。

就当他满怀憧憬调动战舰驶向蓝星之时，一团巨大的火球横空出现在战舰的面前，一艘艘闪亮的战舰从火球中鱼贯而出。天啊，联军察觉到了他的行踪，已经追踪至此。

不计其数的反物质导弹从对方战舰上迸射而出，隆冬与莉亚迪慌忙地操控起战舰躲闪起来，然而他们的战舰已是遍体鳞伤，行动变得异常迟钝，转瞬间，一枚反物质导弹精准地击中了飞船的中部，整个飞船从中部爆裂开来。

飞船裂开的两截都失去了制动能力，沿着不同的方向坠落。

由于隆冬与莉亚迪的大脑分居于飞船前后两端，因此他们的生命暂时还得以保存，然而骤然失去对方的疼痛感让他们恐惧万状。

“隆冬——”

“莉亚迪——”

他们痛苦地呼唤着对方。飞船中与大脑链接的电路将他们的呼唤转换成52赫兹的频率——这是鲸族生命在远古时代游弋时在液态星球中最初传递信息的方式，平日里隆冬与莉亚迪最为亲密的呢喃细语都是通过这样特殊频率传递。

这一刻，联军的舰队停止了导弹攻击，紧接着，一团半透明的红色气泡从一艘战舰疾速滑出，一分为二，向着两段飞船残骸飘去。

在转瞬间，气泡如同水蛭般覆着在了残骸上。

在气泡的内部，专门针对鲸星人细胞的 γ 射线汹涌四散，强烈的射线如锋利的尖刺，猛锥着隆冬与莉亚迪的大脑，他们的意识开始痉挛，一幕幕幻象从意识的最深处闪现而出。

那是两人一路走过的、比星辰还要漫长的一生中的点滴片段。

两人在母星海洋的碧波中相识、相恋，在璀璨夺目的银河中同心携手登上权力的顶峰，而此刻，他们又在这荒凉死寂的异域中共赴命运的末路。

“隆冬——”

“莉亚迪——”

生命之光即将熄灭之时，他们绝望地发出了最后一声呼唤。

这一刻，气泡已从火红色变成了淡蓝色，意味着气泡里已经不存在任何有机生命活体。

紧接着，气泡消失了，联军的舰队纷纷撤离了太阳系。

失去了生命气息的两截飞船继续坠落，隆冬所在的飞船头部坠向了地球，进入大气层，最终落进了浩瀚无边的海洋中，而莉亚迪所在飞船的尾部坠向了木星旁边的木卫二，如彗星般撞开木卫二表面的冰层……

在随后的一亿年间，两截相隔遥远的飞船残骸各自游弋在茫茫大海中，带着他们主人生命濒死之际的最后意念，相互呼唤着对方，寻找着对方。

“隆冬——”

“莉亚迪——”

星　落 / 江　波

它是宇宙肇始即被抛弃的孤儿，是坠入黑暗的光明之火。它是十四万光年内唯一的绿洲，是绝境中仅存的希望之光。

它承载着六千五百五十一万九千四百八十八个神的传说，每一个传说都和漫天星斗交相辉映。

它是星落，平静得如同死水，千万年不变，直到星星落下的那一天。

阿奴吉亚站在坡顶，摆弄着手中的望远镜。这种东西能够用来眺望远方山谷中迁移的卡西莫兽，他不用再为了跟踪兽群而费尽心机，而只要找一个开阔的高处，一切情况就能一览无遗。

感谢永恒的星，有人发明出这种玩意儿，真是帮了大忙。

兽群出现在了山谷中。今年的气候变化不同往常，春天来得更早，卡西莫兽也提前来了，然而，数量却稀少了许多，三三两两地从山谷的草丛间走过。

阿奴吉亚发出沉闷的哼声，嘴角边的短须直直地翘了起来。

卡西莫兽的粪便是最好的肥料，如果卡西莫兽的数量不够，今年的收成就令人担忧了。

他不希望自己带回村里的是坏消息，然而没有消息比坏消息更坏。司星人早已经到村子里传过话，今年要按照丰年的标准上交，因为去年空桑大人已经宽限过一回。交给星星和太阳的祭品少了，神会不高兴，空桑大人会发怒。传说中，空桑大人的怒意会杀死整个村子的人，只留下卵，交给别的村子。这是谁都不会想要的可怕命运。

只希望今年的收成会好一点。

然而从卡西莫兽群的情况来看，情况会很糟。

时间只到中季，春天还没有过去，也许还有转机。

想到中季，阿奴吉亚抬头望了望天边，速昂星仍旧低垂在北方的天空，清晰可见。

正是中季。阿奴吉亚低下视线，正想继续观察兽群的动向，却只觉得天边什么东西一亮。

他抬头仔细查看。

白昼的天空里，星星并不分明，然而还是有几颗很亮的星星在天边展露形迹，速昂星是其中最亮的一颗，在北边的天空里，哪怕阳光最强烈的午间都能用肉眼看到它。

然而阿奴吉亚看见的不是他所熟悉的任何一颗星星。

是的，就在速昂星右方，有一颗星星，它的光芒比速昂星要暗淡得多。

阿奴吉亚揉了揉眼睛。

确定无疑，那里的确有一颗星星。

然而，在所有的星图中，它从来不曾存在过。

永恒的星！阿奴吉亚的心几乎要从胸膛里跳出来。

一颗新的星星出现了！

阿奴吉亚紧绷身体，将两只中间肢从地上抬了起来，只用双足站立着。他将望远镜放在一边，两双手同时抬起，向着那远方的星辰张开。

万千祖先的神灵，让我响应你的召唤，在永恒的星之间与你相会。

他默默祈祷，然后躬下身子，蜷曲着趴在地上。

片刻之后，他站立起来，向着远方的天空张望。

星星仍旧在那里，依稀间闪着青紫的光芒。

阿奴吉亚顾不上继续观察卡西莫兽群的动向，他匆匆地抓起望远镜，背上行囊，踏上来时的小路。

一颗新的星星，他必须将这个消息带回去。

尘世间，没有什么比这个消息更重大了。

庞贝里焦急地在房里打转，等待一个人来。

“司星大人，人来了。”卫兵报告了一声。

“赶快带进来。”庞贝里迫不及待地吩咐。

卫兵把人带进门来。

来人四肢伏地，用俯姿行走，见到庞贝里，上肢双手合拢，恭敬地鞠躬。

庞贝里双足站立，比来人高出两头，居高临下地看着对方。往常接见下一等级的人，他都会先不紧不慢地问上几句无关的话，然后才切入正题。这一次，他顾不上客套，一把拉住来人的手，将他拉起来，变成站姿，和自己面对面。

“你就是阿奴吉亚，最早报告了星星消息的人？”

“是，大人。”

“穿上这件圣袍，跟我来。”庞贝里指了指一旁的桌子。桌子上有一件浅灰色的袍子，袍子上绣着金色的丝带。

阿奴吉亚身上散发出惊恐的气息，他被这尊贵的袍子吓坏了。

“这是大人才能穿的袍子啊。”他一边慌忙推辞，一边又将中间肢放了下去，重新变成俯姿。

“叫你穿上你就穿上。”庞贝里有些不耐烦，“我要带你去见空桑大人。”

阿奴吉亚更加惶恐。面见空桑大人，这怎么可能！

“你可以现在照我说的做，或者我会把你的领主找来，让他吩咐你，但我不想那么麻烦。”庞贝里下了最后通牒，“镇静一点，照我说的做。”说完他看了一眼阿奴吉亚，心中有一丝紧张。如果这个阿奴吉亚是一个驯服者，那么就无法独立行动，计划就要重新修订。他希望阿奴吉亚是一个自由者。

阿奴吉亚嘴边的短须卷曲收缩成了小小的一团。但是他仍旧按照庞贝里的要求进行了一次深深的呼吸。短须缓缓舒展开，他身上所散发的恐惧气息也随之消散掉。

庞贝里很满意。这个布雷塔真的是一个自由者，不需要领主的强制，他也可以执行命令，那么他就是最合适的人选。

“穿上圣袍。”庞贝里再次指示他。

阿奴吉亚缓缓走到桌旁，拿起那件尊贵无比的袍子。

光滑柔软的长袍裹住了阿奴吉亚的身子，现在他看上去就像一个司星人。

“跟我来。”庞贝里摆摆手，转身就向着屋子内走去。

阿奴吉亚紧紧地跟在他身后。

屋子的尽头是另一扇门，比入口的门更大，更结实，更威严。两个门扇上左边雕着太阳和它的两个使者，右边是北方的星空。

阿奴吉亚从未见过这神圣的所在，他只知道，太阳和星星的大殿是神圣大巫的居所，除了司星人和司日人，谁都不能进去。

当领主告诉他，司星大人要他即刻前往圣城去报告情况时，他惊惶得不知所措。司星大人恐怕会杀死他，因为任何关于星星的消息，都不该由一个卑贱的布雷塔来报告，他触犯了禁忌。这禁忌却是他在村子里四处传播了消息，传入领主耳朵之后，领主才找到他，告诉他的。他无心冒犯，然而既成事实，只能认命。领主显然也认为这一趟凶多吉少，给了他一顿丰盛的晚宴——一碗满满的皮谷，一条抹着盐末的裳鱼，还有三块绿油油的卡西莫兽肉。这是阿奴吉亚的记忆中吃得最饱的一顿饭。

布雷塔的生死是属于领主的。他也不再多想，吃饱了就连夜出发，在路上走了三天，终于到了圣城。

他是来领死的，司星大人却让他穿上了司星人的罩袍，将他装扮成了司星人。然而，他只是一个布雷塔，一个卡西莫探子，一个低贱的下民而已。

“大人，”他低声询问，“我是否该在外边守候。”

“你跟着我。”司星大人只是简短地回应。

门内发出三声沉闷的响声，像是钝器击打桌子的声音。然后门缓缓开了。

一个巨大的穹顶展现在阿奴吉亚眼前。

透明的穹顶上雕刻着各种图样，野兽、庄稼、农人、士兵……阳光洒落下来，让所有的形象都散发出金色光芒。所有金色图像的中央，是一个巨大的彩色人像，他穿着白色的礼服，四手高举，身子笔挺，正在祈祷。那是神圣大巫的画像，阿奴吉亚情不自禁地要俯下身去。

司星大人回过头来："跟着我，我让你俯身你才俯身。"

一句话让阿奴吉亚重新站直。

跨过台阶，走进大殿，穹顶之下，触目所及，一片灿烂金黄。整个大殿都由黄金铺就，柱子的纹饰中镶嵌着各色宝石。大殿的最高处就在大殿中央，一级级黄金的台阶从四面通向穹顶，构成一个金字塔。那至少有十弥盾那么高。

金字塔的顶端，站立着一个身穿白袍的人。他正好站在穹顶人像的头部下方，仿佛正被画像中的人物注视着。阿奴吉亚浑身颤抖，那是空桑大人，神圣大巫的代言人。阿奴吉亚从未想过能够在这么近的距离看见空桑大人。哪怕对他的领主来说，这也是百年一遇的荣耀。

不等庞贝里招呼，阿奴吉亚已经俯身下去。这一次，他将整个上身都俯了下去，六肢平贴在地。地板中传来强烈的气息，让他的身子在地板上抖个不停。

"庞贝里，你带来了使者？"站在高台上的空桑发话。

庞贝里俯身站着，双手合拢，"是的，空桑大人，这个布雷塔阿奴吉亚首先带来了消息。按照您的指示，我已经将他拔擢为司星人。"

"你站起来。"

阿奴吉亚听见了神的代言人的指示，与此同时，他嗅到了奇异的香味，浑身的紧张顿时荡然无存，只感觉到说不出的自信平和。神在赐福给他。

他抬起上身，用俯姿站立。他看见了空桑大人的脸，沧桑的脸上皱纹犹如刀刻。据说，活得足够久的老人的脸会完全凝固，只剩下一种庄严的表情，看起来空桑大人正是如此。

空桑大人向他招手，示意他走上台阶。

阿奴吉亚感到分外惊讶。站立在圣殿的穹顶下是神圣大巫的特权，踏上那黄金铺就的台阶，哪怕有那么一丝想法，也是亵渎神灵。

庞贝里向他点了点头，示意他遵照指示去做。

阿奴吉亚踏上了台阶。他只觉得脑子一片茫然，像是有某种神奇的力量在推动着他，而不是自己迈开了脚步。

一阶又一阶，总共二十二阶。

当他最后站上了高台，和空桑大人面对面，一直推动他的力量突然消失了。

他仿佛从梦中醒过来，慌乱地看着眼前的老人。在他的视线游移过后，便看见了不曾预期的东西。

老人身后立着一台奇特的机器，阿奴吉亚从未见过。它像是一个镂空的球体，上面文着神圣的雷兽花纹。镂空的球体中伸出粗大的长管，指向北边的天空。

“你带来神的消息，便是神的使者。”老人开口说话。

“我是您的奴仆。”阿奴吉亚真心实意地回答。

“摩尼卡需要你。”老人自顾自地说。空桑大人是神的代言人，阿奴吉亚心悦诚服，等待着指示。哪怕让他立即去死，他也不会有一丝犹豫。

老人却没有继续说话，而是示意阿奴吉亚走到自己身边。

“从这儿看出去。”老人吩咐他。

阿奴吉亚眼前是一个小小的玻璃镜片。这和他用来跟踪卡西莫兽群的望远镜很像。

这是一架巨大的望远镜！他猛然意识到这点。

他凑上前去。

圆形的视野里，是九个青紫的光点，排列成一个V形，中间的一个最大最亮。

阿奴吉亚大吃一惊，新的星星居然不止一颗，而是九颗。星的世界是永恒的，一下子涌出这么多星星，那究竟意味着什么？

“永恒的星将降落大地。”空桑长老缓缓说道，“你是被选中的使者，你带来了第一个消息，然后将带给我们最后的神谕。”

随着他和缓的话语，阿奴吉亚只觉得一股力量在身体里膨胀。他充满着渴望，迫不及待地想要去完成某件事。

空桑大人指引着他，对于一个布雷塔来说，还有什么比这样的情形更美妙。

“你要穿过摩尼卡的国土，前往北方，亚迪特人十五天前曾送来消息，他们得到了一些奇怪的东西，是天上落下来的铁块，而且还能发光。他们是不信神的野蛮人，只想用这东西来交换点什么，你将以司星人的身份前往，不管那是什么，你要把神的旨意带回来。”

这将是一趟无比凶险的旅行。亚迪特人都是野蛮人，他们从来不讲规矩，不守信义。大大小小的亚迪特酋长彼此之间没有任何长期的臣服或者联盟，随时可能为了一头家畜或者一件物品大打出手，甚至传说他们会吃掉俘虏。如果那真是天上落下来的圣物，恐怕早已经在不同的亚迪特部落之间转手多次，真正的下落已然成迷。

这更像是一趟有去无回的差使，然而阿奴吉亚没有任何顾忌，他迫不及待地想去完成它，哪怕为此付出一切。

布雷塔的生命是属于领主的，更是属于神圣大巫的。这是他命中注定的荣耀。

“我将全力以赴。”阿奴吉亚庄严地承诺。

无法言说的快意从脊背上涌起，扩散到全身，阿奴吉亚像是在云端飘浮，身上的每一块骨头都松散开，浸没在无边无际的快感中。

这是空桑大人予以他的奖赏。

忽然间，快感消失得干干净净，他仿佛突然落入冰窟，全身都被冻结起来，冷得刺骨。一点残存的意识中，他看见了玻璃中自己的影子。自己正全身蜷曲，像一个刚出生的婴儿般团成一个球。

“如果你背离我的指令，将会堕落成为亡灵，永远禁锢在恐惧之中。”空桑大人的话语如细丝一般穿入阿奴吉亚的耳中。

摩尼卡的司星人又来了，而且没有护卫，孤身一人！

这个消息在部落间快速传递。

摩尼卡人前前后后已经送出了十二个使者，他们都死了。虽然这些使者都带着护卫团，然而亚迪特人怎么会把那一点小小的武装力量放在眼里。所有的使者和他们的护卫团不是被这个部落就是被那个部落撕成碎片，变成了餐桌上的一顿美味。然而这一次，使者居然孤身一人。

两天之间，司星人已经走了三百弥盾，经过至少十个部落的地盘，居然毫发无伤。

据说，这个使者是虔诚的司星人，一心一意只对星星祈祷，没有一点趾高气扬的使者模样。

酋长们都在观望，他们想看巴姆巴洛姆的好戏。看他怎么处置这个不一样的使者。

衣着光鲜的摩尼卡人言辞花哨，不可信赖，天上多了许多星星，却是确定无疑的事实。

那些青紫色的星星，哪怕在白天也格外分明。它们不是一般的星星，而是像太阳的两个使者一样在群星之间移动。它们移动得比太阳使者更快，昨晚还偏离速昂星两个拇指，今晚已经位于速昂星的正下方。亚迪特人用拇指宽度来衡量星星间的距离，伸直右臂，闭合左眼，移动手臂观察两星之间有多少个拇指的宽度。

巴姆巴洛姆站立在自己的营房前，远望着北方的天空。春天的风不算凛冽，然而仍旧带着寒意，巴姆巴洛姆却一直纹丝不动，直到里多姆西姆走过来。

“巴姆，欧拉刚到，是罗卡姆送来的消息，司星人已经通过了罗卡姆的哨卡，还有十二弥盾就到了。”（欧拉是一种飞行生物，类似于地球生物圈的鸽子，能够利用磁场辨认方位。）

“他仍旧是完整一个吗？”

“毫发无伤。”

“嗯，知道了，我会等他。”

里多姆却没有走开。

“巴姆，斯鲁姆帝要求我们把东西送给他，他的大军已经距离我们不远。”里多姆接着说，“明天一早，你和司星人会面的事情一定会传到斯鲁姆帝那边。那时候，恐怕就晚了。”

巴姆巴洛姆伸展四肢，紧握拳头：“我不怕他，他不过是一头笨拙的卡西莫兽而已。”

“但是他的士兵是我们的六倍。”

“如果他想开战，我会冲进他的阵地，把他的头砍下来。”巴姆巴洛姆淡淡地回应。结束一场战斗，最简单的一件事莫过于砍掉对方首领的头，一旦首领死亡，整个部落就会完全丧失斗志。在过去的十二年里，好的、坏的事情，巴姆巴洛姆都经历过。

敌人当然也知道这一点，因此这将是一场艰难的战斗，不会像自己的语调一样轻松。

“我们会死掉很多人。”

“只要抓到俘虏，就把他们转化成我们的布雷塔。我也会抓几个领主，我们的力量会得到补充。”

前提是真的能够在战场上砍掉斯鲁姆帝的头。

斯鲁姆帝想要星火，然而星火不能交给一个笨蛋，哪怕他是最强有力的酋长。这些笨蛋只会把它送给摩尼卡人，换点粮食、牲畜，甚至圣水之类的。星火不是一般的宝物，它应该值更多！

巴姆巴洛姆瞥了一眼远方。远方那紫色星星移动得更加明显，甚至肉眼都能看出那一串紫色的光点正在漫天星斗中缓缓飘移。

巴姆巴洛姆心念一动："告诉战士们，我们随时做好准备，我和司星人见面后，也许我们连夜就要出发。"

里多姆西姆不再说话，鞠了一躬，退了下去。

巴姆巴洛姆四下看看。周围什么也没有，除了风吹动旗帜的响声，没有其他任何声音。

巴姆巴洛姆反手一抄，上肢的双手抓起两柄短剑护在胸前。短剑在星光下闪闪发亮。他从腰部的口袋里掏出星火，由两条中间肢抓着，捧在胸口。

银色的金属映着短剑的寒光，在银色环绕的中间是一团火红的颜色，不断跳跃，就像一团火，却没有一点热度。最近两天，这团没有温度的火焰跳跃得越发活跃了，甚至会发出奇怪的响声。

他正想将星火放回到包裹中，原本闪烁不定的火光却突然炽烈燃烧、升腾起来，尽管仍旧没有热度，却亮了许多倍。

刹那间，仿佛和星火之间存在某种感应，远方的紫色星星也突然光亮大增。原本皎洁的星光蒙上了一层薄薄的紫色，转瞬又不见。

巴姆巴洛姆一时怔住。

半晌之后，他将星火放回到包裹中，走向库卡的棚子。（库卡是一种类似马的动物，六肢奔跑，体型高大。亚迪特人绝大多数都是库卡部族，驯养库卡，用以征战。）

库卡都睡了，巴姆巴洛姆将自己的库卡弄醒，库卡不满地摇头摆尾，巴姆巴洛姆用力拉着缰绳，将它拉起来，牵着它出了棚子。

他翻身骑上库卡，奔驰而去，"嗒嗒嗒"的啼声在夜空下回响。

星光如水，照亮大地。

司星人距离营地还有十二弥盾，然而他一刻也等不了。

当那个高大的亚迪特人手持两柄短剑站在自己身前，阿奴吉亚以为已经迎来了最后的命运。一个亚迪特强盗会做出任何事，包括不分青红皂白，一刀割开对方的呼吸囊。虽然他已经多次化险为夷，却并不表示这一次会同样幸运。

他松开缰绳，张开四肢，示意并无武装。“我是星星的仆人，与世无争，以神圣大巫的名义寻找从天而落的星星碎块。”阿奴吉亚说。

“你就是那个孤身一人的司星人？”面前的亚迪特人沉声发问。

“是的。”

“我叫巴姆巴洛姆。”亚迪特人说道。他的中间肢突然捧出了一个光球，光球在星光下闪闪夺目。

阿奴吉亚的眼中放出异样的光彩。毫无疑问，这就是空桑大人要他寻找的东西，星星的碎片。那晶莹剔透的光泽，不是人间所能制造的东西。

“我要这样东西，你希望用什么来交换？”阿奴吉亚直截了当地问。亚迪特人都是粗野的武人，对他们要用最直接的言语。

巴姆巴洛姆却摇头。

阿奴吉亚伸手从罩袍里拿出一个小瓶。

“这是神圣大巫的圣水。揭开瓶子，你的整个部落都可以沐浴神的关怀。”圣水是阿奴吉亚能够给予的最好的交换条件。亚迪特人的领主和摩尼卡领主有些不同，他们无法产生令人陶醉的气氛素，因此极度渴望能获得圣水，为此而不惜发动战争。然而一旦摩尼卡的领主进入亚迪特，过不了多久，也会渐渐失去这种能力。因此在亚迪特的土地上，感恩圣水一直是最昂贵的交换品。按照行情，这一瓶圣水可以值三百库卡，越往北越贵。

巴姆巴洛姆仍旧摇头。

这个亚迪特人的行为有些奇怪。

“那你的条件……”阿奴吉亚试探着问。

“星星带来什么，巴姆巴洛姆要分一半。”巴姆巴洛姆回答。他的两柄短剑护着发光的星星碎块，似乎在防范阿奴吉亚抢夺。

没有人会疯狂到从一个亚迪特剑士的手中抢夺东西。

“谁都不知道星星会带来什么，那是神的意志。”

“当星星降落的时候，永世的乐园就来到人间。我知道你们的预言。”巴姆巴洛姆倔强地回应。

“谁也不能强迫神做什么、不做什么。”

“如果神只赐福给摩尼卡人，而不赐福给亚迪特人，至少他能赐福给我的部落。”巴姆巴洛姆的嗓音仍旧低沉，“许还是不许？你没有多少时间了，星星在召唤它！”

“星星在召唤它？”

“是的，就在我来之前，它发出剧烈的火光，而星星亮了一下。”

阿奴吉亚不知道对方手中的东西是否会发出火光，然而就在一刻钟前，他的确似乎看见了星星的闪光，稍纵即逝。此刻，这个亚迪特人提起，他明白并不是只有自己一个人感受到了那闪光。

他从罩袍下掏出望远镜，眺望着紫色星星。

紫色的星星已经变得巨大，甚至可以看出隐约的圆环。原本跟随它的另八颗星星则失去了踪迹。

如果星星要降落尘世，那么时间也快到了。

阿奴吉亚放下望远镜：“我不知道神圣大巫是否能同意你的要求，但是我可以带你去见他。在我做出决断之前，我要知道你为什么想要星星的赐福。”

“太多的流血，如果流血可以换来和平幸福，勇士不会退却。流血之后还是流血，我要带着我的部落离开。”

“我会带你进入摩尼卡的圣地去接受神圣大巫的裁决，但是我不能承诺什么。”

“除了给我承诺，你别无选择。”巴姆巴洛姆咄咄逼人，“在我没有得到神圣大巫的承诺之前，你要以星星的名义给我承诺。”

“我不能这么做。”阿奴吉亚平静地抗议。

“你会这么做。”巴姆巴洛姆的眼睛在星光下闪闪发亮，“否则就算我将星火给你，你绝对无法活着走出十个弥盾的路。”

他挥了挥手中的短剑：“我和我的部落为你护驾，这是你带着星火回到圣城的唯一选择。”

阿奴吉亚不禁有几分犹豫。司星人没有权利做出承诺，然而这个叫作巴姆的亚迪特人并不是向一个司星人要求承诺，而是要求他个人的承诺。这是任何人都可以给予另一个人的东西。这也表示，他们的生命就此连接在一起了。

他看着巴姆巴洛姆，对方的眼睛血红，哪怕在星光下也能看得分明。红色的眼睛代表领主的血统，和一个领主连接在一起对任何普通人来说都是一种光荣，哪怕是司星人。

然而亚迪特人的血是粗野的。

阿奴吉亚仍旧犹豫着。

忽然间，巴姆巴洛姆手中的星火暴涨，仿佛一道红色的光瀑阻隔在两人之间。远方的紫色星星做出了回应，一道炫目的紫光扫过大地。

这是星星在发出召唤吧！

“我同意。”阿奴吉亚做出了决定。

巴姆巴洛姆走上前来。

他收起了星火，拿起一柄短剑在手掌上划过，鲜血直流。然后他将短剑递给阿奴吉亚。

阿奴吉亚接过短剑，毫不犹豫地划破手掌。

两只流血的手握在一起。

血与血混合在一起。

一切的计划都被打乱了。

那个叫作阿奴吉亚的布雷塔不但没有被亚迪特人杀死，反而带回来一个亚迪特部落。

亚迪特部落护卫着司星人，长驱直入到了圣城。一群野蛮人大摇大摆地走在圣道上，各地的军队却眼睁睁地看着，束手无策，这是从来没有发生过的事。

此刻，就在圣城的门外，亚迪特人占据了一大片地，扎起了营帐。

好像圣城已经沦陷了一样。

庞贝里心乱如麻，忐忑不安地等待着召见。

然而空桑大人却亲自来了。

庞贝里俯身迎接。

空桑让人关上门，只留庞贝里一个人在屋子里。

“你把事情搞砸了。”空桑开口说。

庞贝里俯着身子，不敢说话。

忽然间，一阵强烈的恐惧感袭来，让他身体僵直，呼吸停滞，就像要死过去。

空桑大人真的生气了，释放出强烈的气氛素来惩戒他。

庞贝里瑟瑟发抖。这种强烈的气氛素能杀人，只要半分钟，他就会在恐惧中死去，他清楚地明白这一点，然而没有任何反抗的余地，只是情不自禁地把身子蜷起来发抖。

好在只片刻工夫，压迫感便消失了。空桑大人放过了他。

“你来了结这件事，野蛮人不该在圣城出现，把那个星星的碎片带给我。”

“司星人是圣职，只有您能裁决。”庞贝里从地上爬起来，俯身低头，小心翼翼地说。

“你可以当众宣布免去他的司星人，他就是一个布雷塔而已。”空桑大人漫不经心地回答，“把星星碎片带给我。别再搞砸了。”

“遵从您的吩咐。”庞贝里诺诺地答应。

空桑大人的脚步声逐渐远去。

庞贝里直起身子。

这都是那个叫作阿奴吉亚的布雷塔惹的祸！如果他死在亚迪

特人手里，他就能得到星星的荣耀。然而他却偏偏回来了，还把亚迪特人带到了圣城。

他真的把星星的碎片带回来了，这倒是一个意外的好消息。

庞贝里拿定了主意。

该死的人都去死，世界就太平了。

至于星星……他有几分烦躁。空桑大人一定有办法，永恒的太阳和星星永远不会变。

圣城的门终于打开了。

司星主使在一群随从的簇拥下走到了营帐前。每一个随从都带着巨大的气袋，几乎有一人高，直直地立在每个人头顶，看上去就像顶着巨大的黄色的缸。

他们身材高大、体魄强健，一块块白亮的肌肉像是要从皮肤里爆出来。赤裸的上身只有两道绶带，绶带的末端挂着斧子，随着身子晃动。

阿奴吉亚有一种不好的感觉，从前他见过这样的阵势，那是处死犯人的场面。他努力将这种念头压下去。

主使很快走到了阿奴吉亚面前。阿奴吉亚俯身。

“以神圣的星星的名义，你，阿奴吉亚，不再是受到庇佑的司星人。”主使宣布。

阿奴吉亚愣住了。

他不自觉地直立起来：“大人，您说什么？”

庞贝里被这举动吓了一跳，退后了一步，很快镇定下来。

“脱下你的罩袍，你不再是司星人了。”

“大人，我把星星的碎片带回来了。”这一定是搞错了，阿奴吉亚仍旧想分辩。

一只手拉住了他的胳膊。

阿奴吉亚扭头望去，是巴姆巴洛姆。

“星星的代言人，到底带来什么消息？”巴姆巴洛姆粗声粗气地问。

庞贝里看了看巴姆巴洛姆，又看了看他身后的部落战士。

“这里不是你们该来的地方，永恒的星不会承认你们的灵魂。”庞贝里强硬地说。

“大人，他们愿意交出星星碎片。”阿奴吉亚慌忙地说，“如果不是他们，别的亚迪特人早就把圣物抢走了。”

庞贝里嘴角边的短须直立起来：“你已经被免除司星人的身份，布雷塔不能在主人面前说话。”

“我的星火是交给他的，他代表我们说话。”巴姆巴洛姆说道。

庞贝里冷笑。

他张开四肢。

几乎就在一瞬间，巴姆巴洛姆身后的亚迪特战士都倒了下去。所有人的症状都一样，身体蜷曲，瑟瑟发抖。

阿奴吉亚感到身子发软。

庞贝里释放了气氛素。只要一个念头，星星的代言人就能够让所有的人都失去抵抗能力。那些高大的力士都用气袋护住了他们的呼吸囊，不受影响。他们早就预谋好了。

巴姆巴洛姆也倒了下去，然而他并不像其他人一样发抖，而只是蜷起身子，收缩六肢。

庞贝里扬扬得意，嘴边的两条短须盘成圆形，挥动胳膊，示意身后的力士们上前。

力士们提着斧子向前。

“大人！”阿奴吉亚颤声叫道。

庞贝里看了阿奴吉亚一眼，露出一丝惊诧。

“你居然还能说话，可惜……”

“他们只是想归属于神圣的星星国度，不要杀他们。”

庞贝里的短须直直地立了起来，显出不屑一顾的样子，然而随即收缩短须，瞪大眼睛，变得惊恐万分。

原本匍匐在地上的巴姆巴洛姆突然间跳起来，四只手上都抓着短剑。他风一般掠过阿奴吉亚身边，向着庞贝里冲去。

庞贝里来不及做出任何反应，头颅便掉落下来，脸上仍旧凝固着惊恐的表情，断开的脖子里的碧绿的鲜血如箭一般迸出。

巴姆巴洛姆弯下身子，抓起庞贝里的头，用力抛向高空。

原本正准备动手的力士们被这突如其来的变故搞蒙了。

庞贝里的头颅重重地落在地上，力士们一哄而散。

任何队伍，只要失去头领，就自然崩溃，无论对摩尼卡人还是亚迪特人，都是如此。

城门上的人慌忙地关闭了大门。

阿奴吉亚看着地上的人头，突然意识到他们也很快会步司星主使的后尘。他们会被十倍的战士围攻，哪怕亚迪特战士再英勇也无济于事。

高大的身躯走到他的身前。

“对不起，我不能带给你星星的祝福。你们快跑吧，趁着军队没有集结起来。”阿奴吉亚没有抬头，他知道站在眼前的是巴姆。他只感到万分沮丧。

“我们哪里也去不了，既然到了这里，就不可能再回亚迪特去。”巴姆巴洛姆回应，“这个给你，这是我的承诺。”

星火就在眼前晃动。

“我父亲的父亲告诉我，只有虔诚的人才是真正的司星人，带我们去星星那里。”巴姆巴洛姆说。

阿奴吉亚接过星火。

红色的没有温度的火焰晃动着。

只有星星才是最后的希望。

这场追逐和战斗的游戏到了尽头。

圣城的卫戍部队倾巢而出，巴姆巴洛姆带着他的战士且战且退。

亚迪特人英勇善战，然而敌不过对方人多。一阵厮杀后，他们被包围在一个小村子里。

圣城卫戍部队暂时停止了攻击。

巴姆巴洛姆知道这些摩尼卡人在想什么诡计。他们会把领主找来，释放气氛素，亚迪特人对气氛素没有什么抵抗力，除了他自己外。

跑是跑不掉的，深入摩尼卡的领土三百弥盾，到处都是敌人。如果不是阿奴吉亚以司星人的身份领路，他们也根本不可能进入这片土地。

这片土地上应该到处都是财富，然而一路上看来，也并不比亚迪特更富足。也许圣城内就是富丽堂皇的天堂，但是那天堂的门已经永远关上了。

他要战斗直到流尽最后一滴血。

他想带着族人摆脱宿命，却还是落在了宿命里。

巴姆巴洛姆提着剑巡视，战士们都很疲惫，胡乱地吃着干粮，看见他过来，纷纷起身致敬。

所有这些人都是他忠诚的战士，今天或许都要死在这异国的土地上。

战斗而生，战斗而死。

如果这就是命运，那就勇敢地面对它。摩尼卡人想不战而胜，不能让他们轻易得逞。巴姆巴洛姆下定决心，稍事休息，就带领战士们发动进攻，或许还能打破包围。巴姆巴洛姆扫视一眼，他看见了阿奴吉亚。

阿奴吉亚在一旁跪着，这个曾经的司星人，四只手牢牢地捧着星火，口中念念有词。

他在向星星祈祷。

巴姆巴洛姆看着这个和自己血液交融的人。摩尼卡人信仰太阳和星星，亚迪特人只相信剑与火。面对随时可能到来的死亡，全心全意地祈祷需要坚定的信念。然而阿奴吉亚看上去柔弱不堪，在脱掉了司星人的灰袍之后，他就像一个普通的农人。

然而他是个信仰坚定的农人。

巴姆巴洛姆走到阿奴吉亚身前。

阿奴吉亚双目紧闭，口中念念有词。

“阿奴吉亚，我不能再保护你了。”巴姆巴洛姆说。

阿奴吉亚并不回应，仍旧祈祷。

战士们都围了过来。

巴姆巴洛姆张开四肢，四柄利剑直指蓝天，发出一声嘶吼。他正竭尽全力，将身体里所有的气氛素都释放出来，他的气氛素没有别的作用，只能让战士们亢奋，发挥出最大的战斗力。

亚迪特战士发出排山倒海般的咆哮，每个战士的身体里都有战斗的渴望，正在熊熊燃烧。

战士们将竭尽全力一搏，哪怕不能战胜敌人，也会让他们付出最惨痛的代价。

巴姆巴洛姆掉头向外走，战士们集结成方阵，紧紧地跟随他的步伐。出了村口，巴姆巴洛姆一声令下，战士们手持刀剑相互击打，金属铿锵的声音响作一片。

圣城的卫戍部队被这突如其来的战斗呼号惊动，一阵慌乱，然而还是很快集结成战斗队形，长枪林立，严阵以待。

亚迪特人如锋利的斧子劈入敌人的阵地。巴姆巴洛姆一马当先，手中的四柄剑翻飞，步法灵活，如同鬼魅，眨眼工夫，身边已经躺倒了四五具摩尼卡人的尸体。

敌人被这凶悍的气势所震慑，不断后退。亚迪特战士受到鼓舞，奋勇向前。

两股力量剧烈碰撞，胶着在一起。

鲜血四溅，杀声震天，战场上到处都是横七竖八的尸体。

时间一点一滴地过去，巴姆巴洛姆仍旧勇猛，然而渐渐感到有些力不从心，身边的战士越来越少，敌人却越来越多。

他振作精神，不断砍杀，看到哪个战士陷入危险，就冲过去解救。几次三番之后，摩尼卡人摸到了门道，干脆不再围攻他，却把几个受了重伤的亚迪特战士围起来，引诱巴姆巴洛姆去救援，试图消耗他的体力。

再强劲的力量也有枯竭的时候。

巴姆巴洛姆心知肚明。

当刀剑再也没有力量，步伐再也跟不上意念，他停了下来。

战场上突然变得寂静，似乎所有人都感觉到巴姆巴洛姆停止了战斗，因此都暂停了。

然而事实并非如此，所有人的眼睛都望着天空。

巴姆巴洛姆抬头，只见一个庞然大物悬浮半空，正缓缓向着战场飘过来。它飞得很低，似乎还没有城墙高。

它就像一个巨大而沉重的金属堡垒，充满着不可抗拒的力量，投下巨兽般的阴影，吞没了战场上的一切。

短暂的寂静之后，一声兴奋的叫喊传入每个人的耳朵。

“巴姆！是星星，星星降临了！”

阿奴吉亚高举着星火，发疯一般地从村口跑了出来，向着战场飞奔。

摩尼卡的战士几乎同时丢下了武器，向着四面八方逃跑，他们没有别的念头，只想离那个庞然大物远一些。

巴姆巴洛姆垂下四肢，看着阿奴吉亚向自己跑来。

灰霾般的阴影中，阿奴吉亚高举着星火，就像带来光明的神使。

星火上射出红色的光芒，不断地照亮着庞然大物的腹部。

巴姆巴洛姆丢下武器，四只手轮番捶打胸口的甲片，发出吼声。

他向着头顶那来自星星的巨物怒吼，表达着自己的崇敬和仰慕。

阿奴吉亚只感到身在梦中。

当他被一股神秘的力量拉扯着，身不由己地飞了起来，他认为自己会死。

然而他非但没有死，还到了神的居所。

他落脚的地方是一个四四方方的屋子，四周都是金属，光滑又坚硬，剩下的一面是透明的玻璃，可以清楚地看见外边的情形。

他透过玻璃向下张望。

地面上卫队仍旧在四散逃奔。

黄色的道路，红色的田野，黑色屋顶的村落，穿过村子的蜿蜒溪流……一切飞快地缩小。他看见了远方的圣城。红色的神圣大殿是圣城中最高的建筑，仿佛山峰一般宏伟，然而从神的居所看下去，它是那么渺小，就像玩具一般。

神的居所还在不断升高。他看见了远方的山脉，覆盖着皑皑白雪，就像一条白色的巨龙横亘在地平线上。（在这颗星球上，有一种被称为哈鲁的生物，和地球上的蛇类似，然而它用于捕猎的前肢没有退化。而一种被称为哈鲁比的虚构神兽，则类似远古地球上的东方龙，后来干脆被人类称为阿奴吉亚的龙，此处使用了人类的习惯表述。）

气势逼人的巨龙很快也成了一抹平凡的白色，红色的神圣大殿则变成了一个红色的小点。地平线渐渐变得弯曲，地面上的一切都失去了踪迹，只剩下红色、黄色模糊的一片。

大地漂浮在蓝色的大海之中，好像一片巨大的红色叶子。

白色的雾气涌来，眼前一片迷茫。

阿奴吉亚意识到自己跟着神的居所进入到了云朵中。

这真是不可思议！阿奴吉亚惊叹。

不等阿奴吉亚的惊叹平息，他眼前忽然一亮。

白色的云海，无边无际、层层叠叠、千变万化。云朵就像一个个凝固的浪头，时间在这一刻被冻结了。阳光洒在云海上，灿烂夺目。

阿奴吉亚惊呆了。这情形从未在他的想象中出现过，哪怕是做梦，也没有见过。

他长久地凝视着，能够感觉到云海的涌动。

当神的居所继续上升，世界再次展现出一种完全不同的面貌。

一个球！一个蓝白相间的球静静地悬浮在静谧的黑色之中。它的一半发亮，另一半则没入黑暗。这是一个活的球，它在缓缓转动。

阿奴吉亚忽然意识到，这是神在向他传达着什么。世界的真相，世界的一切就悬浮在这虚空中的球体里，而所有的生命，包括人类，不过是这球体上渺小的微尘。

片刻之前，他还在地面上，和一群同样的人拼得你死我活，似乎战胜对方是一件多么了不起的事，此刻他站在世界的高处，一切都渺小得不能再渺小。

在那些来自星星的神眼中，世界的真相或许就是如此？

阿奴吉亚俯下身子，六肢着地。在这神的居所中，一切都显得很轻飘，然而他还是让自己完成了这个动作。

他以十二万分的虔诚开始祈祷。

神忽然在一无所有的空中出现。

神的模样很奇特，巨大的脑袋，顶部有一撮黑色的毛发，巨大的眼睛，眼睛嵌入脸部，黑白分明，能够转动，和摩尼卡人突出的固定眼球形成鲜明的对比。神的嘴唇鲜红，就像涂上了染料一般。

神只有四肢，就像虫子一样只有四肢。上肢显得很细弱，下肢和摩尼卡人一般粗壮。他穿着一件样式奇怪的衣物，银光闪闪，像是用金属制成的。

这和任何传说中的神的形象都不一样。不像是神，更像是鬼，或者是巨大的奇特的虫子。

阿奴吉亚强行压抑着害怕的念头。

在神的居所，神可以是任何一种形态。

最奇特的是，神竟然没有一丝气息。

一样东西怎么可能没有气息。

阿奴吉亚小心翼翼地伸手去触摸，他的手悄无声息地从神的身体中划过，手上映出五彩斑斓的色彩，然而却没有触到任何实在的东西。

神发出奇怪的声音，连续不断，像是卡西莫兽的叫声。

当声音停下来，神望着他，说了一串他怎么也听不懂的话。

然后，墙壁上打开一扇门。

阿奴吉亚试探着走过去，一边走，一边看着神。神点头，似乎赞同他的做法。

他终于大着胆子走出了房门。

这是一个更大的屋子，屋子里都是亚迪特人。

“阿奴吉亚！”他听见一声惊喜的叫喊。

是巴姆巴洛姆！

阿奴吉亚一阵欣喜。转过身，果然巴姆巴洛姆就在那里，在一群亚迪特人中间站着，高大的身躯甚是醒目。

巴姆巴洛姆走过来，伸手在他的胸口轻轻打了一拳。

“见到你真是太好了。”阿奴吉亚真诚地说。从荒凉的北方到圣城，巴姆巴洛姆和他的战士们保护着他。在庞贝里免除他的司星人身份并且要将他和这些亚迪特人一起杀死时，他就已经把自己完全和他们绑在一起了。

“这里，真是星星的所在吗？”巴姆巴洛姆问。

“你自己看到了，神从星星中降临。”阿奴吉亚回答。

“但是，有吃的吗？”巴姆巴洛姆又问，“我们都饿了。”

饿。

这提醒了阿奴吉亚，他意识到自己也已经很饿了。自从被带到这神的居所里，虽然不知道时间过去了多久，至少也有三五天了。

饥饿甚至让人有些不清醒的感觉，只想拿些什么东西在嘴里咬。

他看了看四周，亚迪特战士们都显得疲惫不堪，有气无力。饥饿已经让他们丧失了元气。

“神认为该进餐的时候，就会有食物。”阿奴吉亚说。

“进餐？”巴姆巴洛姆的短须直立起来，不断抖动，“别用这么文绉绉的词，我们就想吃，什么都行。再这样下去，都要饿死了。”

“我会祈祷的，神不会让我们饿死。”阿奴吉亚说。

他相信神会听见祈祷，把食物赐给他们。

巴姆巴洛姆显然也完全相信他。在这神的居所里，亚迪特人完全失去了主见，他们惶恐不安，都眼巴巴地看着他。

阿奴吉亚在众人注视中坐了下来，蜷起身子，俯身在地，用司星人的术语祈祷。

他全心全意地祈祷，屋子里除了喃喃的祈祷声，几乎听不见别的动静。然而时间良久，并没有神的动静。

忽然间，耳边响起一声惨叫。

阿奴吉亚被惨叫声惊动，抬起头察看。

一名亚迪特战士一刀砍下同伴的胳膊，放进嘴里，撕扯着，鲜血淋漓，到处都是。

战士们骚动起来，纷纷掏出武器，向着那被砍伤的同伴围上去，准备从他身上挖下肉来吃。被砍的战士剩下的三只手中也握住了武器，打算殊死抵抗。

“都不许动！”巴姆巴洛姆怒吼一声，所有的亚迪特战士顿时安静下来。然而他们仍旧手持武器，蠢蠢欲动。

巴姆巴洛姆也不能压制他们太久。

阿奴吉亚心念一动，伸手从怀里掏出一个瓶子，递给巴姆巴洛姆。

巴姆巴洛姆接过瓶子，揭开瓶盖。圣水散发出气氛素，刚涌起的饕餮欲望都降了下去，战士们纷纷收起武器。

正咬着同伴肉的亚迪特战士吐出肉块，将胳膊丢在地上。失去胳膊的战士将胳膊捡起来，狠狠地瞪了偷袭者一眼，将胳膊塞进嘴里，大嚼起来。

屋子里一片寂静，只有战士咀嚼自己胳膊的声音。

世界暂时平静了。

“阿奴吉亚，神把我们带到这里，难道是要用饥饿来惩罚我们？”巴姆巴洛姆问，他说着收起瓶子，放回怀中。

阿奴吉亚沉默着，他没有答案，然而有一个事实是确定的，那就是如果到了最后关头，这些亚迪特人并不会介意先吃掉他。

亚迪特人会吃人，没想到自己居然会在神的居所里见证这个传言。

如果饥饿一直继续下去，一旦巴姆巴洛姆也失去了控制……阿奴吉亚不敢想象那是怎样可怕的图景。

然而，神不会是这样冷酷无情的存在。他想起了飘忽不定的神的模样，还有那类似卡西莫兽的叫声。他能感觉到神的善意。

“这是考验。”阿奴吉亚说着重新俯下身去，继续祈祷。

他刚俯下身，天花板上便悄无声息地打开一个圆形的洞口，两根金属手臂伸进来。两根金属臂就像灵活的哈鲁，紧紧地缠住他，带着他腾空而起。

神听见了祈祷。

巴姆巴洛姆和他的战士们正望着自己。

金属臂带着他从圆形的洞口穿出。

“巴姆，我会回来的。”在洞口关闭的一刹那，他向着巴姆巴洛姆喊了一句。

阿奴吉亚再次见到了缥缈的神的样子。

这一次，神的模样有些变化，有更多的毛发，毛发的颜色也从黑色变成了白色。衣着也变成了一件灰色的袍子，看上去就像司星人的罩袍，只是没有那金黄色的带子。

神说着一种他听不懂的语言，不断重复，突然间，他竟然听明白了。

神在用亚迪特人的语言说话，虽然并不好懂，然而仔细听上去，还是能懂的。阿奴吉亚一阵狂喜。

“阿奴吉亚，这是你的名字？”数不清这是神第几遍重复这句话，然而这一次，阿奴吉亚明明白白地听懂了。

“是的，伟大的星星之神！”阿奴吉亚俯身下去，整个身子都贴在地上。

“阿奴吉亚，你起来。”神柔和地说，“我叫沙达克，你可以叫我的名字。我有话要问你。”

阿奴吉亚怀着忐忑不安的心情直起身子。

“这片土地上，谁是最高统治者？”自称沙达克的神问道。

“我们有领主，有大巫、司星人、司日人，大巫是神的代言人，空桑大人是大巫的代言人。”

“你们有多少人？”

“我不知道，但是摩尼卡的土地从南到北，超过两千弥盾，从东到西，也超过两千弥盾，我只知道自己的村子里有四百多人，摩尼卡的土地上，村子成千上万。圣城里有很多人，我不知道到底有多少。但是从古到今，圣城就是最伟大的城堡，富丽堂皇，最接近神。”

“这就是圣城吗？”沙达克话音刚落，一幅图像开始在阿奴吉亚眼前浮现出来，青色的山和绿色的平原，一座城堡坐落在山和平原之间。那是一个巨大的方形城堡，城堡后部中央靠山的位置，是鲜红的屋顶。

那是圣殿的红顶。

这图像看上去显得很古怪，像是从极高的空中看下去的，城墙成了浅色的方框，而圣殿则是小小的红点。

然而阿奴吉亚还是将它辨认出来。

“是的，这就是圣城。”

“你们还有很多城。”沙达克接着说，一幅又一幅的图像从阿奴吉亚眼前掠过，“这些城你都知道吗？”

阿奴吉亚诚惶诚恐。神在这高高的星星之上，却能够洞察大地上的一切。

“我的领主属于圣城，其他的城我不知道。但是听说过几个。”

“他们都听空桑大人的话吗？”

“不完全是，隔得太远的领主有时也不听从空桑大人的召唤。再远的地方，我就不知道了，据说他们会有自己的大巫。”

沙达克点点头，似乎陷入沉思中。

忽然他抬头问道：“你能代表我们去找所有的领主吗？告诉他们，我们从你们的世界路过，需要你们的太阳。世界会先变得很热，然后陷入寒冷，这个星球再也不适合居住。但是，我们可以提供给你们一个机会，让你们离开这个星球，和我们一起离开。你们有六十六年的时间，可以把需要的一切都搬到飞船上。”

阿奴吉亚感到一阵恐慌。

神居然要带走太阳。他不知道这意味着什么，然而神已经明说，这是灭顶之灾。失去太阳，所有的一切都会被毁灭。

他直直地望着神，不知道该说什么。

“吓着你了吗？”沙达克问。

阿奴吉亚俯下身子：“来自永恒的星的神，祈求您赐福，让摩尼卡免除灾祸。”他长跪不起，整个身子都贴在了地上。

“阿奴吉亚，你先起来，你不用这样，我们不是神，我们只是另一种生物，来自不同星球的生物。”

阿奴吉亚仍旧俯身，不肯起来。

忽然间，他嗅到一股奇特的气息。这是一种他从未嗅过的气息，异常刺鼻。

他微微抬头。

一扇门打开，一个神正走出来。这是一个拥有真实躯体的神，他也有气息，真的是一个生物！他正和阿奴吉亚初次见到的那个神一样，然而却真切地活了过来。

来的神一边走一边说着什么。阿奴吉亚听不懂，然而他记住了每一个音节。在后来的日子里，当他学会了神的语言，他明白了当时神说的那句话。

“沙达克，他们的文明程度太低，恐怕要另找办法。至少要把他们的首领找来。”

神按照许诺送来了食物。

食物是一种黏黏的白色方块，有些像是聚集在一块的虫卵，让人连多看一眼也不愿意，还有一种特别的臭味，就像是发霉的种子散发的味道。

这不像是给人吃的食物。

然而至少它的确是食物。

亚迪特人已经饿到了极点，一群人几乎是争抢着吃完了神送来的一大盆白色方块。

屋子里弥漫着食物臭烘烘的味道。

巴姆巴洛姆勉强吃掉了两个方块，饥饿的感觉消退一些便不再多吃，只是看着战士们争抢。

这里毫无疑问是神的居所，他们被神带到了天空中，远远地离开大地。然而，这里却没有一点天堂的样子，连吃的东西都如此不堪。

或许这是一个错误。

根本不该把星火交给阿奴吉亚，跟随他来到这里。

亚迪特人应该过自己的日子，战斗，战斗，再战斗。战场才是亚迪特人的天堂。

他微微呼出一口气，将沮丧的心情透过呼吸排遣出去。

不管在什么地方，他仍旧是这群战士的首领。首领自然要有首领的样子。接下来该怎么办，这才是首领该考虑的问题。

他的目光扫过战士们，在屋子的尽头停下。

阿奴吉亚坐在地上，双腿盘着，四手收拢在胸前，闭着眼睛，就像休眠一样。自从他见过神之后，就变得沉默寡言，也不再祈祷，而只是一个人静坐。

他甚至对食物都没有任何兴趣，连续两次，都没有吃一块那种白色方块。

他明显消瘦下来，像是要绝食而死。

巴姆巴洛姆抓起一块白色方块，向着阿奴吉亚走去。

到了阿奴吉亚身旁，他伸手摇了摇这个司星人的肩膀，“吃点东西，你会把自己饿坏的。”

阿奴吉亚睁开眼睛。

巴姆巴洛姆把白色方块递了过去。

阿奴吉亚却并没有接。

“巴姆，如果太阳的光明没有了，你会怎么办？”

巴姆巴洛姆一愣：“太阳的光怎么会没有？”

“神说，他们要夺走太阳的光。他们需要太阳来补充能量。”

“补充能量？”巴姆巴洛姆听不懂，那像是神秘的咒语一样难解。

阿奴吉亚的视线落在眼前的白色方块上，他伸手捏住方块，拿了起来，“就像食物，他们说这是一艘大船，大船需要食物。”

“大船？这不是星星吗？”

“星星是火，是能量，是大船的食物。”阿奴吉亚显得很忧伤，“他们把自己的居所称作飞船，在天空中飞行的船。而且这样的船有很多很多，很快就会来，他们会把太阳吃光，什么都不剩下。”

巴姆巴洛姆愣住了。天上的星星住满了神灵，这是他从小就知道的事，这些神灵到来了，却要吃掉太阳，神灵怎么会做这样邪恶的事。

“这不是邪恶的神吗？”巴姆巴洛姆脱口而出。

阿奴吉亚摇摇头：“他们说，天空中每一颗星星都比太阳更明亮，只是太遥远，为了抵达那些星星，大船必须吃掉我们的太阳。”

“那亚迪特完蛋了，摩尼卡也完蛋了，整个世界都完蛋了，连白天都没有了。”

“就是这样。”

“那我们和他们拼了！”巴姆巴洛姆气呼呼地竖起短须，“横竖是个死，亚迪特人可不会服软。”

“他们说会把所有的人都带上飞船。”

“啊！”巴姆巴洛姆惊奇地叫了一声，“所有的人？他们知道有多少该死的浑球儿吗？再说，这地方实在太憋屈了，连吃的都这么恶心。所有的人都住进来，非打起来不可。”

“我不知道，他们是这么说的。”

“你一直说‘他们’，他们究竟是不是神？”

“如果不是，也和神差不多。”

“那有什么可怕的？如果他们不是神，我们就能杀死他们。”巴姆巴洛姆挥了挥胳膊，似乎眼前就是敌人，而他正挥舞着短剑刺向他们。

阿奴吉亚抬眼望着他，他能感觉到深沉的忧伤正从这司星人身上散发出来，不由得有些迟疑，“不行吗？”

“他们比我们强大太多，太多。如果不是出于怜悯或者漠不关心，他们根本不需要关心我们的生死。也许对他们来说，我们就像一群虫子，不知道天高地厚。我们的确也不知道，你也看见了，他们的飞船能飞得这么高，地上的一切渺小得不能再渺小。还有那些遥远的世界，他们所描述的每一个世界都比我们更繁荣、更强大，那是些金属的强有力的世界。我们知道星星是神圣的所在，然而从来不知道，还有那么多的世界，那么多不同的人。”阿奴吉亚不紧不慢地说着，语调中透着忧伤。

巴姆巴洛姆竖起了短须，阿奴吉亚的话让人丧气，然而他可不想屈服。

“那有什么关系。如果他们真的想战斗，那就战斗吧！”巴姆巴洛姆拔出了两柄短剑。短剑交错相碰，发出铿锵的响声。

几乎就在同时，天花板上的圆孔打开，两根柔软的金属臂向着巴姆巴洛姆缠过来。

巴姆巴洛姆大吃一惊，仓促中，挥剑砍去。

短剑砍在金属臂上，根本砍不下去，看似柔软的金属臂却有无可抗拒的力量，伸展过来，将巴姆巴洛姆缠住，带着他腾空而起。

亚迪特战士们惊恐地看着他们的首领被拉入圆洞中，乱作一团。

纷乱的人群中，只有阿奴吉亚保持着镇静。他站起身，在人群中穿行。

他用自己的肢体碰触每一个人，凡是被他所碰触到的战士都立即安静下来。

当他走到厅堂的尽头，偌大的厅堂变得异常安静。

阿奴吉亚的话在大厅里飘荡：“巴姆巴洛姆是神选中的人，他会回来带领你们。”

愤怒和屈辱像是火山喷发般从巴姆巴洛姆的心头爆发出来。

然而他无从发泄，因为周围空无一人。金属臂将他放下后就消失了，那些神的存在也并没有展示出痕迹。他站在一无所有的银色厅堂里，仿佛置身无人的旷野，连一丝风的声音都听不到。

巴姆巴洛姆紧紧攥着四个拳头，很想找个东西痛揍一顿，然而周围一片银色，连墙在哪里都让人无法分辨，满身的力气也只能憋着。

“你们出来！”巴姆巴洛姆大叫。

声音的回响大得把他自己吓了一跳。

“巴姆巴洛姆，”一个声音不知从何方传来，仿佛有人在耳边悄声细语，“这是你的名字吗？”

“是，你是谁？”

“我叫沙达克，很高兴认识你。”声音继续说。

“你们究竟是谁？出来和我说话。”

巴姆巴洛姆话音刚落，一道光影蓦然出现在眼前，吓得他退后了两步。

这就是阿奴吉亚所说的神了，看上去实在太丑了！他们就像虫子！

巴姆巴洛姆猛然起身，狠狠地挥动左拳，向着那身影的头部和胸部同时击打。不管神究竟是什么，他们竟然捆绑他，那么反击就有完全正当的由头。

两只拳头完全落在空处。

巴姆巴洛姆失去重心，一个趔趄，向着神倒了过去，仿佛奇迹一般，他整个地从神的躯体中穿了过去。

他站稳脚步，难以置信地望着自己的手，回头一看，那自称沙达克的神仍旧在那里，正掉转头来，看着自己。

“巴姆巴洛姆，你太粗野了，这样就像一个野蛮人。”沙达克说。

“你们才是野蛮人。”巴姆转过身回答，“你们把我们带到你们的——飞船上，几乎把我们饿死，然后又要戏弄我。巴姆巴洛姆是有尊严的人，你最好抽出剑来，我们来决斗。”

巴姆巴洛姆嘴上说着，却并没有拔剑。方才的经历让他意识到，神以一种他从未知晓的方式存在，他们根本就不可能被杀死。阿奴吉亚是对的，他们太强大，强大到自己的剑和拳头对他们而言都只是些可笑的玩意儿。

沙达克并不理会巴姆的挑衅：“你是这群人的首领，对吗？”

“阿奴吉亚告诉你的？”

“根据观察，我们一样可以得出结论。”

观察！巴姆巴洛姆再次感到怒意从心底升腾起来。这是一个只对动物使用的词汇，沙达克却用它来针对人。

他们就像观察卡西莫兽一样观察自己。

然而巴姆巴洛姆强忍了怒气，哼了一声，保持着沉默。

“你们的文明很特别，你是这群人的首领，你用气味来控制你的手下，是这样吗？”

“你们可以观察。”巴姆巴洛姆不卑不亢地回了一句。

“嗯，巴姆巴洛姆，有些事你也许并不是很理解，但是我还是要代表我方说个清楚。我们来自外太空，拥有一支庞大的舰队，规模巨大。从你们的世界出发，外边是几乎无限的黑暗空间，你们的太阳就是这无限黑暗中唯一的恒星，也是我们的唯一希望。我们的舰队通过吸收恒星物质来补充能量，经过测算，完成这一次补充后，你们的太阳将会变冷，星球将会被冰封。你们是高度文明的生物，我们希望能提供帮助，在太阳变冷之前，让你们从星球上迁移到飞船上。你是一位首领，我们希望能和你合作，尽快完成行动。”

巴姆巴洛姆听得不太明白，然而他知道这个沙达克所说的和阿奴吉亚告诉他的一切差不多。太阳会被他们的飞船吃掉，而大地上的生命会迎来末日。

然而，这飞船上的生活简直比地狱好不到哪儿去。

这些来自星星的神，是一伙强盗，抢走太阳，抢走一切，然后还要居高临下地给予赏赐，仿佛莫大的怜悯。

巴姆巴洛姆发出冷冷的哼声，嘴角边两条短须微微摆动，表明自己不屑一顾的态度。

“也许你们是一个好斗的种族，对我们的和平诚意并不了解。如果时间足够，我们可以慢慢学会彼此相处，但是时间紧迫，你是否可以考虑这个星球上你的百万同胞，你的决定可以让他们受益。”

“那些肮脏的蠢货就让他们死吧！巴姆巴洛姆从来不怕死，我的战士也不怕死。”巴姆巴洛姆响亮地回答。

沙达克迟疑了一下：“巴姆巴洛姆，我们试图接触这个星球上的首领，但是到目前为止，没有人愿意和我们接触。我们感受到了深深的敌意，这让我们很为难。”

“你们要抢走我们的一切，难道还要我们为此而感谢你们？感谢永恒的星，那些肮脏的蠢货虽然很蠢，在这个问题上倒是没有犯糊涂。虽然你们很强大，但是很卑鄙。我很后悔让阿奴吉亚召唤你们，我以为能进入天堂，但是显然你们只会制造地狱。”

“你对我们似乎有些误会……”沙达克试图辩解。

“没什么可说的，”巴姆巴洛姆打断了他，“我不会向你们屈服，亚迪特人可不是动物，凭着暴力的威胁就会乖乖听话。”

“也许我们可以另找一个时间再谈。”

“不用再谈了，你们可以杀死我，也可以杀死我的战士们。我承认我们不是你们的对手。但是你可以夺取我的性命，却不能让我屈服，哪怕你们囚禁我们一百万年。”巴姆巴洛姆昂首挺立。

沙达克沉默了许久。

最后，他终于开口说话：“我们无意囚禁任何人。如果这是你的愿望，我们可以安排将你们送回地面。”

巴姆巴洛姆愣了愣。这倒是他从未想过的事，重新回到地面上，这简直太好了。战士们整天被关着，吃臭烘烘的食物，如果能回到地面，哪怕只是呼吸一口那自由的空气，也是再美妙不过的事。

“你说的是真的？”

“当然。”

“那太好了，但是你们要送我们到北方我的领地上。”

“你可以指定这个星球上任何一个地方。”

这是一个慷慨的允诺。神并没有因为自己对抗他们而大发雷霆，他们拥有强大的力量，能够轻易地杀死自己。巴姆巴洛姆已经做好了死的打算，神的反应却完全出乎意料。或许阿奴吉亚是对的，这些神真的很和善。

然而说出的话收不回来，巴姆巴洛姆不打算和解。

“好，你说话要算数！不然，哪怕你们的飞船再强大，我的剑也会替我说话。”

沙达克发出卡西莫兽一般的声音，身体微微颤抖。

巴姆巴洛姆恶狠狠地盯着这个虚无缥缈的神。

沙达克终于停止了那神经质一般的抖动，“我们会遵守承诺，你会回到你的领地上。凭着永恒的星起誓，我们会遵守承诺。”

飞船变成了不可辨认的小点，消失在星球上。飞船上载着巴姆巴洛姆和他的三百勇士。

阿奴吉亚目送着伙伴离开。

现在，他成了神的飞船上唯一的一个人。

尽管巴姆巴洛姆竭力邀请他一道回去，他还是决定留下。他热烈地渴望着拥抱那红色的大地，然而理智却清醒地告诉他，他再也回不去了。没有人可以和空桑大人为敌，而这些来自星星的神，却并没有得到空桑大人的承认。

沙达克告诉他，所有尝试接触下面的人的努力都失败了。地面上的人们集结在一个个堡垒里，躲藏在屋子里边，钻入地下，像躲避瘟疫一样躲避来自天空中的任何东西。北边的亚迪特人则是另一种反应，他们排列成战斗队形，挥舞着各式武器叫嚷，显然也并不欢迎来自天空的不速之客。

他是一个罪人，罪无可赦，因为他向这些来自星星的生灵祈祷，而这些生灵并不是神。从永恒的星降落人间，不是神就是魔鬼，空桑大人显然认为他们是后者。

从某种意义上来说，空桑大人是对的。这些自称银河人的家伙要拿走太阳。

阿奴吉亚闭上眼睛，俯下身子，他不知道该如何祈祷，只知道自己的内心惶惑，需要获得平静。他将整个身子都伏在地上。

“阿奴吉亚，我们会把你送到红虻母舰上，我们的最高指挥官佳上想见一见你。这大概需要十六天的时间。”沙达克的声音传来。

阿奴吉亚抬起头：“沙达克，我愿意去你送我去的任何地方。但是有一个最后的要求，能否帮我实现？”他一边说着，一边有些惶恐不安，四下张望，希望能够看见沙达克出现。

沙达克真的出现了，靠墙脚站立着。

“这让我有些意外，这是你第一次提出要求。是什么要求？”沙达克问。

“我想最后看一眼我的村子，向它告别。”阿奴吉亚说完紧张地盯着沙达克的嘴，生怕听见否定的两个字。

“就是这个要求吗？我向船长请示一下。”沙达克说完消失得无影无踪。

阿奴吉亚刚站直身子，沙达克又出现了：“船长同意你的要求，你可以穿上防护服前往情报室。”

阿奴吉亚不紧不慢地穿上防护服。这件衣服的质地很奇特，像金属般闪闪发光，然而却分外柔软，贴合身体。防护服是紧闭的，在头部有一个可供呼吸的口子。口子外边包裹着一层厚实的纱。阿奴吉亚明白银河人要他穿上防护服的用意，银河人身上散发着难闻的气息，让人难以忍受，他相信自己的体味对于银河人也同样难闻，而一层防护服可以有效地把体味隔绝开。

他动身前往情报室。

船长正在情报室里等他。见到阿奴吉亚，船长开始说话，沙达克充当翻译。

“阿奴吉亚，你是留在我的飞船上唯一一个摩尼卡人，我们尊重你的选择，但是如果你任何时刻想要离开，我们都可以把你送回你的星球上。”

“感谢您的好意，船长。我回不去了，无家可归，您的飞船能够收留我，那就再好不过。”

“但是，只有你一个人，你会孤独。你是否有任何同伴？我们可以想办法带上他。”

“没有。”阿奴吉亚很干脆地回答。对于一个摩尼卡人而言，领主就是一切，当他成为司星人，空桑大人就是他的领主。失去领主的摩尼卡人应该自行消亡。

船长似乎犹豫了一下，然而还是问了：“难道你没有亲人吗？你的孩子、伴侣、父母？”

“没有。”阿奴吉亚的回答仍旧很干脆。

船长抛出了最后的问题：“如果你觉得受到冒犯，可以拒绝回答。你们到底是如何繁殖的？我们没有见到任何特征能够区分雄性和雌性，也没有见到你们有明显的外生殖器。或者简单一点，你们究竟是怎么生孩子的？”

阿奴吉亚愣住了。沙达克口中说出的话他大部分都听不懂，然而最后的问题他听懂了。如何生孩子？

每个人都可以生下自己的蛋，领主也可以驱使布雷塔生蛋，甚至严酷一点，让布雷塔死掉以孕育五六个蛋。

“我们会生蛋。”

“谁生蛋？每个人都生蛋？”

“每个人都可以，”阿奴吉亚回答，“只要得到领主的许可。”

船长和沙达克对看了一眼。

“你们没有两种性别吗？一种生蛋，一种不生蛋？”

“每个人都可以生蛋。”

“你也可以？”

“当然，只是我没有那样的冲动。”

“什么冲动？”

“生蛋的冲动。那由领主控制，领主能够辨认出谁适合生蛋。”

“领主自己也生蛋？”

“当然，领主的血统尊贵，需要后代继承。”

船长点点头：“多谢你坦诚地告诉我，你们的文明形态很特别。我们的最高指挥官之一正赶过来，他也很想见见你。他是个知识很渊博的人，也很好奇，对你们的文明兴趣浓厚。所以计划要稍做一点调整，你不必前往红虻母舰，在这里等待就行。”

阿奴吉亚俯下身子，表示恭顺的赞同。船长点头示意，说了一句“你请便”，然后便离开了。

“阿奴吉亚，你可以操纵画面，你们的村子应该就在圣城附近，是吗？”

随着沙达克的提示，阿奴吉亚仿佛置身于地面，圣城的大门就在不远处。他可以清晰地看见城墙上的卫兵，戴着高高的头冠，挎着刀剑，正在走动巡逻。

沙达克把地面上的情景搬到了飞船里。

一切就像是真的，让人感到不可思议。银河人不是神，然而他们和神一样让人心生畏惧。

“我的村子距离圣城很远，如果要走过去，要走两天。”

“你可以飞。”

阿奴吉亚感到自己的身体变得轻盈，稍稍挥动手臂，就能飞快向前，这感觉真的像一只鸟儿在空中飞。

从空中看过去，熟悉的红色田野变得有几分陌生，然而他依旧能够辨认出圣道。圣道蜿蜒向前，指向天际。阿奴吉亚起身，沿着圣道飞翔起来。

山川大地显得如此壮丽！飞在空中，他真真切切地感觉到这一点，比从前任何时刻更真实。

这是摩尼卡人的家园。哪怕这是最后一眼，也如此温暖他的眼睛。

阿奴吉亚向着村子疾驰而去。

当阿奴吉亚远远望见村子，只看见黑乎乎一片，心头一沉，兴冲冲的劲头荡然无存。

在村口落地，他几乎不敢相信自己的眼睛。

所有的屋子都被摧毁了，到处都是火烧后的焦黑模样。水井边，小路上，尸体遍地，他们都是在逃跑中被追上杀死的，身上有或深或浅的伤口，被杀死之后，又被火烧，甚至一些是活活被烧死的，尸体保持着挣扎的姿态，手指深深地抓进泥里。

阿奴吉亚沿着村子的小路缓缓走着，这是他从小到大走过无数次的路。路边的每一座房子，他闭着眼睛都能指出来。摩尼西亚、摩尼非亚、拉普拉……一个个熟悉的名字，一排排被烧掉的屋子。那些屋子里边一片漆黑，看不见任何东西。他尝试了几次，只要一进入门内，世界就变成一片奇怪的蓝色，而只要退出一步，便恢复正常。显然，这是银河人无法查明的情况。然而他可以想象，那些被推倒、被烧掉的屋子里，还有多少尸体。

整个村子都被杀得干干净净。

阿奴吉亚麻木地走着，一直到了村子尽头。这里是一个小小的广场，广场一端是领主的双层大木屋。领主会在下层召集全村的人用餐，那里排列着整齐的六排桌椅，坐下两百个人也绰绰有余。

大木屋被烧得只剩几个焦黑的木桩。一具尸体被挂在最高的一根木桩上。

阿奴吉亚走过去，尸体就像一挂白布，上面爬满了白色的虫。面目狰狞，然而阿奴吉亚仍旧能够认出来，这是领主的尸体。

他没有被杀死，也并非被烧死，而是在一切的杀戮和毁灭都完毕之后，被人活生生地钉在木桩上，血流干净而死。

凶手特意在他的身体上撒上了虫子，这种叫作“厉蛊”的虫子有锋利的牙齿，带着毒液，咬起人来格外疼痛。也许在领主还活着的时候，那些虫子就开始咀嚼他的血肉，大肆繁殖。在最后断气之前，他要看着自己一点点地被吃掉。

那些残酷的人先折磨他的精神，然后折磨他的肉体。

这是冲着我的惩罚！阿奴吉亚深刻地明白其中的意义。他是一个叛逃的司星人，他的出生地连带受到了惩罚。

怎么会这样！空桑大人赐福给他，他早已脱离了这群人，成了空桑大人的奴仆，即便叛逃，那也是空桑大人的事。

阿奴吉亚匍匐在地。他的整个身子都蜷缩起来，瑟瑟发抖。他并不害怕，只是感到痛彻全身的哀伤。那些朝夕相处的亲人啊，一个都不在了。

整个村子的人甚至连一个卵都没有留下。赶尽杀绝，毫无尊严地死去，这最凶暴的命运居然降落亲人们的身上。

心头一阵阵抽搐，他的整个灵魂似乎都融化在了悲伤之中。

耳边传来沙达克的声音："对不起，没想到会这样。"

阿奴吉亚努力控制自己的情绪，最后抬起头来。

周围的幻象都不见了，他仍旧在船舱里，周围都是银色的墙。

他的眼睛因为哀伤而变得血红。

"我要回去。"他坚定地说。

"然而你只是白送性命。"沙达克试图宽慰他，"已经发生的事就让它过去吧，你跟我们一起，会有全新的生活。"

"不，我的根在那儿，我要回去。如果他们都不在了，只有我才能让他们的灵魂不坠入地狱，归于永恒的星。"

"你要回去做什么？"

"用最好的金木搭好祭台，点燃圣火，让他们的身体在圣火中消融，我会为他们祈祷，让他们的灵魂升入天堂，抵达永恒的星。只有我才能帮他们。"

沙达克沉默了片刻："阿奴吉亚，我理解这是你的信仰，只是星星并不像你想的一样，而且地面上的情况很糟糕，恐怕你根本没有机会火化你的亲人。我并不建议你就此回去。"

阿奴吉亚抬头望着沙达克，红色的眼球仿佛火山的熔岩，"即便是冒险，我也要为他们求得死后的安宁。你们曾经同意如果我愿意，就会送我回去，我请求你们兑现诺言。”

沙达克再次陷入沉默。

门开了，船长走了进来。

“我听沙达克说了一些令人哀痛的情况，”船长走过来，在阿奴吉亚身边站定，“如果你坚持要走，我们当然不能强行留下你。但是如果你真的需要一些帮助，我建议你再留十六个小时。睡一觉醒来，布丁指挥官就到了。如果他愿意帮助你，那么你或许可以得到舰队的保护。我的权限不能允许我对星球文明进行暴力干涉，但是布丁指挥官可以。你明白吗？”

船长正试图提供一些帮助。阿奴吉亚有些惊诧，如果这些来自星星的神一般的银河人真的要扫荡家园，就没有人能够阻止他们，不需要任何武器，飞船的火焰就可以将下面的大地化作一片焦土。

这其中有无限的可能性！阿奴吉亚感到深深的惶恐。仿佛就在一瞬间，他站立在绝高的悬崖边，随时可能掉落下去。

他定了定神。

“好的，我等他到来。”阿奴吉亚决定拜会这个拥有绝对权力的布丁指挥官。

沙达克说，真正永恒的生灵并不需要拥有躯体。

当阿奴吉亚见到布丁，他才明白真正永恒的生灵究竟可以是什么样的。他就像一团火，或者说是一团光，不知不觉，就进入了你的头脑。

这是一种很奇特的体验，阿奴吉亚从未经历过，那像是一种幻觉。在那么一瞬间，他疑心这布丁是一个鬼魂，能够和人的灵魂纠缠。

刹那间，他仿佛化作了飞船，在亿万星辰间急速地穿梭。星星被拉成了长条，形成一片光瀑。

布丁在他的头脑中说话："阿奴吉亚，很高兴见到你，你们的独特让人惊叹。我会向你介绍我们的舰队，然后我们再来谈谈关于你和你的星球。"

阿奴吉亚没有回应，他不知道如何回应。沙达克告诉他，布丁是一个人，然而并非拥有身躯的人类。这更接近摩尼卡人对神的想象，当布丁以这种神奇的方式和他接触，他陷入极度的错愕和崇敬中无法自拔。

光瀑消失，世界恢复成点点繁星。

他的眼前各式各样的飞船排列成行，声势浩大，至少有上百艘的飞船。其中大多数和沙达克的飞船相似，像微微发亮的贝壳。在众多贝壳船的拱卫中，两艘飞船引人注目，它们的体型相比之下更为庞大，显得与众不同。

"你看见的两艘大船是'青云号'和'红虻'。'青云号'是我们的旗舰，你可以把它理解成众船之王。'红虻'是佳上的船，它是一个完全独立的部分，佳上和我一样，都是没有形体的人类，当然，你也可以认为，'红虻'就是他的形体，而我这次来见你，使用了幽光飞船的形体。"

阿奴吉亚盯着那两艘巨大的飞船，他被一股力量拖曳着，向着飞船的方向。视野中原本细小的飞船变成了庞然巨物，最后，他降落在'青云号'上。这是一片钢铁的原野。两条巨大的青色炮管贯穿船体，直指前方，透着刚韧的力量。船体光滑，隐约发光，仿佛钢铁的肌肤上敷着一层亮眼的膜。

红虻飞船则像一座巨大的浮岛，表面斑驳陆离，巨大的白色钢铁物件陷落在红色的体表，它就像是被一个工匠随意丢弃在那儿，因为岁月悠远而被尘土掩埋。两艘飞船形成鲜明的对照，一个规整，一个嶙峋，一个充满钢铁的强韧，另一个却松垮得像是随时可能散架的土坯。

这是银河人的飞船中最强大的两艘，却如此不同，差异大得让人无法相信。

银河人的世界本来就无法用摩尼卡的规则去揣测。

布丁一边引导着阿奴吉亚在“青云号”上漫步，一边说话。

“我们来自遥远的星系，我们将它称为银河，它距离此处有六百万光年，我们并不指望回到那儿去。我们选择向距离最近的银河进军，最初的距离是三十六万光年，对于陷落在黑暗空间中的舰队来说，那也是一个遥不可及的距离，但是终究比三十六万光年要多些希望。值得庆幸的是，在银河之间，有许多孤立恒星，这些恒星被抛弃在银河之外，我们称之为星落。我们能够从星落中获得能量补充，保持舰队不断向前。你们的太阳就是一个星落。在黑暗空间里巡航了两万年之后，我们终于能够来到这儿。从这儿出发，距离最近的银河还有十八万七千光年，我们大概还需要三万年的时间才能抵达，如果没有星落的存在，得不到补充，舰队就无法支撑下去。

“所以沙达克已经告诉过你，我们会充分利用这颗恒星。你们的星球气候将彻底改变，一旦我们的舰队离开，你们的太阳将会比从前热一倍，没有太多生物能够继续在星球上生存下来，当然那并非星球长期的命运。大约两百年的时间，狂暴的太阳将逐渐平息，然后阳光将开始减弱。两千年后，会有一个相对平静的时期，和现在的情况相似，但是那个时候，恐怕早已经没有文明存在，最多还有些人像野兽一样活在地下世界里。生物圈或许还有复苏的可能，然而最多也只能维持五六百年的时间。在那之后，一切都会被冰封，成为冰雪世界，再也没有生命发展的可能。”

阿奴吉亚仔细地听着。他从沙达克那里听过类似的话，然而并不十分明白。布丁将整件事的来龙去脉都说得一清二楚，银河人必须借助太阳的力量才能继续远航，摩尼卡则会毁于一旦。对于这样的命运，摩尼卡毫无抵抗能力。

这些近似于神的银河人，之所以去寻找空桑大人和领主们，肯定不是为了宣告摩尼卡坠入地狱的命运无可避免。如果他们真的心怀恶意或者麻木不仁，只需要不管不顾，摩尼卡自然就会死亡。然而他们没有那么做。

牵引着他的力量消失了，阿奴吉亚自然地停下站在原处。脚下的船体开始发生变化，光亮从船的内部透出来。

阿奴吉亚发现自己正站在一片巨大的玻璃上，透过玻璃，可以看见“青云号”内部的情形。

飞船内是一片绿色的大地，大地上有形状奇特的建筑。银河人三三两两，散布在各处，他们不紧不慢地走着，彼此交谈，甚至还有人在追逐打闹。

银河人的大地是绿色的，十足怪异。

这应该就是银河人的生活吧。

“你们的文明很独特，我们并不希望因为我们的到来毁灭了你们的星球，然而别无选择。”布丁继续说。

“所以作为折衷的方法，我们希望能为你们提供一艘飞船，将你们的文明转移到飞船上。你所看见的情况正是银河人在飞船中的生活，我们可以为你们制造一个拥有类似的大地和植被的世界。你们可以选择跟随我们一道前往银河，也可以选择留在这里。飞船技术至少可以保证你们能够继续在这个星落中生存下去，直到太阳燃尽的那一天，对一个文明而言这足够了。”

也许这是银河人所能表达的最大的善意。

或许这也是摩尼卡人避免毁灭的唯一办法。

阿奴吉亚心中一阵战栗，他忽然意识到布丁想要什么——布丁将他当作了摩尼卡的代言人，代表整个种族。

他感到恐慌。这根本不是自己所能胜任的事。

“当然，我们会给你提供支持。我们可以消灭任何反对者，然而那样也意味着你们的文明会消失得干干净净，最大限度地保存你们的文明而不仅仅只是救几个人，这才是我们的目的。所以，我们需要一个人，他能够有效地将摩尼卡人团结起来，让摩尼卡人接受我们的存在，接受飞向星星的未来，把文明的种子带出来，带向太空——你愿意做那个人吗？”布丁说完沉默下来，等待着阿奴吉亚的回答。

这提议令人无法拒绝。

“我们只找到你一个人，而且根据情报分析，如果不使用强力，要找到一个愿意并且能够和我们对话的人，可能性非常低。”布丁又补充一句。

阿奴吉亚全身紧张，他的生命中从未经历如此重要的时刻，不仅决定自己的命运，也不仅仅是一个村子、一座城，而是大地上所有的人。如果他是一个领主，他将毫不犹豫地答应，然而他并不是。

突然间，一个念头冒了出来：巴姆巴洛姆是一个货真价实的领主，他们的血曾经彼此混合。

“我同意。”阿奴吉亚飞快地拿定了主意，“如果你们能帮我找回巴姆巴洛姆，我可以说服他。”

布丁发出卡西莫兽一般的声音，那是银河人的笑声：“不，阿奴吉亚，我们觉得你是一个更合适的人选。我们为你准备了一套方案。”

一切的图景消散掉，眼前浮现出透明的舷窗。

舷窗外，一艘乌黑的小型飞船悄然悬浮，船尾闪烁着隐约的蓝光。

这是幽光飞船，布丁的躯体。

阿奴吉亚望着那幽蓝的光，仿佛正和一双眼睛对视。

巴姆巴洛姆熟悉这样的战阵。斯鲁姆帝把军队排列成三个方阵，所有的战士都穿着鲜艳的红甲，看上去就像三块整齐的庄稼地。中间的方阵中央，斯鲁姆帝的大旗随风飘扬，旗帜上绣着金色的哈鲁比，似乎正活灵活现地扭动身躯，张着大口，露出白森森的牙。

刀剑林立，人山人海。

然而巴姆巴洛姆根本没有放在心上，他只是抬眼望着高远的蓝天。

天空中，那来自遥远世界的星星清晰可辨。

阿奴吉亚仍旧在那飞船上，他是个聪明人，能够容忍那些奇怪的银河人，银河人也能容忍他。

阿奴吉亚属于星星，巴姆巴洛姆属于大地。

回到大地，回到战场。银河人不折不扣地践行了诺言，将他送到了亚迪特的聚落，凭着以往的名声和勇气，十二个小部落马上臣服于他。这当然也是斯鲁姆帝无法容忍的事。

斯鲁姆帝带着最精锐的兵团赶来，不到三天就出现在营帐外。

这是巴姆巴洛姆所知道的斯鲁姆帝最快的一次行军。

虽出乎意料，然而巴姆巴洛姆并不害怕。

他和斯鲁姆帝之间终究会有一场决战，那是宿命。星星的降落也许是一次打破宿命的机会,然而终究没有。亚迪特人之间的仇怨，还是要用亚迪特人的方式来解决。

巴姆巴洛姆收回视线，看着大旗下的那个身影。

斯鲁姆帝身形高大，就像他的祖辈一样，站在人群中自然高出一头。

红色的头盔上，插着五彩缤纷的长羽。

那是一颗好头颅！巴姆巴洛姆暗想，他甚至能够想象自己手起刀落，将那人头斩落后高高抛起的情景。

让他们率先发起进攻，巴姆巴洛姆按捺着战意，等待时机。

斯鲁姆帝显然也有同样的想法，一时间，双方对峙着，谁也没有动手。

作为强大的一方，这样的对峙显然就是示弱。过了片刻，斯鲁姆帝的军阵中响起了擂鼓声。

巴姆巴洛姆凝聚着战意。他要将所有的气氛素在最关键的时刻释放出去，最大限度地维持战士们的斗志，以战胜敌人。

排山倒海般的呐喊声响起，敌人开始向前冲锋。两侧的敌人同时变阵，向着队伍的后方包抄。

斯鲁姆帝志在必得，想要围歼。

巴姆巴洛姆短须直立，两眼直直地盯着敌人的前锋。

这是一场决战，他根本没有留退路，也不会在意敌人的包抄。

他所要做的事，是突破向前，砍下斯鲁姆帝的头。

红色的浪潮仿佛急流般向前涌动。

“杀！”巴姆巴洛姆大喊一声，气氛素瞬间迸发出来，所有战士顿时精神一振。巴姆巴洛姆率先冲了上去，战士们紧紧跟上，队伍仿佛化作了一支巨大的箭。

锋利的箭头轻易地劈开了对方的阵型，也让自己陷落在包围中。

巴姆巴洛姆腾挪闪避，挥剑如风，穿着红色皮甲的对手一个接一个地倒在他的剑下，灵巧的身影很快向着斯鲁姆帝逼近。

斯鲁姆帝却在往后撤！大旗缓缓向后移动，旗下的斯鲁姆帝在武士们的簇拥下也正不紧不慢地向后退，头盔上那五彩的羽毛不住地摇晃，斯鲁姆帝站在旗下，居高临下地向这边张望，身子笔挺，志得意满。

这是计划好的陷阱！

巴姆巴洛姆挥剑砍下身旁一个敌人的头，抓起来，用力向着斯鲁姆帝的方向抛过去。“斯鲁姆帝，你是个懦夫，只配吃我的屎、闻我的屁……”他大喊。

斯鲁姆帝并不理睬，仍旧缓缓后退。潮水一般的战士源源不断地涌上来，虽然他可以轻松地砍倒任何一个对手，然而敌人太多，很快他就被团团包围在中间。跟随自己冲锋的战士们都落在后边，自己孤身一人，陷入重围。

巴姆巴洛姆仍旧奋勇向前。成为亚迪特有史以来最勇敢的武士，如果不是阴差阳错地成了领主，这就是他的毕生志愿。在最后的关头，他不再是个领主，而只是一个武士，为了证明自己而战斗。

亚迪特人被这种疯狂而强有力的冲击震撼，纷纷退缩。

风中飘来气氛素的气息。斯鲁姆帝在激励他的战士们拼死一搏，退下去的战士们又冲了上来。他们陷落在无可名状的亢奋中，根本不怕死，只求能砍倒巴姆巴洛姆。

刀剑如同密雨般向着巴姆巴洛姆落下。

转眼间，他的身上受了三处伤，他也杀死了两个敌人，把他们的尸体推出去暂时挡住冲击。

就到此为止吧！他抬头看了看不远处斯鲁姆帝的大旗，无限愤恨。

敌人又涌了上来。

巴姆巴洛姆高举四柄短剑，短剑上殷绿的血顺着剑锋往下滴，他抬头向着蓝天，全然不顾向着自己招呼而来的刀剑，伸直脖子，发出一声声嘶力竭的吼叫。

至少有两柄剑刺入了他的身体，还有一柄砍在他的胳膊上。

痛楚之下，巴姆巴洛姆奋力挣扎。汩汩热血激发出最后的野性，他大喊一声向着面前的敌人扑上去，却腿上一痛，不由自主地跌倒在地。

刀剑架住了他的脖子，让他再也不能动弹。

巴姆巴洛姆仰天躺着，正要向那脖子上的剑锋撞去，却看见高远的蓝天里出现一小团漆黑的东西。他从未见过那么黑的东西，就像蓝天中无底的深孔，而且正急速地变大。

巴姆巴洛姆愣了愣，心底刹那间燃起一丝希望。他大口喘息，却不再挣扎，只是等待着。

战场上平息下来，斯鲁姆帝取得了彻底的胜利，欢呼声和喧嚣声飘荡在原野上。

黑色的小点很快变成了庞然大物，降临战场上空，所有人都看见了它。它就像一只黑色的铁鸟绕着战场盘旋。胜利的欢呼变得稀稀拉拉，人们都在惊异中观望着。

黑色的铁鸟降落，静卧一旁。

战场上一片寂静，所有人都看着那铁鸟。

巴姆巴洛姆静静地躺着，他有强烈的预感，那是阿奴吉亚来了。

身边的人散开，有人走了过来。

来人就像一个影子般轻巧。巴姆巴洛姆侧过头去，努力辨认。

来的人果然是阿奴吉亚，然而却带着非同一般的气息，并非平凡的阿奴吉亚可比。围着巴姆巴洛姆的人自觉地放下了刀剑。

阿奴吉亚的身上散发出强烈的气氛素，让人感到心平气和。他就像一阵清风，吹走了战场上的血腥，让每个人的心头都不再有一丝敌意。

巴姆巴洛姆挣扎着站起来，腿上的伤仍旧疼得厉害，他勉强抄起落在地上的短剑，站直身子。阿奴吉亚的气氛素能够影响所有人，却并不影响他。他可以趁机干净利落地杀掉所有敌人。

“巴姆，不要杀人。”阿奴吉亚开口说话。

巴姆巴洛姆翘起短须，紧握短剑，盯着不远处斯鲁姆帝的大旗，却没有动手。阿奴吉亚刚救下他，他应该听阿奴吉亚的。

阿奴吉亚继续向前走，巴姆巴洛姆瘸着腿，紧跟在他身旁，机警地扫视着四周，以防范意外的发生。

然而阿奴吉亚并不需要任何战斗，他从容地走进战阵，阻挡在前边的战士自然让在两边，仿佛他身上带着某种魔力将他们推开。他一直走到斯鲁姆帝的大旗下。

斯鲁姆帝也并未受到气氛素的影响，亚迪特的领主都是鼓动者而非被鼓动者，然而面对这突如其来的意外，他完全不知该如何是好，短剑握在手中，却并不举起，短须软软地垂着，毫无战意。

巴姆巴洛姆正想冲上去一剑砍掉斯鲁姆帝的头，然而尚未行动，阿奴吉亚已经拉住了他的手。

阿奴吉亚向着斯鲁姆帝招手，示意他过来。

斯鲁姆帝犹豫着，然而还是上前几步，走到了阿奴吉亚身旁。阿奴吉亚伸着手，斯鲁姆帝丢掉一柄剑，握住阿奴吉亚的手，另外三只手却仍旧紧握着剑。

阿奴吉亚一手拉着斯鲁姆帝一手拉着巴姆巴洛姆，两只中间肢合拢，闭上眼睛，口中念念有词："以神圣的星星为名，我许你们安宁。天国之门打开，你们将是星星的仆从，一心侍奉群星，别无他念。星星是一切的源起，一切的归宿，而我，阿奴吉亚，是星星的代言人，你们将听命于我，扫除大地上一切暴戾和罪恶，归于永恒的宁静……"

巴姆巴洛姆听着阿奴吉亚的祷言，虽然阿奴吉亚是个值得信赖的人，但他并不想听命于任何人。

然而，由不得他不听。

伴随着阿奴吉亚的话语，他感到身体似乎被托举起来，变得轻飘飘的，就像躺在柔软舒适的床里，全身完全放松。阿奴吉亚的话似乎变成了咒语，能够深入心灵，沁入每一寸肌肤。

阿奴吉亚释放了特殊的气氛素，这种气氛素比圣水的威力更强大，甚至连他也无法抵抗。

巴姆巴洛姆向斯鲁姆帝看去，这个亚迪特人的王中之王已经丢下短剑，在阿奴吉亚身前俯下身子，高大的身躯几乎完全伏在地上。

强大的气氛素扩散开，周围站立的亚迪特战士纷纷随着斯鲁姆帝俯身，伏在地上。

巴姆巴洛姆也俯下了身子，然而并非完全伏在地上。他向着远处的黑色铁鸟张望。

阿奴吉亚获得了神秘的力量，他一定是得到了银河人的帮助。银河人竟然能够让一个普通的农人拥有和领主相同的能力，甚至比领主更为强大。

巴姆巴洛姆想不了更多。恍惚间，灵魂似乎已经飘入了天堂，他再也无法控制自己的躯体，而是不停地战栗。那是一种幸福到了极点的战栗，迷迷糊糊中，他看见黑色的铁鸟腾空而起，消失在碧蓝的天空中。

事情并没有完全按照银河人的设想发展。

征服亚迪特部落并没有耗费太久的时间，时间还没有过去多久，北方原野上大大小小的部落都已经臣服。所有的部落都派遣了最精锐的武士加入军队，一支有史以来最强大的亚迪特大军浩浩荡荡地向摩尼卡的北方重镇速昂城涌去。

有了这支多达六万人的大军作为后盾，阿奴吉亚认为最多两个月，他就可以进入圣城，从而统一摩尼卡，将星星的福音带给所有人。

现实却给了他沉重一击。

在速昂城高大的城墙下，前锋部队变成了上千具尸体，大败而回。

第二次进攻的结果更为惨烈，五千人的进攻部队，回来的不到一半。

对方的抵抗异常顽强。

根据探子的报告，空桑大人下了死令，所有的守军要战斗到最后一人，为此，空桑大人派遣司星人亲临速昂城，解除了守城领主的职权，施放圣水，将他的权威直接授予每一个战士。让人人都死战到底，这是传说中神圣大巫才拥有的力量，空桑大人是神圣大巫的代言人。

阿奴吉亚回想起受到空桑大人接见的那次。他战栗着匍匐在地板上，心甘情愿地接受任何差遣，空桑大人能够控制人的灵魂，在布丁将计划告诉他之前，他一直深信不疑。

布丁的计划很简单。

“你们的生理极度依赖化合物进行控制，这也是演化的奇迹。如果你能够支配这些有机化合物分子，你就能赢得整个世界。”布丁是这样和他说的。

他不太明白“有机化合物”这个词的意思，摩尼卡的语言中并没有这样的词汇，然而他隐约明白这个词指代领主们身体内产生的气氛素。

银河人能够让阿奴吉亚拥有释放气氛素的本领，配合绑在手上的几个金属镯子，阿奴吉亚就能像真正的领主一样释放气氛素，让人快乐的、让人平静的、让人害怕的、让人激动的……甚至就连类似圣水的极乐气氛素，阿奴吉亚也能释放。

然而布丁并没有完全说对。如果对手都是亚迪特人，那么赢得整个世界并不算太困难，然而受到严密控制的摩尼卡人就没有那么容易对付。他甚至找不到机会释放气氛素来控制他们。

接下来该怎么办？发起第三次攻击吗？

阿奴吉亚正想着，眼前的星火亮了起来。

这是布丁要和自己对话。

星火和巴姆巴洛姆最初交给自己的那个完全一样，时至今日，阿奴吉亚完全掌握了它——这是一个能够和银河人进行对话的神器。

他熟练地打开星火。

一团亮光跳出来，在星火的中央跳跃，随着声音的强弱而闪烁。

“你的进展看上去并不顺利。”布丁开门见山地说。

“是的，我在考虑调整策略。”

“需要我们帮忙吗？我们可以帮你摧毁敌方的抵抗。”

“你说过银河人不宜介入星球内部事务。”

“没错，但现在你是我们的盟友，我们只想尽快解决这件事。旷日持久的战争可不是什么好事，银河人久远的历史深刻说明了这点。我还必须提示，时间不是我的问题，是你的问题。”

“我会解决这个问题。”阿奴吉亚回答，作为弱势的一方，他只想在银河人面前维持一点有限的尊严。银河人提供了强大的武器，亚迪特人也已经臣服，相比而言，他拥有的力量超过历史上任何一个北方之王。如果继续依赖银河人来打败摩尼卡人，那么他完完全全就像一个傀儡。

当他接受数万将士的欢呼，看见他们兴奋的面孔，他清楚地意识到巨大的使命感。带领摩尼卡人走出星球的，应该是一个先知，而不是傀儡。银河人已经提供了足够的帮助，他必须依靠自己的力量走完余下的路。

“如果需要帮助，就直接告诉我。”布丁不紧不慢地说着，忽然话题一转，“巴姆巴洛姆要回去了。”

“哦，那太好了。”

“他向我们提出了一些很难办到的要求，但是我们还是做到了。”

“什么要求？”阿奴吉亚顺着布丁的话问。

“他要成为一个完全不受任何气氛素干扰的人。”

“哦？”

“没错，完全不受气氛素控制，完全独立。”布丁加重语气，“我们发现了你们的体内有一个编号为‘贝塔一百四十七号’的关键基因，它可以影响所有相关蛋白质分子的表达，如果这个基因失去活性，你们的躯体将对气氛素不敏感，或者说，没有任何一个领主可以控制你。”

布丁的话还是让人似懂非懂，但是阿奴吉亚明白了其中的意味：巴姆向银河人寻求帮助，找到了不受气氛素控制的办法。他明白巴姆的心思，巴姆不愿意向任何人屈服，包括自己。

“那么你们可以帮助他达成愿望了。”

“没错，当他回到你的营地，会和从前不一样。”

“这对他是好事。”

“是的。我还有点其他的意外发现。”

“哦，什么？”

“巴姆下了一个蛋。”

“哦？”阿奴吉亚有些意外，随即平静下来。巴姆一定是对银河人的手段感到不安，所以产下一个蛋。像巴姆这样的高级领主，是不会轻易产蛋的。

“这让我们所有人都感到意外。你们根本没有性别，然而却有截然不同的基因混合方式，我们从前从未见过。你们每一个人都可以下蛋，是吗？”

“摩尼卡人用自然的方式延续生命。”

“没错，只是和我们完全不同。我们的人类是有两种性别的，你们却只有一种，然而你们并不是雌雄同体，也不能把你们定义为雌性。你们每一个都能接受别人的遗传基因来修改自身的遗传密码，这真是太神奇了。我从前居然从来没有想到有这样的可能。”

布丁自顾自说着，阿奴吉亚接不上话，于是只能沉默地听着。

过了片刻，布丁似乎意识到了阿奴吉亚的沉默，也停了下来。

“阿奴吉亚，这次找你除了巴姆的事之外，是想要和你确认一件事。”当他再次开口，便又换了一个话题。

“什么事？”

“你的‘贝塔一百四十七号’存在突变，根据我们检查的样本，你的身体内，大约有百分之一点四的‘一百四十七号’是突变的，但是近百分之九十九都是正常的。所以我想请你确认，是否你曾经拥有气氛素免疫的能力，后来因为某种原因重新对气氛素敏感。”

“气氛素免疫，那是什么意思？”

“就是对气氛素完全不敏感，不会接受气氛素的控制。巴姆说你们有个特别词汇形容这样的人，叫作自由者。”

自由者。

这个词汇像是雷电般闪过阿奴吉亚的记忆。是的，他曾经是一个自由者，这个词就像鬼的影子一般一直跟着他，直到他成年，成为一个探子。

据说他本来一出生就该被抛弃。天生不能感受气氛素的婴儿绝大多数都被抛弃了，他之所以能活下来，完全是出于村民们的善心。

领主让许多人给他混血，感受气氛素的能力随着血液一道进入他的身体。他的身上至少流着三十个人的血。这些人鄙视他、嘲笑他，然而还是献出自己的血让他能够逐渐地开始感受到气氛素，最后完全恢复正常。他发自内心对这些叔伯们心存感激。还有那仁慈宽厚的领主大人，他心存敬畏，更多的还是感激。

他爱他们。他爱村子！鲜红的庄稼地里，黑色屋顶的房子，村子里老老少少的人们都站在村口，为他送行。

他想起了留在记忆中的最后一幕。

然后是烧焦的废墟和腐朽的尸骨。

所有的亲人都不在了。他感到自己的心被狠狠地揪了一把。

“布丁阁下，是否可以让我独自待一会儿，我会回答你的问题，但是现在我需要独自冷静。”阿奴吉亚强忍着哀痛，平静地说。

布丁觉察了异样，“阿奴吉亚，你的眼睛……我先告退。”

布丁离开了。

阿奴吉亚静坐了一小会儿。片刻之后，哀伤逐渐退去，他站起身，走出营帐。

营帐接着营帐，绵延不绝。战士们来来往往，在为下一轮的进攻做准备。

阿奴吉亚缓步穿过人群，血腥的气息夹在空气中扑面而来，每个人弥散的气息都有和别人截然不同之处。他心念一动，停下脚步，闭上眼睛，气氛素在空气中弥散，在他的脑海中形成一个个完全不同的形象。

他张开眼睛，有了一个新的主意。

“你，到我这边来。”他对一个正在做劈刺练习的战士说。

战士有些意外，然而还是收起短剑，快步走了过来。

阿奴吉亚不用眼睛看他，而是快速地辨认着他的气息。

至少有两种气息和其他人是不同的，很微弱，然而还是能够被分辨出来。阿奴吉亚努力品味那两种特别的气息,他有些不确定,然而值得一试。

战士走到阿奴吉亚身前,忽然间倒了下去,蜷起身子,六肢紧缩,卷成一个球,就像一个巨型的蛋。

其他的战士们被这突然的变故所吸引,纷纷围了过来。

阿奴吉亚伸手抚着战士的背,战士猛然间弹开身体,一骨碌站起身。

他茫然地看着自己的手,似乎刚经历了不可思议的事。

“大家去做各自的事。”阿奴吉亚平静地宣告。

人群散去。

被召唤来的战士仍旧在原地站着。

“你叫什么名字?”阿奴吉亚问。

“基多义诺姆。”战士回答。

“基多义诺姆,你做我的护卫。”阿奴吉亚对他说。

基多义诺姆会是一个绝对忠诚的护卫。

阿奴吉亚抬眼望了望远处的速昂城,高大的青灰色城墙坚实厚重,哪怕远卧在地平线上,也能让人感受到那阻断一切的气魄。

他有了一个新的计划,只等巴姆归来就可以放手去做。

充满挑战,风险巨大,然而却有很大的机会成功。

他意味深长地看了自己的护卫一眼。

阿奴吉亚在前边走,巴姆巴洛姆不紧不慢地跟着,就像一个侍从。

阿奴吉亚的脚步从容而镇定,巴姆巴洛姆的动作却有些僵硬。

这个计划实在太冒险,巴姆巴洛姆不由自主地感到紧张,手心里都是汗。刀剑林立的战阵他不怕,战斗就是亚迪特勇士的生存之道。然而孤身一人,手无寸铁地走向敌人,还能如此镇定,他实在很钦佩阿奴吉亚的勇气。

勇气需要自信来支撑。他亲眼看见阿奴吉亚如何让一个战士陷入休克，只在一瞬间，阿奴吉亚就像魔术般抓住了战士的灵魂，控制了他的生死。传说中神圣大巫就是这样惩戒那些不虔诚的信徒，阿奴吉亚就是神圣大巫的代言人。

他心甘情愿跟着神圣大巫的代言人去冒一次险。

只不过，如果城墙上射来一块飞石，神圣大巫也无法保护阿奴吉亚的生命。

阿奴吉亚没有一丝踯躅，稳步向前。他的灰色罩袍拖曳在地，看不到脚步，整个人仿佛就在草地上飘移。

罩袍下，巴姆巴洛姆全身湿透，他第一次觉得自己怎么如此笨拙。或许是这身不伦不类的罩袍阻碍了自己。他浑身不自在地跟在阿奴吉亚身后，保持距离，表现得就像一个对主人恭敬有加的侍从。

城墙上的士兵没有投放飞石。他们对两个来历不明的灰袍人感到好奇。“站住！你们是什么人？”城墙上传来喊话。

阿奴吉亚停下脚步，向着城墙上回答：“以远方星星的名义，我是来自北方的星使，请求一杯水和一餐饭，我们要继续赶路，前往圣城朝拜。”

“看见了吗？现在在打仗，你们往回去，不要再来了。”

“我们是星星的奴仆，战争和我们无关，只要借路前往圣城。”

士兵低头商量，片刻之后，再次喊话：“有武器吗？”

“星星的奴仆从来不需要武器。”阿奴吉亚从罩袍下伸出手，高高举起。巴姆巴洛姆也照样举起手来。四手高举，这是一个投降的姿势，巴姆巴洛姆紧张地盯着城墙上士兵的一举一动，十五步之外有一个小小的土包，只要有一点苗头，他就立即拉上阿奴吉亚奔逃到土包后边。

“嘎吱嘎吱”几声后，从城墙上摇下一只巨大的篮子。

阿奴吉亚向前走去，巴姆巴洛姆紧紧跟上。

两个人跨进篮子里，篮子微微一颤，缓缓上升。

城楼上，一队士兵围了过来，其中两个将阿奴吉亚和巴姆巴洛姆从篮子里拉出来。

“你是个亚迪特人！”一个士兵看见了巴姆巴洛姆之后惊呼。

“他是我的仆人。”阿奴吉亚回答，“他早已经皈依星星。”

巴姆巴洛姆闷声不响。和阿奴吉亚早已约定好，除非到了万不得已，他无须开口，也不能动手。

“亚迪特人！”士兵咕哝着，用怀疑的眼光打量着巴姆巴洛姆。

“一杯水，一餐饭，然后我们就上路。”阿奴吉亚对士兵说。他的话语中似乎有某种魔力，让士兵戒备全消。士兵顿了顿手中的长矛，说道：“跟我来吧，我带你们去吃饭。”

两个人跟着士兵。

“你叫什么名字？”阿奴吉亚忽然问。

“艾利特。”士兵回答。

“艾利特，我们想见你的领主，他是速昂城的守卫者，是吗？”

“艾达大人是速昂城的领主，他的家族统治速昂城已经快两百年了。”艾利特回答，“我……我带你们去见他。”

巴姆巴洛姆嗅到了阿奴吉亚释放的气氛素，虽然他对此并无反应，然而显然艾利特已经受到了影响。阿奴吉亚让这个士兵把他们当作了自己人。

神奇的魔法！巴姆巴洛姆心中暗暗嘀咕。阿奴吉亚神奇的魔法简直可以和银河人媲美。

他们掉转了方向，走下城楼，走在碎石铺就的主道上，向着城里最高的红色建筑前进。那是守城领主的官邸。

事情进展顺利，却在最后关头出了差池。

领主艾达死掉了！

阿奴吉亚一时间有些惶恐，他设想过如果真的无法控制领主，就由巴姆动手，哪怕不能让领主心甘情愿俯首听命，也可以胁迫他，让他放弃抵抗。领主却死掉了，是被气氛素毒死的。

这突如其来的变故让官邸里变得一片混乱。

“阿奴吉亚，现在该怎么办？”巴姆贴在他耳边低语。

阿奴吉亚看着躺在地上的领主，绿莹莹的血从他的嘴角边溢出，身子紧缩成一团，两只眼睛都鼓了出来，显然是经受了极大的痛苦。

不该是这样的！阿奴吉亚心乱如麻，杀人不是他的计划。

“我们要赶紧逃。”巴姆提示他。

阿奴吉亚抬头，只见院子里一片混乱，死掉了领主的下属们神经质地四处奔跑。他们在混乱中彼此试探，来决定新领主的人选。

既然走到了这一步……阿奴吉亚把心一横。他向着院子里走去：“巴姆，帮我去把大门关上，他们现在不会阻拦你。”

巴姆巴洛姆没有动：“你打算怎么办？”

“我们就在这里把事情办好。”阿奴吉亚一边说一边继续往院子里走。

“阿奴吉亚，我们可以趁乱跑出去，沿着城墙爬下去，这更安全。如果真不行，就让银河人帮忙。”

“相信我。守住大门，不要让任何一个人跑出去。不要银河人帮忙。”阿奴吉亚回答，说话间他伸手抓住了一个慌乱的侍从。侍从立即瘫软了下去。

阿奴吉亚的话语坚定，表达出强烈的决心。

巴姆巴洛姆行动起来，快速穿过院子，跑向大门。守门的几个战士早已不见了踪影。巴姆巴洛姆顾不上那么多，将两扇大门合上，用粗大的门柱顶住。院子里的叫喊声此起彼伏。

有人跑到了门前，巴姆巴洛姆虚张声势，大吼两声，立即就把人吓了回去。

院落和里边的屋子里仍旧传来叫喊声，巴姆巴洛姆心急如焚，很想过去看个究竟，然而又不敢离开大门。焦急中，他狠狠地捶打门柱，厚重的大门不断地颤抖。

院落里的叫喊声渐渐平息，到最后，竟然一丝声音也没有了。

偌大的府邸，竟然像空无一人。

“阿奴吉亚！”巴姆巴洛姆高声呼叫。

阿奴吉亚的身影出现在门洞里，正缓缓走过来，有气无力，似乎随时会倒下。

巴姆巴洛姆迎了上去，扶住他。阿奴吉亚的眼睛焕发着红色的光彩，仿佛燃烧的火苗。巴姆巴洛姆一怔。传说中，红色的眼睛是神圣大巫的象征，一个拥有红色眼睛的代言人，力量无边。

门洞里可以望见院子里的情形。

院子里，人们正聚集起来，排成整齐的队伍。

他们俯身在地，向着阿奴吉亚匍匐跪拜。

“扶我站稳。”阿奴吉亚低声说。巴姆巴洛姆稳稳地托住他。

“以星星的名义，赐你们幸福。艾达领主去到了星星那里，他的灵魂将在天堂安息。你们将成为星星的奴仆。我，阿奴吉亚，星星的代言人，将指引你们幸福的方向。”

一阵奇异的香气从阿奴吉亚身上传来，在人群中扩散开。

院落里匍匐跪拜的人们沐浴在气氛素中，浑身战栗，激动不已。

这些人完全臣服于阿奴吉亚，哪怕阿奴吉亚要他们去死，这些家伙也绝对不会有丝毫犹豫。

巴姆巴洛姆默默地看着眼前的一切。阿奴吉亚用短短的十多分钟就控制了这上百人，比他所知的最强大的领主还要强大十倍。阿奴吉亚的身体虚弱不堪，虚弱不堪的身体里却蕴藏着不可思议的力量。

他忽然感到一阵庆幸，自己想要自由，不经意间，成了唯一不受阿奴吉亚控制的人。

星星的代言人可以带来幸福，却无法带来自由。而他，巴姆巴洛姆，是一个自由的人。

速昂城的领主艾达去了星星的天堂，空桑大人的使者成了阿奴吉亚的信徒。

上百名使者从速昂城出发，宣扬新的教义，星星降临大地，神圣大巫将重回摩尼卡，阿奴吉亚将为他代言。星星的代言人将给摩尼卡带来永恒的幸福。

火眼阿奴吉亚——人们提到他的名字时都心存敬畏。火红的眼睛在摩尼卡的传说中是超凡能力的象征，不是魔鬼，就是圣人。

阿奴吉亚的力量狂潮般席卷了摩尼卡大地。

在星星降落的时刻，空桑大人背弃了使命，也被星星所遗弃。

阿奴吉亚才是最接近星星的人，神圣大巫的代言人。

从速昂城出发，再也没有大规模的战斗，领主们争先恐后地在圣道迎接他，接受他的洗礼。

然而并非所有人都相信新的教义。

从速昂城到圣城，大约六百弥盾的路途，有三十四名领主前来归顺。但是一路途经的大大小小的村镇，至少该有超过三百名领主。

大多数领主，或者畏惧空桑大人，或者怀疑阿奴吉亚，并没有出现。

但是他们也并没有阻拦。

一支仅有两百人的小队伍，大摇大摆地向圣城进军，却没有任何人出来阻拦。这本身就是奇迹般的胜利！

然而和这一场较量相比，已经取得的所有胜利都微不足道。

赢下这一场，一切的怀疑都会烟消云散。

如果输掉了呢？

如果输，那也是注定的命运。冥冥之中，星星会赐予人间公道！

阿奴吉亚相信自己不会输。

他远眺圣城。城门仍旧敞开着，高大的灰色城墙下，零零散散地有几个巡逻的哨兵。面对一支只有两百人的队伍，圣城并没有过于紧张。

然而在那圣殿深处，有一个人一定正焦躁不安。

这是一场他和空桑之间的战争，他明确地指明了这点，并且昭告天下。他下了战书，也同样昭告天下，如果空桑还想继续统治，那么唯一的方案就是接受挑战，在决斗场上战胜他。或者干脆投降，承认自己不再是星星的代言人。

他相信空桑不会投降，从来没有发生过神圣大巫的代言人向另一个代言人投降的事，代言人按照血缘继承，空桑一定会抵抗到底，这正是他想要的事。

他希望所有人都接受新的教义，心悦诚服，但空桑是个例外。

灭族的仇恨让他的每一根骨头都充满了恨意。

领主和亲人们被最残酷的法子杀死，被火烧死，被虫子吃掉，无论哪种死法，他们的灵魂都无法进入天堂安息。只有空桑的血能够消除他们所承受的罪孽。

他也需要一个带血的证明，宣告自己无上的权威。

一切都会在今天了结，他耐心地等待着。

“他一定是害怕，不敢来。”巴姆巴洛姆在一旁发话。

阿奴吉亚扭头看着巴姆：“他一定会来，星星的代言人自有荣耀。”

巴姆巴洛姆的短须直立，不以为然，然而不再说话。

城墙下忽然尘土飞扬。

一支队伍冲出了城门。队伍的衣甲都是灿烂鲜艳的红色，在阳光下异常亮丽。他们骑着高大的库卡，“嗒嗒”的蹄声响成一片。

这是神圣大巫的护卫军。

该来的终于来了。

阿奴吉亚信步向前。他并不带护卫，只有巴姆巴洛姆陪在身旁。

一场神圣的决斗，是不需要护卫的。

护卫军在两百步之外停下。

空桑从人群中走了出来，向着阿奴吉亚走来。他孤身一人，也并没有带护卫。

走得近了，阿奴吉亚能够看清空桑的脸。和三个月前所见的一样，这是一张几乎石化的脸，脸上密布刀刻一般的皱纹。

他感受不到任何气氛素的存在，仿佛正向自己走来的是一个无味之人。

巴姆从银河人那儿回来之后，变成了一个无味之人，银河人在巴姆身上施展了神奇的魔术，然而空桑并没有和银河人接触过。

一个能够隐藏自己身体气息的人是可怕的。

然而阿奴吉亚无所畏惧。

阿奴吉亚迎着空桑，继续走着。到了相距两步远的位置，两个人同时停下。

空桑的眼中闪着冷漠的光。

“你果然有火红的眼睛，红眼是不祥的征兆。”空桑开口。

阿奴吉亚并不回应，他绷紧了身上每一根神经，防范随时可能袭来的风暴。

气氛素的风暴眨眼间就可以让人死掉，甚至意外也可能造成瞬间的死亡，就像他无意中对艾达所做的那样。

空桑干瘪的躯体中，蕴藏着岁月积累的智慧，可以洞悉任何人的弱点，转瞬间让人在生死间回转。阿奴吉亚领教过那滋味。

“你是冲着我来的。”空桑接着说。这像是一句问句，然而听语气又不像。

“你杀死了我所有的亲人，我必须杀死你。”这一次阿奴吉亚选择了回应。按照摩尼卡古老的习俗，被杀死的人无法进入天堂，除非凶手付出生命。杀人的凶手肯定不止一个，然而元凶只有一个。

“神谕告诉我，自天而降的星星是凶兆。我以神圣大巫代言人的身份履行职责。”空桑的话像是辩白，又像是宣言。

阿奴吉亚保持警惕，只等着空桑发起攻击。

空桑却只是站着，身上依旧没有一丝气息。

空气仿佛凝结了一般，让人喘不过气来。

阿奴吉亚忽然间有一丝惶恐，感到决斗凶多吉少。这转瞬而逝的心念似乎被空桑洞悉，就在这一瞬间，海涛一般的气氛素席卷而来，将他吞没。

空桑全力一击，至少释放了十七种气氛素，每一种都是致命的毒素，包括致死的疯狂素和松弛素……其中三种，阿奴吉亚无从分辨。

如果一一分析，或许还有破解的可能，然而生死就在须臾之间，阿奴吉亚根本无从反应。

还好，他在意的并非自己的生死。对一个控制者来说，释放气氛素的时刻，也正是最脆弱的时刻。

他奋力将自身准备的武器全都抛撒出去。三十六种气氛素的组合，这是他的全部所能，其中多数并非致命毒素，甚至包括了让人极度欢乐的极乐素。他不知道什么气氛素能够对空桑起作用，把全部的气氛素都抛出去，近乎赌博。

不知道哪种气氛素起了作用，阿奴吉亚感到心脏剧烈地跳动两下，就像脱缰的库卡一般跳跃着。剧痛随即传遍全身。他捂着自己的心脏，勉强站着，没有倒下去。

身后传来动静。阿奴吉亚似乎听见了有人倒地的声音，巴姆巴洛姆也受到了打击，尽管他对绝大部分气氛素免疫，然而那些被空桑当作秘密武器保留的气氛素仍旧产生了作用。

好消息是空桑也受伤了。他的躯体蜷曲起来，似乎被麻痹素所控制。

阿奴吉亚的心脏跳动得更加剧烈，全身的血液似乎都被泵到脑子里，头部像是膨大了一百倍，分秒就会爆炸，心脏也像是随时要炸开胸腔冲出来一样。

或许最好的结果就是和空桑同归于尽。

阿奴吉亚咬紧牙关，尽量将所有的气氛素都送出去。从来没有人敢于在空桑面前释放控制类气氛素，如果空桑对于麻痹素敏感，那么臣服素或许同样有效。

然而，控制一个人比杀死一个人要缓慢得多。在能够控制空桑之前，自己已经死了。

恍惚中，阿奴吉亚仿佛看见了布丁的黑色飞船出现在头顶上方，悄然出现，又蓦然消失，像是幻觉。

身边阴影一闪，巴姆巴洛姆不知道什么时候已经站立起来，拔剑向前。他显然受了重创，走向空桑的脚步踉踉跄跄，甚至不时要依靠中间肢支撑身体。

然而他最终还是走到了空桑身旁。

空桑已经失去了行动力，蜷曲在地上。华丽的袍子铺陈开，像巨大的毯子覆盖着他干瘦的身体。

巴姆巴洛姆手起剑落，一股碧绿的鲜血从那干瘦的躯体中涌了出来，浸透罩袍。巴姆巴洛姆一个跟头倒了下去，躺倒在空桑的尸体旁。

阿奴吉亚的心脏逐渐恢复平静。

他从死亡的边缘回到了人间。

他收敛心神，驱动气氛素。

远远围观的卫队嗅到了些微的气息，然而那已经够了。这些华丽武装的卫队纷纷从库卡上跳下来，向着阿奴吉亚俯身跪拜。

遥远的天空里，一个小小的黑点正在蓝色背景上快速移动。阿奴吉亚看见了它，久久凝望。

他的眼睛如火一般鲜红。

有史以来这是第一次，从北方的寒冷地带到南方的温暖花园，整个摩尼卡大陆都服从唯一代言人的统治。

星星降落，阿奴吉亚将星星的福音带到人间，摩尼卡人将随星星前往那永恒的天堂。

这不是教义，而是计划。作为计划的第一步，两艘从星星而来的巨大飞船降落在速昂城郊外，巴姆巴洛姆的战士们首先登上这两艘飞船上训练。

关于未来的传言沸沸扬扬，阿奴吉亚用了半年的时间，巡视了广袤的领地，将所有人的心都安抚下去。

通向星星的路，才是未来的路。他向所有的摩尼卡人宣告。

所有的人都相信他。

然而内心深处，他仍旧有些怀疑。

他怀疑银河人。

这些来自遥远世界的不同人类，拥有魔法般的强大力量，制造出令人叹为观止的奇迹般的飞船，然而，他们究竟会如何对待摩尼卡人呢？

虽然布丁和沙达克都向他保证了多次，银河人毫无恶意，阿奴吉亚自己也相信如此，然而内心深处，他仍旧感到不安。

这也是他再次来到飞船上的原因。

这一次，他的身份是摩尼卡的统治者，代表着摩尼卡大陆上所有的人们。

布丁不在，也许是刻意回避他。

船长穿着厚厚的隔离服和他交谈，由沙达克翻译。

“布丁指挥官给你留下了话，如果你问起他，那么他要恭喜你成功地统治了所有部族。你巨大的勇气和顽强的斗志给他留下了深刻的印象，向你致敬。”船长说。

“能送我过去吗？我想看看你们的舰队。”阿奴吉亚问。

“恐怕不行，如果没有授权，我无法将你送到总舰去。”船长回答。

“所有的摩尼卡人，都会登上你的飞船，是这样吗？”

“没错，按照计划，是这样的。”

“你的飞船上有多少人？”

“大约五千人，如果不算冬眠的人口。”

“五千人就能控制这么大的飞船，但是摩尼卡人有超过一百万人。”

“我们了解，我的飞船能容得下。”

“但是摩尼卡人很臭。”

船长愣了愣：“我们的飞船足够大，可以为你们提供隔离区。”

“一百万摩尼卡人，难道不能控制飞船吗？”阿奴吉亚追问。

船长发笑，笑声就像卡西莫兽的叫声。

“阿奴吉亚，我很尊重你，但是一个文明有自己的上限，你们还没有达到星际航行的门槛。也许将来某一天，摩尼卡人会拥有自己的飞船，但是现在肯定不行。”

“只要你们愿意教，我们可以学。”

船长收敛了笑容：“你是认真的吗？”

“当然是认真的。”阿奴吉亚郑重其事，“我给布丁指挥官带了礼物，是陈放在圣殿的望远镜，是摩尼卡的精湛工艺。摩尼卡人并非不开化的种族，如果能有银河人的指引，我们可以学到更多。”

“我会转告布丁指挥官。”

“请您告诉他，我就在这里等。”

“在我的飞船上？星球上还有更重要的事等待你。”

“没什么比这件事更重要了。如果有必要，我剩余的岁月都可以在这里等他。”阿奴吉亚非常确信地告诉船长。

无论结果是什么，在摩尼卡人登上飞船开始星星之间的旅途之前，他都要确定万无一失。

布丁终于来了。

阿奴吉亚已经在飞船上等了足足三十五天。

“联合指挥部同意让摩尼卡人拥有一艘独立飞船。”布丁开门见山，“我们无意控制任何文明，指挥部决定把一艘贝壳船送给你们，这是欢迎摩尼卡人加入联合舰队大家庭的见面礼。”

“万分感谢！”阿奴吉亚没料到会如此顺利。他深刻地明白，摩尼卡的命运不过是在银河人的一念之间，他只是想试探银河人的底线，却没有料到银河人会如此干脆地将飞船给他。就算拥有了一艘独立的飞船又能如何，在星星之间，银河人才是导师。

阿奴吉亚俯身，用最虔诚的礼仪向布丁跪拜。

“阿奴吉亚，不要这样，我们是朋友。”布丁慌忙地说。

阿奴吉亚直起身子：“这不是我个人的事，我代表所有摩尼卡人向银河人致意。茫茫的星星之间，摩尼卡人或许是一群无足轻重的虫子，你们可以对太阳予取予求，完全不用顾忌我们的生死，但是你们没有那么做。”

“那不符合我们的道德规范。”

“是的，所以我要感谢你们。万分感谢！”阿奴吉亚说着再次俯身。

布丁默默地接受了阿奴吉亚的致敬礼。

“你的贝壳船在路上。”等阿奴吉亚起身，布丁说道，“你们的星球再转六百圈，它就该到了。沙达克会帮你安排训练计划。祝你好运！我该走了。”

“还有一件事，布丁！”阿奴吉亚及时喊住他。

“还有什么要求吗？”

“不，我只是想知道，我和空桑决斗的时候，你帮了我们一把，我和巴姆巴洛姆。”

“没错。”布丁干脆利落地承认，“我推了巴姆一把，他的肢体当时有些失控，我让他恢复了体力。”

“是巴姆杀死了空桑，还是你杀死了空桑？”

“巴姆怎么说？”

“他什么都不记得。”

“那就当是天意吧，你杀死了空桑，名正言顺。你以公平公正的方式，正大光明地复仇，正大光明地成了唯一的星星的代言人，这不是很好吗？”

阿奴吉亚默然不语。

“阿奴吉亚，我了解你的意思，你希望摩尼卡不要受到银河人的控制。你眼见了事实，银河人对摩尼卡人没有敌意。我只希望你们能尽快结束内部纠纷，投入到征途中。离开这个星落，我们前方是十四万光年的旅途，漫长的时间足够摩尼卡人了解这点。一旦抵达银河，群星的聚落中有无数的星球可以居住，摩尼卡人可以选择任何无人的星球，落地生根。文明聚散，是星星间的常事，你无须为此担心。”

“万分感谢！”阿奴吉亚想不出别的词来。

“欢迎踏上星星的旅途！”

布丁走了。来去无踪，就像神灵。

摩尼卡足够好运，遇到了善良的神。

阿奴吉亚透过飞船的玻璃望着脚下。锈红色的摩尼卡星球上白云飘移，遮掩着山川。

这是他出生长大的地方，也该是埋葬他的地方。

摩尼卡人会踏上星星的旅途，而他应该留在这里，和所有亲人们的灵魂在一起。

他默默地祈祷。

尾　声

阿奴吉亚望着远方的山谷。

又是一个春天，成群的卡西莫兽正在山谷间游荡。

他想起了很久之前，自己就是在这座山上，望见了天上的星星，那正是一切的开端。

他从未想到过，自己竟然能够成为这片土地的最高统治者，他不过是一个卑贱的布雷塔而已，靠追踪卡西莫兽谋生。

直到星星降落的那一天。

他已经理解了更多。

神是来自另一个世界的人，他们把自己的世界称为银河。银河在遥远遥远的地方，据说光也要走上几百万年。天上的那些星星，都像太阳一样，是一个个巨大的火球，只不过距离太过遥远，才看上去像冰冷的一点。

银河人来到这里，不过是要攫取太阳的光和热，他们是无限时空中的旅行者，摩尼卡星球不过一个小小的驿站。然而一次造访，他们却改变了摩尼卡的历史轨迹。

阿奴吉亚甚至能够想象，如果银河人的舰队不来，摩尼卡人的生活将会永远在星星和太阳的崇拜中不断重复，直到太阳的火焰熄灭，也不会明白世界的真相。

然而，他们毕竟来了。

他们将会带着摩尼卡人一起继续那无止境的旅行，在星星间旅行。

将来的摩尼卡人就和银河人一样，是属于星星的。

他则属于大地。

阿奴吉亚伫立良久，山上风声呼啸，寒意袭体。

“阿奴吉亚，该回去了。”巴姆提醒他。

“多谢你陪我来，巴姆！”阿奴吉亚回答，“但是，我已经感受了死期。”

“神说可以帮你延长寿命，你不用这么倔强。”巴姆劝他。

“我就担心这个。”阿奴吉亚竖起短须，轻轻摇摆，“就担心这个……”

“什么？”巴姆并不明白。

“也许他们能让我一直活下去，神的力量是无穷的，但是那也意味着，我离不开他们。”阿奴吉亚一边思索，一边说，“神不会在这里长久停留，他们说太阳的光芒将会熄灭，摩尼卡星球也会坠入死亡，但是他们会带走我们和我们所珍爱的一切。”

“然而，还有什么比这大地更让人值得珍爱。”阿奴吉亚坐了下来，上身挺得笔直，“所以我现在死了，正是时候，我就永远和大地在一起了。”

“我的亲人们都在这个星球上，我的父亲、祖父、祖父的父亲，他们都是布雷塔，不能进入天堂，然而他们总在大地上。我不想离开他们。”

他摸了摸自己的腹部，腹部鼓鼓的，新的生命在其中跳动。

“但是摩尼卡人必须踏上通向星星的路，这是新生。”

巴姆沉默地站着，一声不吭。

“我的孩子就拜托给你了，我孕育了六个，你要带着他们去太空，还要帮我告诉他们关于他们的父亲的故事。把我的尸体留在这里，永恒的星会带走我的灵魂。”阿奴吉亚说着闭上了眼睛。

他感到一阵昏沉的睡意，全身似乎都开始冻结。

他能感觉腹部的皮肤开裂，暴露出体内的蛋。巨大的喜悦让他哭泣着倒了下去。

巴姆俯下身子，从阿奴吉亚裂开的腹部取出蛋来。洁白浑圆的蛋暖暖的，一共六个，他小心地将它们放进怀中，然后向阿奴吉亚的尸体俯身致意，站起来向着山下走去。

远方的天空里，银河人的巨型飞船低垂，就像一个巨大的银色贝壳。山脚下，一个光亮如镜的球形飞行器悬停在半空中。当巴姆走近，飞行器的门“啪”的一声打开。巴姆敏捷地纵身一跳，进入舱内。他操纵着飞行器，飞快升空，绕着这小小的山丘转了两圈。

大地呈现一片娇嫩的红色，中季刚刚到来，万物萌发，这正是万物生长的季节。

山顶上，阿奴吉亚白色的尸体很醒目。尸体很快就会腐烂，融入大地，成为万物的一部分。

阿奴吉亚永远留下了，留在他所挚爱的大地上。

摩尼卡人会奔向星辰，奔向那神圣的所在。

“我的朋友，愿永恒的星保佑你！”

巴姆巴洛姆在祈祷中绕着山顶飞了最后一圈，然后掉转方向，向着那庞大的贝壳船飞去。

一个信号显示在通信台上。

是沙达克，巴姆巴洛姆接收了信号。

“巴姆巴洛姆，我们已经收到阿奴吉亚的死亡信息，根据此前的决议，你将是新一任船长。”沙达克的声音响了起来。

“我知道了，”巴姆巴洛姆沉声回应，“我很快就到飞船上。”

“按照要求，船长必须进行基因鉴定，我留存有你的基因情报，因此这一步骤可以跳过，你的任命已经得到联合舰队总部的同意。”

“嗯。”

“另外还有一件事，需要你来决定。”

“什么事？”

“阿奴吉亚指挥官一直没有给母舰命名，他说这件事要在他死亡后由你来完成。现在你已经成为飞船的最高指挥官，所以请你来命名。”

“命名？”巴姆巴洛姆不由犯难，“难道你们不能随便给它一个名字？”

“按照舰队的传统，船长有权命名飞船。如果你坚持放弃权利，我可以请求总部给它取名。但是，用摩尼卡人的语言命名飞船，难道不是更有意义吗？”

“让我想想。”巴姆巴洛姆回答，“回到飞船上，我再找你。”

“遵命，船长。”

沙达克退出了通信。

这是摩尼卡人的飞船，应该由摩尼卡人来给它命名。然而，该叫它什么好？也许该去请教那些知识渊博的司星人。

球形飞行器已经接近母舰。巴姆巴洛姆透过驾驶舱望过去，母舰巨大的船体居于头顶之上，仿佛创世神灵的巨手，将一切都压在掌下。

母舰腹部现出光芒，那是降落舱的位置，巴姆巴洛姆调整方位，靠了过去。

怀中传来轻微的抖动。阿奴吉亚的蛋在轻轻颤动，新的生命很快就要破壳而出。

巴姆巴洛姆心念一动，有了主意。

是的，飞船会有一个响亮的名字——“阿奴吉亚号”。

摩尼卡人会驾驶“阿奴吉亚号”驶向星海，远离这失落在黑暗空间里的星落孤儿。每一个摩尼卡人都该永远记住，星星给摩尼卡人带来了文明的火种，而阿奴吉亚是唯一的先知。

永恒的星落下的时刻，天堂的大门随之打开。

银河在上！他默念着从银河人那儿学会的祷语。

与龙同穴 / 宝　树

天地不仁，以万物为刍狗。地球历史上，百分之九十九的物种都已灭绝，也许蜥鸟龙不是第一个智慧物种，人类也未必就是最后一个。

一

世界上最倒霉的事情是什么？

想象一下，你孤身一个人，远离所有的亲人、朋友、邻居、路人，事实上是远离全人类，困在一个伸手不见五指的黑暗洞穴里，洞口已被崩塌的石块堵死，凭你的力量根本不可能挪动。你又冷、又饿、又累，身上还有几道伤口在流血。

在外面，同样是伸手不见五指的黑暗，整个世界都变成了一个不见天日的洞穴，地球被数公里厚的尘埃云包裹住，摧毁一切的狂风吹过死寂的大地，巨大的雷鸣声透过厚厚的岩石传进你耳中，也许几百公里内没有任何活物。

这是核大战之后的世界吗？即便在那样的世界上，还有一些人躲在地下堡垒、深海潜艇或者太空站里。但你很清楚，在这个世界上只有你一个人在呼吸和思考，除了你之外，一个人也没有，也许一只灵长目动物也没有。

当然，人类还有希望，虽遥远但是一定会出现的希望。六千多万年后，会有一些猿猴从树上跳下来，学会直立行走和打磨石斧，脱掉一身长毛，再过上一两百万年，它们会占领整个星球，创造出文明和该死的时间机器。总有那么一天，你知道的。

而现在，你单独一个人，又冷、又饿、又累，还带着伤，被困在白垩纪最后一天（或者新生代的第一天？）一个被掩埋的洞穴里，怀念着六千五百万年后的太空咖啡、分子甜点和机器女招待。

还有比这更倒霉的事情吗？

有。

想象一下，这时候，你听到了背后传来了让你毛骨悚然的——鼻息声。

二

当然，当然，不管怎么说，对你来说，这肯定不会是世界上最糟糕的事情。因为真正被困在那个洞穴里的人，不是舒舒服服地坐在椅子上看书的你，而是——我。

我纯属脑子被一万道宇宙射线穿过，才想到回白垩纪看什么恐龙。在这个时代要欣赏恐龙，有二十种以上可以乱真的 VR 电影和游戏可以选择。宏伟壮丽的《中生代漂流》，血腥刺激的《屠龙英雄传》，科学严谨的《巨龙家族》，应有尽有。完全没有必要花百倍以上的数字币，亲自回到六千五百万年前去闻那些大爬虫的臭屁。

但怎么说呢？那个新出来的“白垩纪文艺之旅”的广告真的很吸引人。那是白垩纪的三维立体实拍，内容也不是身子笨重的蜥脚巨龙、张牙舞爪的霸王龙之类的剧情，地点是在翠绿的山谷间，一个静谧的小湖边，周围开满了形态奇特的远古花卉，你会看见一群顶着漂亮头冠的禽龙在姿态娴雅地饮水；不远处，两头憨态可掬的小甲龙在打着滚儿嬉戏，几只宛如仙鹤的小翼龙拖着长尾，鸣叫着掠过湖面；两个身段窈窕、面容姣好的姑娘——人类姑娘哦——穿着轻柔的纱衣，骑着温顺的三角龙在湖边留下倩影……当然，姑娘不是重点，重点是在时光深处漫步的意境！如果能在这湖边拍张帅帅的三维立体照片，发在“生活场”里，注明来自白垩纪，那多有范儿！至少比烂大街的土星环观光游之类酷多了。

所以，在“生活场”里看到前女友和她的新男友在土星环下拥吻的立体照之后，我第一时间就预定了这个超文艺的白垩纪时间旅行团，并在二一一六年八月二十日早上十点，从河南南阳的恐龙遗址公园准时被传送到了时间的彼岸。

但穿过时空门之后，我的下巴掉了，半天没找到。

冷风刺骨，似乎正当冬日。那个风光绝美的小湖早就干了，只剩下一堆发臭的烂泥巴，周围也只有一些稀稀拉拉、半死不活的蕨类植物，绚丽的花卉无影无踪。暂时没有看到一头恐龙，当然也没什么身穿纱衣的姑娘。要是在这里自拍，你不说是白垩纪，别人还以为是荒废百年的日本福岛。

游客们不满地抱怨起来，导游忙解释说，由于传送的时间久远，时空传送又具有“量子不确定性”，上下误差能有几万年，未必能碰上最好的时节。当初的广告视频不是承诺，只供参考，这些合同上可都是写明的……

许多游客大怒，当场和她吵起来，要旅行社退钱。不过想想也知道，退钱肯定是没戏的，既来之，则安之吧。我不管他们，自顾自在附近逛了起来，说不定还能找到点有趣的东西。谁知刚走到小湖对岸，就听到导游的声音通过在头顶巡逻的蜂机传来：“各位游客，请立刻返回时空门，请立刻返回时空门！”惊惶高亢的声波在山谷间反复回荡。

“出什么事了？”别的游客问。

“控制中心刚刚发现，我们登陆的时间坐标出现严重偏差，比原设定时间晚了十三万五千四百九十三年二百三十一天三小时二十五分钟十七秒，正好遇到了K-T事件的发生！目前的情况极度危险！请大家立刻返回时空门，有序撤离！”

游客们都惊呼起来，纷纷往时空门的方向跑去，只有我莫名其妙，拉住一个往回飞奔的中年人问：“她说什么？‘凯替事件’？”

“你没看旅行手册吗？导致恐龙灭绝的事件！”那中年人说，见我还不明白，他往天上比画了一下，“就是小行星撞地球！”说完甩开我就跑了。

我看着一望无际的蓝天，心中纳闷，但还是跟着人群一起往时空门的方向跑去，一边跑一边问："那颗小行星会撞到这里？"

"不是，"中年人回头说，"应该是墨西哥那块。"

"那不是在地球另一边吗？"

"你以为恐龙是怎么灭绝的？"中年人像看白痴一样瞪了我一眼，"很快整个地球都完蛋了！"

仿佛为了给他的话做证明似的，恰在这时，大地像跷跷板一样猛然抬起又落下，地震了！

我正在迈腿快跑，脚下不稳，一个狗啃屎摔倒在地，沿着斜坡滚到了干涸的湖底，沾了一身烂泥。等我忍痛爬起来时，大部分人已经逃进了几百米外的时空门，平平安安地回到了二十二世纪。导游守在门口冲着我和几个剩下的游客在叫着什么，在她身后，可以看到一道妖气腾腾的黑色云团从天边涌来，夹杂着恐怖的电光和雷霆。

我使尽吃奶的力气向她跑去，该死的地震还没有结束，大地像暴风雨中的甲板似的不住地摆动，两边的山体纷纷崩落，发出轰雷般的巨响。我只能像醉汉一样七扭八歪地艰难前进，心里许愿只要能活着回去，这辈子再不进行时空旅游，再给太阳系红十字会捐一万块数字币。

离时空门越来越近了，二百米、一百米、五十米……但此时，黑云已经笼罩了天地，像是宣告恐龙时代结束的大幕一样落下。清场的狂风已经吹来，带着呼啸的沙尘，简直要把大地刮掉一层皮，导游见我还差几步，高喊了一声："快来！我在时空门那边等你！"便转身进去了。

这算什么等我？！我肚里暗暗发誓，等回去一定好好投诉这个狗屎一样的"文艺之旅"，又决定给红十字会增加一万块捐款。我加快了脚步，但离门边还有几米远，黑色的云团已经铺天盖地地袭来，将我吞没。

我本以为还能坚持走几步到门边，但只觉眼前一黑，就像狂风中的纸片，不由自主地飞起，不知飞得多高。眼前一片昏暗，身边是炽热的粉尘，那是半个地球之外高能撞击的产物，它们烧灼着我的皮肤，涌进我的口鼻，再过几秒钟我就要被烤得外焦里嫩了……

被烤熟之前，死神终于改变了主意，把我随手抛在了什么地方，我不知滚了多少圈，但居然还没摔死。风稍微弱了一点，但空气仍然热得如在燃烧。我抬头张望，但此刻周围的能见度已经低得像深夜，什么也看不清。隐约看到前面似乎有一个山洞，我便连滚带爬地向山洞跑去。此时又是一阵地动山摇，身后石块坠落如雨，我只有拼命地往里钻，不管这里是什么地方，哪怕多活一秒钟也好。

好不容易，地面停止了震动，上面也没有石头落下，我靠在洞壁边上，只觉浑身像被火烧，肺里痛痒难当。我抚着胸口拼命咳了半天，想把刚才吸进去的粉尘咳出来，又打开衣服的降温功能，驱散周围的炎热，过了几分钟才好受了一些。我伸手去摸刚才进来的地方，貌似已经被一块天降巨石给堵死了。

“浑蛋！”我在黑暗中连声咒骂，“好端端地出来旅游，竟然碰到小行星撞地球！世界上还有比这更倒霉的事吗？！”

这并不是一个真正的问题，但却被一个声音回答了。

“呼哧……呼哧……”

那是某种呼吸声，不算响，但绝不是幻听。同时，我才注意到周围有一股难以形容的腥膻气息，对背后的联想让我顿时毛发直竖。

那是什么？到底是什么？

“嘎！”一声又像蛙叫，又像鸟叫的怪声在黑暗中响起，某种东西在黑暗中扑了过来！

三

“妈呀！”我吓得魂飞魄散，大叫一声，转身就跑，却忘记了根本无路可逃，“砰”地正面撞上了岩石，顿时头破血流，伤上加伤。

我没工夫叫疼，背后好像已经被什么锋利的东西够到，我一低头，又向另一个方向逃去，身后的黑暗中，某种看不见的怪物紧追不舍，听得到沉重的脚步声。没几步又到了一个死角，我绝望地紧紧贴着石壁，感到腥臭的热风伴着湿气从黑暗中吹来，某种似乎是从喉咙深处发出的咆哮在洞中来回震荡，可以肯定，这声音的主人近在咫尺。

某种软趴趴、湿哒哒的东西已经碰到了我的后颈，我本能地闭上了眼睛，等着被不知什么样的怪兽吃掉，这时候，我的心跳肯定已经超过了两百下。短短二十多年的人生在眼前放起了电影：工作被炒，唯一一次恋爱被女朋友甩了；买智能玩偶买到假货；大学作弊被抓；中学时代被同学欺凌；小学被逼着上各种苦不堪言的补习班……悲惨的一生啊，这么说来，死了也不算太可惜……

等到这幕电影放到我人生最早的一个记忆——四岁跟爸妈去太空城被失重吓哭——之后，我才发觉了蹊跷，为什么我还能活着回忆完这一切？也许我已经在它的肚子里了？但是……至少我还能感到自己疯狂的心跳。

难道刚才的一切是幻觉？但并不是，咆哮和腥风仍然就在身后，那湿乎乎的东西还时不时地碰到我，那究竟是什么鬼东西？为什么它不干脆吃了我？

这时我才想起来，手上的智能表就有手电功能。我犹豫了一下：也许看得到那东西比看不到更可怕……

最后，我还是以最小幅度转过身，战战兢兢地开启了手电功能。一束光从我的手腕射向对面，山洞里亮堂了起来。

我看到了一幅噩梦般的画面：距离我的脸只有零点几米的地方，是一张恐怖的血盆大口，上颌与下颌之间张开几乎有一百二十度，上上下下都长满了小刀般的獠牙，猩红的长舌头在牙齿间翻动着，向外伸出——这也是它刚才一直碰到我的部位。在巨吻的下方，两只镰刀般的巨爪也在疯狂地挥舞着，正好从我身外几厘米处掠过，只要被碰到一下，我就会被开膛破肚。

突如其来的光线让那怪物吃了一惊，它发出愤怒的叫声，向后退了几步。这一下我能看清它的全貌了，那是一只四分像鳄鱼，三分像鸵鸟，三分像袋鼠的动物，用粗大的后腿站立，浑身长满了难看的红黑色条纹，身上都是疙疙瘩瘩的皮肤。它的爪子很长，但脖颈更长，所以够不到嘴的前面。它的头骨高高隆起，头顶长着一排威风的蓝色羽毛，羽毛下方是一对很小的、鳄鱼般的眼睛，正投出狡诈的目光。

毫无疑问，这位黑暗杀手是一头恐龙。

我也看清了周围的环境。这不是什么深不可测的神秘溶洞，只是一个普通岩洞，长大概有七米，宽大约三米，高也是三米左右。山洞中有不少动物的骨骼和石块，还有一些树叶，但除了进来的入口，没有任何其他出路。

这是这头恐龙的巢穴吗？它在这里吃掉了多少动物？我恐惧地想，为什么它还不吃我？

但这头恐龙的确是不知怎么设法再接近我，只能在离我几厘米的地方进行徒劳的尝试。我小心翼翼地抬起手电，照向它身后，才发现答案。它身上和我一样，有好几处伤口，正在往下淌血，左腿上的伤口尤其触目惊心，一大片血肉都翻在外面，这家伙大概是刚才在周围觅食，在逃进山洞之前，也被末日的死亡风暴整得很惨。

但主要阻碍它行动的，是洞壁上出现的一道横向裂缝，大概也是地震造成的，天知道怎么搞的，它的尾巴末端正好被夹在裂缝中，被半座大山的重量压着，无法摆脱，这家伙的尾巴已经绷得笔直，却还是差个零点零几米，无法够到我。

心脏仍然在胸膛里打着鼓，我喘息不已，但大脑恢复了一点思考能力。不管怎么说，看来我暂时不会死。我端详着山洞的大小和角度，靠在石壁上挪动着，尽量找了一个离它最远的位置，但顶多也就能拉开一两米。恐龙见我越移越远，最后做了一次攻击的尝试，但尾巴上的疼痛让它鬼叫了一声，不得不缩了回去。它的眼珠转了转，大概也知道无望再碰到我，又退了一步，慢慢卧倒在地上，粗重地喘息着。

我端详着眼前的恐龙，估算着它的实力。它的身高和我几乎一样，也就是一米八左右，整个身体大概有四米长，看起来体型很是壮硕，体重应当有三百到五百公斤，当然不可能和霸王龙、棘龙之类的大家伙比。在恐龙电影和游戏里，这种小恐龙就和侏儒差不多，最小功率的激光枪都可以轻松干掉一群。但当它真正站在你面前一两米外，中间又没有任何阻挡的时候，就完全不是那么回事了。

我又打开手电确认了一下，入口的确已经被一块哪怕霸王龙也挪不动的巨石堵死了，暂时无法脱身，我只有坐在一块大石头上，打开背包，摸索着可能用来对付这头恶龙的家伙。

每个参加史前旅行的游客都会担心碰到凶猛的食肉动物。但时间旅行管理法规不允许我们携带任何武器，主要是担心如果随意杀死一头史前巨龙也许会改变历史。再说，动物保护组织也会提出抗议，造成很多麻烦。当然，旅行社对这种事不会毫无防备。为了保护我们，时间旅行社也派遣了若干带有麻醉枪和其他武器的智能蜂机在我们头顶巡航。当遇到有危险的猛兽时，可以将它们麻醉和赶走。可现在，那些蜂机不是坠毁，就是被超级风暴吹到地球另一边去了，只剩下手无寸铁的我。

我在背包里摸了半天，东西很多：自动牙签、折叠激光笔、音乐光屏 T 恤、眼镜式 VR 游戏机，变形交感体验内裤——换句话说，什么有用的家伙也没有。

那恐龙还在盯着我，和它对视让我越发毛骨悚然。我想了想，把手电的亮度调低了，智能表依赖太阳能，平时虽不用充电，现在可未必能用多久。

知己知彼，百战不殆。先弄清楚这究竟是头什么龙？我搜索着自己那点不多的恐龙知识，很多还是旅游前恶补的。它的身形有点像伶盗龙，看爪子像恐爪龙，头颅很大，又像是厚头龙……先别管它是什么龙吧，重点是植食性的还是肉食性的？看这满口的獠牙，答案应该很明显……

我想到一个办法，让智能表的镜头对准了恐龙，放出一道绿光，在恐龙身上进行扫描，恐龙一惊，向后缩去。瞬息间，通过几道射线，我已经获得了它从皮肤到骨头的整个模型和海量数据，通过内置的数据库进行匹配，很容易判明它到底是什么物种。过了片刻，智能表盘就在我眼前投射出了一排排的文字资料：

物种分析结果：

真核生物域
动物界
脊索动物门
脊椎动物亚门
四足形类
蜥形纲
双孔亚纲
主龙次亚纲
鸟臀目
兽脚亚目
伤齿龙科
蜥鸟龙属

很抱歉，无法确定具体物种。

看到最后一行，我气得咯血三升：说了半天全是废话，连什么物种都搞不清楚，有什么用？

不过，随后浮现的一行字又让我转忧为喜：

扫描发现，该生物受到严重创伤，背部大面积烧伤，左腿正在失血，第六尾椎骨断裂，健康水平 C–，需立即救治。如有需要请联系动物福利中心，联系方式……

救个头啊，死得越快越好！

四

就这样，我坐在山洞角落里的一块平整石头上，盯着那头什么蜥鸟龙，等着它一命呜呼。这当口地球上的恐龙九成九都转世投胎去了，你还赖在这世界上干什么呢，早死早托生！应和着我的祝福，它躺倒在地上，身上的伤口汩汩地淌血，不时动一下爪子，发出咕咕的呻吟声，看上去每一秒钟都比之前更加衰弱。

我又瞄了一眼表上的时间显示，上午十点四十七分。当然是二一一六年的时间。我们在十点整穿过时空门，从我到达白垩纪到现在，发生了那么多事，居然只过了四十七分钟。

而我清楚，时空门还在外面开启着，将持续整整十二个小时，也是我们此次白垩纪之旅的时长，这是事先设置好的。纵然是毁天灭地的灾难也不可能摧毁时空门，因为它并非由实体物质构成，只是时空扭曲造成的一个孔洞，看上去就是一个直径两米的光环，里面看起来是一个光的旋涡，幻化出缤纷的颜色。

我回忆着时间旅行的基本知识：从二一一六年那边来说，时空门只会出现几秒钟，不论你在白垩纪待多久，都是瞬间返回，返回后，时空门也就关闭了。这也就意味着，没有人能来救我。就算派人来，因为时间旅行本身的“量子不确定性”，不可能同时准确地确定时间和空间。如果要精确地回到这个时间点，也许你会出现在地心或者外太空；如果要精确回到这个位置，往往不是跳到几千年前就是几万年后（这次事故也是因此而发生），找到我的机会微乎其微。我知道的几次时间旅行失联事件，都是给家属一笔抚恤金了事，没人会去找那些倒霉蛋。

所以，唯一的生机是我能在十二小时，不，十一小时又十三分钟里，爬进那道迷人的光门。但现在的问题是，我怎么能离开这鬼地方？

管不了那么多了，先等眼前的恐龙死了再说，我想。

煎熬中，又是半个小时过去了，蜥鸟龙渐渐停止了身体动作，眼睛也逐渐闭上了。死了？我侧耳聆听，但仍然听到细微的呼吸声。它的肚皮也在微微起伏中，看来只是昏过去了。我微感失望，但我告诉自己，耐心，再耐心等一会儿。

我又等了大半个小时，已经过了十二点，恐龙的呼吸仍然存在，而且渐渐趋向平稳匀和。我又打量了一下它腿上的伤口，发现居然已经凝固了，没再流血。它死不了，至少一时半会死不了。

现在该怎么办？

亲自搞死它！我一咬牙，决定动手，但身上没有任何武器，只有一个背包，总不能拿它去砸吧？

等等，砸？我的视线落在身边，心中一亮，暗骂自己不开窍，怎么没有武器，这地上可有的是！

我捡了一块拳头大的石头，又放下了，这玩意儿还不够给恐龙挠痒的。我又捡起一块足球大小的，足有十来公斤，但还是觉得不够分量。左顾右盼，再没有合适的石块，找了半天，焦急中摸到屁股下的石板，心下一动：这块石头差不多有两个枕头那么大，可以把整个恐龙脑袋都压在底下，这回不信你不死！

我弯下腰，吃力地将这块大石头抬了起来，感觉它至少有四五十公斤重，绝对没有远程抛过去的可能，只能自己走过去砸了。我双手抱着石头，吃力地挪动脚步，虽然只有不到两米远，但每步都步履艰难，身上的伤口仿佛又都裂开了……再坚持一下！我只有想象着自己在抱女朋友……只是重了一点……马上就到了，一步，又一步……

终于到了恐龙面前，它仍然紧闭着双眼，对自己即将面临的死刑浑然不觉。去死吧！我用力想将大石块举起来——怎么举不起来——再用点力——用力——

"砰"的一声巨响，石头落在了地上。

"啊！"

"嘎！"

发出"啊"的是我，那块大石没拿住掉了下来，悲惨地砸中我的右脚尖……也不知骨头断了没有……

发出"嘎"的是那头蜥鸟龙，它被我惊醒了，看到敌人在眼前鬼鬼祟祟的，发出一声怒鸣，猛然跳了起来，冲着我就咬！

我把伤脚从石头下挪出来，连滚带爬地窜回刚才的安全角落里。惊魂初定，回头一看，我却发现蜥鸟龙一个猛跃，竟生龙活虎地跳到了面前。这不可能！它的尾巴明明——

我的目光扫过它身后，那半根尾巴的确还压在裂缝里。

但是已经……脱离了身体。

五

失去尾巴，但获得自由的恐龙兄不顾疼痛，毫不犹豫地咬向我。我仓促间低头避过，撒腿又往它身后跑去。它的尖爪从我耳边划过，我侥幸脱身，可没几步便到了山洞尽头。蜥鸟龙也转身冲了过来。

不可能再逃了。我心一横，像大猩猩一样，用手捶打着胸口，歇斯底里地大叫起来：“哇啦哇啦，稀里哗啦，你的死啦死啦地干活……”

蜥鸟龙果然被我唬住，暂时停住了脚步，歪着头看着我。

我其实已经被吓得魂不守舍，但形势严峻，再无退路，只有一个劲地蹦跳叫嚷，巴望着把它吓得缩回去。但蜥鸟龙并没有被吓退的迹象，只是换了个角度，饶有兴味地继续看着我的“表演”，就像在看猴戏一样……浑蛋！咱俩究竟谁是动物啊？

“咿……呀……”

为了维持人类的尊严，我没有继续学猩猩的动作，而是一声长啸，打了一套太极拳，指望着用东方功夫把它镇住。“揽雀尾”“白鹤亮翅”等玄妙招式一招招使出来，可身子越来越吃不消，特别是被砸中的右脚火辣辣地疼，我感觉脚掌都快断掉了，却还不得不继续下去。这时候，发生了一件更悲剧的事，我刚使到“左蹬脚”，受伤之余，重心不稳，一个趔趄，竟仰天倒下。

我一时爬不起来，蜥鸟龙见我这套“黔驴”的开胃表演结束，也向前走来，打算正式享用哺乳类大餐。眼看它举起利爪，就要行凶。我情急之下，掏出折叠激光笔，一束白灼的激光激射而出，正中它的左眼！

可惜，这不是那种能融化金属、刺穿飞船的激光，只是用来进行指示的光束，功率非常之低，最多是在皮肤上引起一点灼热感。但强光恰好对准了恐龙的眼睛，让它眼睛一痛，惊恐中发出“呱”的一声大叫，扭头逃窜。我趁机爬了起来，继续呼喝着，连连晃动手上的光束，就像挥舞光剑的武士一般。蜥鸟龙恐惧不已，口中发出呜呜的声音，垂下断了半截的尾巴，一步步退后。

我又一次死里逃生。不管怎么说，这多进化了六千五百万年的脑瓜还是蛮管用的，我颇感欣慰。

但现在又能怎么样？

只能等死——不是它死，就是我死。

山洞里暂时又恢复了平静，蜥鸟龙被激光笔吓住，不敢再进犯，乖乖地趴在另一边，我当然也不敢再招惹它，只希望它尾巴上的伤口再大一点，让这家伙的血早点流光。

但蜥鸟龙开始像小狗一样舔舐自己的伤口，似乎还颇有效果，血又渐渐止住了。我又开始感到焦急，激光笔的电不久就会用完，到时候还有什么能制住它？

正在着急，另外有什么动物“咕咕”地叫了起来，声音居然就来自我身边。我吓了一跳，手忙脚乱地找了半天，才发现发出叫声的“怪兽”是我的肚子。

我稍微松了口气，再看看时间，僵持了这么久，已经是下午一点，从出发到现在我什么也没吃，也难怪腹饥难忍。这么一想，我更觉得手足无力，饿过头了。先吃点东西再对付那饿肚子的恐龙，不是会更有优势一点吗？即便要死，做个饱死鬼也好过当饿死鬼。

我盯着恐龙看了几眼，见它仍然在专心地舔舐着自己的伤口，并没有太注意我这边，才略感放心。我从背包中拿出了一袋真空包装的压缩食品。这东西本来不是常规的午餐。午餐由时间旅行公司负责，包括烤肉、炸鸡、蘑菇沙拉和薯条，我们本来会在湖边野餐，还有歌舞表演……现在这些都别想了，这袋食品属于野外求生套装，时间旅行公司在每个人的背包里都放了一份以防万一。据说是高度压缩的能量食品，吃几口就可以抵上一顿饭。不过这东西我从来没尝过。

我把真空包装打开，里面的食品迅速膨胀变大，是一种白色的固体，手感像橡皮，但还要厚实很多。我抱着吃橡胶的决心咬了一小口，发现虽然难嚼，味道还颇为鲜美，是一种人造肉类。我吃了两口，慢慢感到自己的胃部被某种温暖的东西充实起来。

我吃了大概有十分之一就饱了，正要将剩下的压缩食品放好，却发现蜥鸟龙昂起头，一对小小的眼睛死死地盯着我，鼻子抽动着，腥臭的口水不住地从獠牙间流下来。我想起一件事，闻了闻手上的食物，的确散发着一股淡淡的肉香，这东西不可能瞒过肉食动物的鼻子。蜥鸟龙应该也饥肠辘辘了，怎么经得起食物的诱惑？果然，它慢慢站了起来，又一步步试探性地走了过来。

我威吓地喊了两声，拿出法宝激光笔，把它吓退了几步。但毕竟食物的诱惑太大，这回恐吓战术也不灵光了。它稍等片刻就又向我靠近，从喉咙里发出古怪的威胁声。我更加频繁地扫动激光，结果事与愿违。一开始恐龙还怕它三分，后来发现只要不碰到眼睛，就算落到身上也没什么大不了，甚至连躲都不躲了……

激光没用了，这也就意味着，蜥鸟龙有恃无恐。眼看它越走越近，随时会发起进攻，怎么办？

只有一个法子。虽然我不想用，但是……没办法了。

我深吸一口气，将手伸进背包，拿出了最后的秘密武器。暗自叹了口气，将它打开，像扔手雷一样抛向那正在逼近的恶龙。它似乎也感到了不对，高高跃起——

将剩下的一大块人造肉叼在口中，一仰头，吞了下去。

六

我放弃了可以吃三天的食物，总算换取了恶龙一时的平静。

它又回到自己的角落里，卧在地上，静静地消化着从未享受过的美餐。人类可以支撑三天的食品，对它来说也许只够吃一顿半顿。我只希望食物能够在它胃里待的时间久一点，好让我在被它吃掉之前想出脱身之计来。

时间一分一秒地过去，大约半小时后，我感到身上发生了一些奇怪的变化——除了肚子饱了之外，伤口也不疼了，似乎都开始愈合了。我的头脑变得敏捷，身上的力量也在增长，甚至有一种神清气爽的感觉……

我想到了什么，找出刚才那包压缩食品的包装袋来一看，果然在成分里有“生命急救素”的字样。这生命急救素与时间机器并列为二十二世纪以来最重要的发明。它不是一般的化学或生物制剂，而是一种微小的智能纳米机器，能够修补伤口，杀灭细菌病毒，代替红细胞提高血液运氧能力，中和体液中的钠离子以取代人体对水分的需求，以及根据人体的实际状况进行其他调整。在野外应急的压缩食品中含有这种成分倒也不奇，还正好能帮助我应对紧急状况，真是天助我也！不过唯一的问题是……它只能帮助人吗？

我望向对面的蜥鸟龙，巴望着为人体研制的生命急救素不适用于它，最好和它免疫系统发生冲突，让它赶紧给我死翘翘！可现实又一次让我失望了。蜥鸟龙的伤口也有明显愈合的迹象，它站了起来，甩了甩头，挥舞了一下前肢，精神抖擞。更糟糕的是，它还在盯着我，歪着脑袋，小眼珠不住地转动，一副好奇的样子，暂时还没有进一步行动，但是我估计也快了。

没错，生命急救素让我健康恢复到良好的水平，我还练过两年古拳，但面对同样恢复了健康活力的、体重至少三百公斤的恐龙，这些连让我多活一秒钟都难。要和眼前的上古巨兽周旋，还得靠我那多进化了六千五百万年的大脑。

要说我这脑子还真灵光，左顾右盼中无意间抬头向上看去，竟然发现了一个逃生的办法。我头顶三米处有一块明显凸出的岩石可以容身，而下面的一些石缝和岩面不平处可以搁脚，应该是能够爬上去的。但那家伙会不会也爬上去？我又看了对面的恐龙一眼，从它的体型断定没有这种可能。

只要爬到上头就安全了！我想，眼看蜥鸟龙也越来越躁动，不敢耽搁，转身就往上爬去，但山岩光滑，第一脚就差点滑脱。该死！我身为猿猴的后裔，不能连看家本事都丢掉了！我手脚并用，总算爬上去了一步，下一脚再踩在另一边的石缝里，再上一步……

我吃力地往上攀爬了几下，爬了一个半小时，回头往下看去，又吓得魂飞天外。蜥鸟龙已经悄无声息地走到了我刚才待的地方，就在我的正下方，仰着头好奇地看着我。鼻尖距离我的脚跟好像只有几厘米，只要稍微跳起来一点，就可以咬住我的脚，把我拽进地狱。我忙拼命往上攀去，祈求能及时逃出这恶魔的死亡之吻。总算又上了好几步，还有一米，半米，几分米……

我终于抓住了那救命稻草的石头外沿，但把脑袋伸上去，看清楚上面的结构时，又叫得一声苦。原来在下面看不真切，其实那凸出的大石头上方并不是一个平坦的平面，一大半其实是坡状的斜面，斜斜地没入山体，人根本没法待在上头。看起来只有先下去了……等等，下面有什么来着？

我终于意识到了自己的悲惨处境：我是上也上不去，下也下不来了。

七

五分钟过去了。

这五分钟对我相当于五十分钟，可以搁脚的地方非常狭小，我几乎只是用左脚的脚尖支撑着身体，比芭蕾舞演员还要辛苦。但这是目前唯一能避开下面恐龙尖牙利爪的地方。可这样显然支撑不了多久，我到底该怎么办？！

雪上加霜的是，该死的蜥鸟龙跑到我这里来原来不光是想看我在干什么，它还有更迫切的生理需求。它蹲了下来，在我刚才待的地方拉了一大堆龙粪。我就在这堆粪便的正上方，差点被臭气熏晕过去。这可恶的家伙，难道想把我熏下来吗？

就算熏不下来也待不了多久了，我想，目前的法子只能是再吓唬那死恐龙一下，把它吓跑，最好吓死。可怎么吓它呢？激光笔那套已经不灵了，还有什么比这更令它害怕的？还有什么？

我脑子疯狂地转了起来，倒还真让我想出了一个好办法。

我在智能表上按了几下，调出了一个视频，用三维外放模式投射到了洞穴中央，顿时画面里出现了一群昂首阔步行走的巨龙。

这是一段科普视频，是前几天旅行社发送给我们的材料，内容低幼，是给小孩子看的，我只看了半分钟就关掉了。不过幸好没删，还存在数据库里，此刻正好可以调出来。

“在中生代的古老地球上，”一个浑厚苍凉的画外男低音响起了，这声音是电脑合成的，很有感染力，“生活着一群被称为‘龙’的神秘生物。它们是地球上所孕育的最庞大的陆地动物，曾统治这个世界一亿五千万年之久，在漫长的史前岁月里，演绎出一幕幕气壮山河的生命史诗……”

随着他的讲述，梁龙、腕龙、剑龙、三角龙、霸王龙等各式各样代表性的恐龙种群出现在洞穴中央。它们或走或卧，或捕猎或打斗，视频里没有出现蜥鸟龙这种小角色，但是身下的蜥鸟龙已经被吸引了全部的注意力，转过身好奇地看着这些远房兄弟，它们其中有不少在几千万年前就已经灭绝了。

一群禽龙出现了，脚下的蜥鸟龙变得更加兴奋，甚至围着它们转起了圈子，一副十分兴奋的样子，我估计禽龙是它的主要食谱。我稍微调整了一下画面，让禽龙的影像投射到对面的石壁里，而且渐渐变小，仿佛正在走远。蜥鸟龙果然上当，跟着冲了过去，脑袋一头撞在了石头上，摔倒在地，可惜并无大碍，随即又爬了起来。

此时，男低音又响起了：“……六千五百万年前，一颗小行星终结了恐龙王朝，给地球的生物圈带来了一场灭顶之灾……”画面上显示出大山一样的小行星穿越无边太空，飞向地球，冲进大气层，正是几小时前所发生的事。它以绝对高速撞击到了地球上，一个半径为几十公里的大坑出现在加勒比海的位置，海啸席卷了整个墨西哥，数万亿吨岩石碎裂开来，飞向空中，越过几百公里的距离，又变成火球坠下，整个地球颤抖着，被迅速扩散的黑色云团吞没……

大陆上，一群群恐龙悲惨地逃奔着。被地震震倒在地，被岩石砸中，被大火烧成焦炭，在灰尘中窒息……蜥鸟龙刚才还在兴奋中，一下子被画风的突然转变吓得失魂落魄。视频中的合成画面对它来说完全是真实的。它大声怪叫起来，疯狂地上蹿下跳，想找到隐蔽地点，但它已经分不清视频和真实世界了。在光与影的变换中，这可怜的蠢货一遍遍地撞在石头上又摔倒，身上血花飞溅，就像一只想飞出玻璃瓶的苍蝇，非把自己撞死为止。我看着竟有点不忍心，但问题是，你不死我就得死啊！

眼看这招就要奏效，但忽然间，山洞又开始了剧烈的颤抖，见鬼，怎么偏偏这时候发生余震？

“啊呀！”

我本来已经是强弩之末，很勉强才能站住，此时更支撑不住，从落脚的石头上跌了下来，悲惨地摔在那一泡龙粪上……

但此时我也顾不得污秽恶臭，地震还没有结束，坚实的山脉就像是积木搭成的，疯狂地摇晃着。上头不时有石头碎屑坠下，堵在洞口的石块似乎在移动崩塌。整个山洞随时都可能化为乌有，我看到蜥鸟龙用一个奇怪的姿势缩成一团，把脑袋弯到了两腿之间，但已无暇管它了。我自己也只能捂着脑袋，龟缩在山洞的一角。心里忽然想到，如果我们俩被压扁后，骨头叠在一起，几千万年后变成化石出土，会被当成什么物种呢？

好在这次余震很快就结束了。我居然没受什么伤，抬头一看，惊魂初定的蜥鸟龙伸出头，和我对视，似乎也没出什么大事。再次死里逃生的喜悦从心底升起，我情不自禁地冲它笑了笑，感谢上苍又给了我们一次生命的机会……呃，好像哪里不对……

果然蜥鸟龙又站了起来，一步步地朝我走来。我忙吩咐智能表继续放刚才的视频，但它压根不回答我，大概是被蜥鸟龙的粪水泡坏了……这次真的要被吃掉了吗……

我再次绝望地闭上了眼睛。

八

不知怎么回事，我也没一开始那么惊恐了。在凶残的恶龙面前，手无寸铁的我坚持了好几个小时，可毕竟人力难以胜天。那就这样吧，我想，不要再做无谓的挣扎，死得有尊严一点。反正就算没被它吃，我也逃不出去，也许只能死得更悲惨……

能感到蜥鸟龙已经站在了我跟前，但一直不见动作。我忍不住又张开了眼睛，蜥鸟龙的确离我很近，但大概是我身上沾了它的粪便，它嗅了几下，似乎也感到恶心，不知如何下嘴，只是围着我打转。

同时，我也发现了一点不对：它头上那一圈浓密的蓝色羽毛全都消失了。

这家伙刚才乱窜中撞了好几次石壁，掉几根羽毛自然不稀奇，但不至于一下子都掉光了吧？掉到哪里了？我环顾四周，才发现答案就在眼前。

但这个答案……不可思议。

一个似乎是由木头打磨而成的弯曲物体上插着很多根羽毛，就掉在我的脚下。看起来类似一个发箍或者一顶帽子，木头上还隐隐可以看到一些雕刻的粗糙花纹。

这是……一个人造物？

可这是人类诞生前六千多万年。

难道这东西是某个穿越者留下的？还是——

我惊骇地忘记了一切，只是僵在那里。就在这时候，恐龙又做了一个奇怪的动作。它的左上肢不知怎么动了几下，爪子就当啷一声掉在了地下。

我更惊得头脑一片空白。向那爪子看去，原来是某种类似手套的东西，上面的利爪连着下面的某种皮革，我还没看清楚是什么，另一只“爪子”也掉了下来。

我看到了这只蜥鸟龙真正的前爪，三根指头细长而灵活，明显可以干很多别的事情，比如制造和使用工具，而那只金刚狼式的长爪，只是佩戴在手上的工具；我还看清了，它身上的红色条纹，有一些花里胡哨的线条，不太像是自然生成的，仔细看来似乎是用什么颜料画上去的装饰；就恐龙来讲，它的脑袋有点太大了，头骨高高隆起，显示出后面有一个容量可观的大脑，它的目光看上去就像会说话一样——

难道这头恐龙——

有智能？！

我的目光又扫向四周，发现了更多之前没有注意到的细节：洞里的石块和骨头形状各异，有的明显是打磨过的工具，几个头骨放得颇为整齐，像是装饰品，角落里的树叶精心铺成床铺的形状……毫无疑问，这种恐龙确实是智慧生物。

我感到一阵天旋地转，原来自己一直自以为是的智力优势只不过是可笑的幻觉，不由自主地双膝一软，几乎要跪倒在地，求这恐怖的旧日的地球支配者饶命，但刚要跪下，蜥鸟龙已经反过来冲着我举起前肢，慢慢趴在地上，低垂头部，把屁股和尾巴翘得老高，口中发出某种低沉的声音。

这难道是吃掉猎物前的某种仪式？不，不像，它这样毫不设防，对方明显可以攻击它最脆弱的地方，没有比这更傻的做法了。除非……除非它是在……

求饶？

不会吧，我不敢相信，明明是我被它逼得无路可逃、束手就擒，它如果是智慧生物，会不知道？

但是且慢，如果从蜥鸟龙的角度看呢？突如其来的恐怖风暴席卷而来，然后出现了一个怪物，像是来自地狱的小恶魔。最初，自己受惊之下，当然想立刻干掉对方。但对方的手上会发出可怕的强光，然后用食物喂饱自己，治好了自己的伤口，还让自己看到他降下天火，毁灭无数巨龙的异能……

没错，任何会思考的生物都会得出一个结论：对方是天神下凡，必须立刻表示顺服，否则只有死路一条……真是聪明反被聪明误。

蜥鸟龙顺服地伏在面前，我的大脑飞速转动着，思考着眼前的局面。我从来没听任何古生物学家说过白垩纪的恐龙进化出了智慧，但摆在面前的事实无法否定，看来是蜥鸟龙的一支在白垩纪最末期的几万年里产生突变，智力突飞猛进，达到了原始人的水平，已经能够制造简单的工具和饰品。可是在它们能发展出更高级的文明之前，那颗小行星毁灭了一切……好险，差点这个星球就没人类什么事了。

在人类出现之前的六千多万年里，地球上已经诞生了其他智慧生命，这是何等重大的发现！我激动地想，所有的媒体都会争相报道，我的名字会和第一个发现恐龙的人一样家喻户晓！等等，第一个发现恐龙的人是谁来着……不管了，反正我的名字会家喻户晓！

我不由得兴奋地手舞足蹈起来，但一时过于兴奋，刚刚受伤的脚趾又踢到了石头上，一阵剧痛把我带回了现实：要是不能离开这鬼地方，就算发现人是恐龙进化来的也没用。

既然蜥鸟龙暂时不敢再攻击我，我总算可以把注意力转移到离开这里的问题上。我关闭了视频，调亮了手电光，再次照向出口处，却意外地发现刚才的余震后，原来那块山一样的巨石翻倒了，但是出口处还是被一堆新坠落的石块所堵死，绝大部分我还是根本不可能搬动。

等等，虽然我搬不动，但是……

我望向乖乖伏在地上的蜥鸟龙，嘴角慢慢露出一丝微笑。

九

咱们工人有力量，
嘿！咱们工人有力量！
每天每日工作忙，
嘿！每天每日工作忙，
盖成了高楼大厦，
修起了铁路煤矿，
改造得世界变呀么变了样！
……

伴着慷慨激昂的老歌，蜥鸟龙忙忙碌碌地清理着出口处的石块，用有力的前肢把一块块石头搬起来，从洞口运到洞穴深处放置。

刚才我稍做了几个动作示意，它就明白了，毕竟进化出了智商，它也知道如果不能出去，只有困死在这里，便赶紧行动了起来。

我则趁机把被它弄脏的衣服脱下，换上了光屏T恤，这东西不但可以显示动画，还自带音乐，我便放音乐给它助威。倒不是我不想帮忙，有些小石头还是可以搬动的，但是如果暴露出自己本质上只是一只身体孱弱的小动物，连这么大点儿的石头都抬不起来，蜥鸟龙又不是傻的，说不定就看出猫儿腻，还是小心点好。

不过这上上个世纪的歌声还是蛮有效的，恐龙兄一开始有点害怕，但音乐不愧是全宇宙通用的语言，它很快扭起了屁股，喉咙里发出“咯嗒咯嗒咯咯嗒”的声音，好像是打拍子应和，看起来很兴奋。它大概现在认为这场浩劫不过是神灵的考验，自己一定能离开这里吧。

洞穴内侧渐渐地堆满了石头，外头还是没半点打通的迹象，好不容易搬开一块，上头的其他石头又压了下来，我的心也渐渐沉了下去，也许半座山都塌下来了，那根本就没有清空石头的可能。

但我深深吸了口气，感觉和外头的空气还是连通的，那么洞口的石头也许不会太多？否则空气也不会流动，不管怎么说，死马当活马医吧……

一个小时，又一个小时过去了，转眼间已经是下午六点多，距离时空门关闭已不到四个小时。半个山洞里都堆满了石头，但洞口的石堆毫无减小的迹象。光屏T恤的电量也消耗得差不多了，我只有把音乐声关了，蜥鸟龙耗尽了力气，也累了许多，动作越来越迟缓。终于，把一块大石放下后，它无力地坐倒在地下，喘着粗气，望着我，眼神中都是焦躁和怀疑。

它不会又凶性大发吧？我惴惴地想着。当它发现我其实什么都干不了，也没法帮它脱困的时候，我的生命也就开始倒计时了。我觉得嗓子发干，我想告诉它，只要它肯听话乖乖干活，就算死了也能上天堂，那儿有七十二头还没生过蛋的小母恐龙等着它……可惜语言不通，没法让它理解这些精妙的神学知识。

蜥鸟龙盯着我，忽然甩动着脑袋，发出一种难以形容的声音，像是祈求，又像是啜泣。我不知道该如何应对，蜥鸟龙又站起身，朝我走来。

“你……你干什么？冷静，兄弟，冷静，咱有话好好说……”我结结巴巴地说道，都不知道自己在说什么。

但这次，蜥鸟龙并没有攻击我的意思，而是从我身边走过，走到我身后的岩壁处，伸出一只爪子，指着它呜呜地叫了起来。

这是玩的哪一出？我顺着它的目光看去，不由得大吃一惊。

在几块岩石的表面，刻画着很多图案，大部分只是一些简单的线条，一些涂有颜料的也是十分黯淡，不仔细看根本看不出来有什么，以至于我在这里好几个小时都没注意到。但细细看来，这些原始图画其实十分生动活泼。寥寥几笔，就勾勒出巨龙漫步，翼龙高飞，还有鸟类和哺乳动物穿插其间。最多的当然是这种智慧蜥鸟龙，有的画面中，七八头蜥鸟龙在一起捕猎一头泰坦巨龙，一头勇敢的蜥鸟龙正在高高跃起，跳上巨龙的背脊；有的画面中，它们在围猎一群禽龙，手中拿着某种标枪状的武器，有几根已经刺进了禽龙的背；有的画里，它们手执武器，手舞足蹈，不知是在打仗还是在跳舞；有的画里，一只蜥鸟龙身边围着很多蛋，几只小龙正在从蛋壳中爬出，显然是母亲和她的孩子……还有很多我不明其意的图案。天，这简直就是一副白垩纪的《清明上河图》！

面前的这头蜥鸟龙，望着这些岩画哀伤地叫着，甚至把脑袋放在石面上磨蹭着。显然，岩画里的那些蜥鸟龙和它关系密切。可能是它的祖先、族人，画中甚至可能有它和它的亲人的存在……

如今它们在哪里呢？

不用问了。也许它亲眼看见了亲人的惨死，也许它是这场浩劫中还活着的最后一只智慧蜥鸟龙。

泪水渐渐湿润了我的眼眶，对我来说，最多是我个人死在这里，但我的人类同胞还有百亿之众，在六千五百万年后继续享受着文明开化的生活，甚至飞向宇宙深处；它们并不比我们愚钝，甚至可能是智力更高的一个古老种族，没有任何过错，却因为天体间的引力游戏，而注定被来自外太空的灾星彻底灭绝……

蜥鸟龙蹲在我身边，可怜巴巴地望着我，我不知不觉地把手放在了它的头顶，轻轻摸了它一下。等反应过来，我自己也被自己的动作吓了一跳，忙缩回了手。但它却靠了过来，用身体蹭了蹭我。它的身子十分暖和，并没有所谓冷血动物的感觉。

“兄弟，这不是世界末日。”我无力地试图安慰它，“一切都会好起来的。天上的黑云终会散去，大地会重新郁郁葱葱，鸟儿会飞翔在天空上，各种野兽会重新繁衍生息，这个世界会迎来新的盛世，你们……呃，你们会在遥远的未来被重新记起，被后来者永远怀念。我们还会发明神奇的机器，跨过亿万年时光来拜访你们……”

蜥鸟龙继续“呜呜”了几声，也不知听懂没有。但不管怎么说，它似乎感受到了我的善意，表现得很是温顺。我想起来，包里还有一瓶太空彗星水，其实我早已口渴难当，但又怕被这家伙夺走，一直藏着不敢拿出来，此时一激动，便拿出来和它分享。蜥鸟龙认出了水的样子，快乐地叫了起来。

我把瓶盖拧开，指了指它的嘴巴，蜥鸟龙张开了嘴，我便将水小心地倒进它的嘴里。本来想给它喝一半，自己留一半，但没倒几下，蜥鸟龙已经用牙齿叼住瓶子，一昂头将水一滴不剩地倒进喉咙，又嚼了好几下瓶子，感到无法下咽才吐到一边。我的水啊……

我正欲哭无泪，贪心不足的蜥鸟龙却指着瓶子，又叫了起来。身体语言十分清楚：我还要！

“我哪里还有水！”我怒斥道，“这下我自己都没得喝了。要喝水，快把石头搬开，外面有的是水喝！”我伸手指着堵住洞口的石堆。蜥鸟龙或许明白了我的意思，或许以为再搬石头才有奖励，于是又干劲冲天地当起了苦力。

这一回，不久后，果然有了转机。

蜥鸟龙搬开一块石头后，一股热烘烘的风吹了进来，终于打通了！

我兴奋地冲上去，用手电照着查看，却发现还有两块巨石在外头把通路封死了，打开的其实不过是两块巨石底部的一条狭窄孔洞，大概够一条小狗钻过，但要是人钻出去就有点勉强，蜥鸟龙就别想了。而那两块巨石比最大的霸王龙还要大上三分，不论是我还是身边的恐龙，绝对没有移动它们一丝一毫的可能。

蜥鸟龙也看出了脱困无望，焦躁地叫了起来。但你出不去，不代表哥们儿也不行。此刻我也顾不得它，挤进石缝间，向外望去。过了十来个小时，热量已经开始散去，但吹来的还是热风，尘埃云仍然笼罩世界，外头一片黑暗，太阳、月亮、星星都不见踪影，全然一幅世界末日的图景，但是隐隐可以看到远处有一点火光闪烁不定。难道是山火？

不，我很快反应过来，那“火光”正是时空之门的能量效应，它其实就在我前方两三百米的地方。只要能钻进那扇门，下一秒就可以看到二一一六年的阳光了！

我心花怒放，便扔掉碍事的背包，一低头钻进了那条石缝，尽量缩小自己的体积，挣扎着向外钻去，一开始还好，但左边一块巨石向右凸出了一大块，越往前就越难。每多移动一厘米都要付出比以前多好几倍的力气，我将肺里所有的空气都呼出来，恨不得把肩膀缩进肋骨里，尽一切努力继续前进。又挪动了半米之后，眼看出口就在前面，我却再也动不了了。

我想叫，但是叫不出来，甚至空气都吸不上来。大事不妙，我的肺里几乎已经没了空气，心跳快得宛如疯狂的鼓点……

这么下去我会死的！我惊恐地放弃了逃出去的念头，想往回退，但是双手被牢牢地卡在身体两边，抓不到可以借力的地方，两腿乱蹬，也使不上力气。难道就这么被卡死在这里？我想到曾经的一本武侠小说中的情节，我既不想屠龙又不想抢屠龙刀，为什么让我和某个反派一个死法？

缺氧中，我渐渐开始神志不清，眼前冒出无数幻象。几秒之内，仿佛经历了无数人间的悲欢离合，一会儿好像回到了未来，和前女友复合；一会儿和她结婚，走进洞房，忽然间她的新男友冲了进来，却原来是一头青面獠牙的恐龙，那洞房也变成了山洞，他吃掉了前女友，也要吃掉我。我拼命往外爬，但它咬住了我的脚，要把我活活吃掉……脚上好痛……

我被痛楚拉回到眼前的世界，脚上的确感到剧痛。那忘恩负义的蜥鸟龙已经在后面啃起了我的脚踝，要把我活活吃掉！

十

我还没想明白被活活吃掉和活活卡死哪个更悲惨，便感到自己的身子被一股大力拖向后方。粗糙的石头从我已经伤痕累累的身体上划过，我疼得龇牙咧嘴。但终于，我被拖了回来。

蜥鸟龙放下我的脚踝，俯低身子，若有所思地看着我。

我大口地呼吸着，让新鲜空气浸润着自己的肺部，才慢慢恢复了些许神志。我依稀明白，要不是蜥鸟龙把我拖回来，我肯定就死在这条缝隙里了。可是它为什么要救我？它应该认为我无所不能，不是吗？

“你为什么要救我？”我忍不住问，“难道你明白我不是神？那你为什么还不吃我？”

当然，蜥鸟龙根本不知道我在说什么。但它扬起细长的脖颈，脑袋指着上方，鸣叫了两声，然后又低头，用一种看上去很恳切的目光看着我。我心中一动，把手电向上照去，才看到巨石在顶上和山体之间还有一个大缺口，别说人，就是恐龙也可以钻过。

智障！我骂自己，连蜥鸟龙都看出来的事，怎么不抬头看看？没事钻什么小洞，为什么不爬到上方，从那里逃出去？

但我很快发现了问题所在：巨石斜着搭在山体上，上头离地四五米高，而下方是向内倾斜的表面，无论是人是龙，都很难爬上去。

新的希望又化为失望，我有气无力地倒在地上。但蜥鸟龙靠了过来，发出一种新的叫声。

“叫个什么劲儿啊，”我颓废地抱怨，“反正都是死路一条，咱俩谁也逃不掉。”

蜥鸟龙却搬来几块大石，堆成一个一米高的石堆，回身望望我，又望着上面的石缝，叫了几声，似乎想表达什么，然后它再次伏身在地上。

忽然间，我想到了一件事，不敢相信地看着它。它冲我晃动着尾巴，好像是对我的猜测表示肯定。我犹豫地走近它，它温顺地趴在那里，一动不动。我小心翼翼地跨在了蜥鸟龙的背上，伸手抱住它的脖颈。那皮肤疙疙瘩瘩的，下面却是温热、跳动的脉搏，那种温热感让我莫名想起小时候妈妈的怀抱。

蜥鸟龙起身，跃上石堆，然后将整个身子直起来，踮起脚，长长的脖颈仿佛变成了一个梯子，头部距离上面的缺口只有一米多了。我抱着它的脊背和脖子往上爬，最后踩在它的脑袋上，抓住了上面缺口的边沿，奋力一攀。

“起——啊呀！”

我手上虚浮无力，支撑不起身子，又倒在蜥鸟龙身上，一人一龙一起悲惨地摔倒在地……

我还在哼哼唧唧，蜥鸟龙已经爬了起来，冲我大声叫着，显然很是不满。我正心惊肉跳，怕它因此逞凶，它却再次伏倒在地，催促我赶紧再次爬上去。

我再次骑上了它的背脊，这次比之前更小心翼翼，但仍然摔了下来。

我一次次地摔在它身上，但它却不肯放弃，耐心地当人肉，不，龙肉垫子，让我一次次踩在它头顶逃生。被摔了四次之后，我终于爬上了那个缺口。

“成功了！”我兴奋地叫了一声，俯身往下看去，蜥鸟龙仍然踮起脚，抬头看着我，发出呜呜的叫声，只有半截尾巴像小狗一样晃动着，好像是说：“我帮你上去了，该你帮我了。”

我不禁犯难，我能有什么办法？蜥鸟龙以为我有什么了不起的神通，可我现在没有任何高科技的手段，不可能用手把这半吨重的大家伙给拉上来，也不可能让那些巨石移动半分。不，我什么也做不了，只能救我自己。

我低头看了一眼表上的时间显示，此时已经是夜里八点三十分，距离时空门的关闭只有一个半小时了。

“对不起。”我喃喃地说，心中五味杂陈。最后看了一眼曾和我在一个洞穴里待过十个小时的蜥鸟龙，我便回过头，沿着手电的光亮，奔向还在等候着我的时空门。

但身后，蜥鸟龙一直没有停止嘶叫。

十一

从坍塌的山岩顶上下来也不容易，我手脚并用，又花了好几分钟才脱离这片乱石区。此时地上落了一层厚厚的灰，至少有十几厘米深，下面不知是石头还是树根，我经常被绊倒，艰难地越过障碍，跌跌撞撞地冲向不远处的那点微光。

我要回家了！太空咖啡、纳米甜点和机器女招待，我来了！

等等，你就这么走了？我心里响起了一个声音："刚才和你在一起的朋友，你就不管了吗？"

"什么朋友？那是一头食肉恐龙！刚才还想吃我呢。"

"那你是怎么出来的？是自己挪开那些石头还是自己飞上缺口逃出来的？它其实并没有把你当成神，只是想和你合作。是它救了你，现在轮到你救它了。"

"可我怎么救得了它？"我对那声音抗议，也许它以为我很有本事，但其实我只是一只连它都不如的裸猿，我能有什么办法？

"但你知道它在等你，等你回去救它，你知道的。"

"闭嘴！"我焦躁地反驳，"这不重要，重要的是我要回家了，要去大吃大喝一顿，舒舒服服地泡一个澡，然后……然后找前女友复合……没错，承认吧，我一直想和她复合……我一定能做到，我们要结婚，生一个可爱的孩子，不，两个……"

我已经跑下了山坡，到了湖边，距离时空门只有一半的路程了。但蜥鸟龙的叫声仍然隐约可以听到。

"但它会在这里等你，"那尖刻的声音仍然不放过我，"一直等你，一分一秒，一个小时又一个小时，一天又一天，它就这样可怜巴巴地守在石头下面，叫得喉咙都出血了，疑惑你为什么不回来，直到奄奄一息地倒下，死去……"

“废话！废话！废话！它只是一头爬行动物而已，我一个人类为它考虑那么多干什么？”

“现在你又说自己是人类了？”那声音冷笑，“人类是什么？不一样是爬行动物的后代吗？我们比它们更聪明还是更道德？更强壮还是更敏捷？如果不是遇到了这场大灭绝，它们就是人类。而我们，什么也不是。”

“好，我承认，就算它有那么一点智商吧，就算它算是个不幸的智慧生物吧，可它已经死了六千五百万年了，我凭什么要为一头死了六千五百万年的恐龙负责？”

“没错，它已经死了六千五百万年，这也就意味着它会等你六千五百万年。也许它的骨头会被这座山埋葬，一点一滴地变成化石，即使变成了化石，它还是会等着你，变成石头的眼眶还是会凝望着你……等着你回到六千五百万年前去救它……”

我打了一个寒战，停下了脚步。

蜥鸟龙的叫声已经听不到了，时空门就在我的面前，发出魅惑的光芒，距离我还不到三米，但这三米，我却难以跨越了。

我不能回去，现在还不能。

我深深地吸了一口气，又看了一下智能表，距离时空门关闭还有一个小时又二十分钟，让我想想看，利用这一个多小时能干什么，也许什么都干不了，但是……总要试试看。

我环顾四周，发现原本在这里的所有树木都已经被狂风连根拔起，但是四处散落着很多从别的地方带来又落下的东西，有翼龙的尸体，有许多乱石、树根、树叶，还有一条大蟒蛇……哦，那好像不是蛇，是植物藤条……

等等，藤条？

我灵机一动，仔细查看那根藤条，有手臂粗，七八米长，似乎的确可以用，我把藤条抱起来，发现它比想象中重很多，只能拖曳着，吃力地把它拖回到洞穴上方。等回到刚才的地方，已经又过去了二十分钟，我也累得出了一身的汗。

蜥鸟龙还在原地可怜巴巴地等着我，见到我，又像见到多年不见的老友般激动地叫起来。我没空和它叙旧，把藤条的一个头设法绑在巨石一处凸出的边角上，另一头扔了下去，垂到离地一米多高处，蜥鸟龙确实聪明，立刻明白了我的意思，抓住藤条就往上爬，看它的身手，倒也不比我差多少……呃，其实比我强多了。藤条成功地支撑住了恐龙的重量，它越爬越高，转眼间，左爪已经抓到了巨石的边沿，右爪还握着藤条，就在这时候——

一道闪电般的强光从头顶落下，击中了它。

十二

“闪电”击中蜥鸟龙的左爪，令它发出一声惨叫，松开了石头，整个身体在藤条上晃荡起来。一道道“闪电”接二连三地落下，几乎是擦着我的头皮打在它身上。我也不知道发生了什么，本能地向一旁闪避。

说时迟，那时快。蜥鸟龙终于被打了下去，身体沉重地落回地上，只发出沉闷的一声。同时，我在慌乱中也一脚踏空，从数米高的地方摔了下去，又掉回到那该死的洞穴里，正好落在蜥鸟龙的身上，才没有摔断腿。

我被摔蒙了，带着一身的新伤、旧伤爬了起来，才发现这场麻烦的来源：一架鸽子大小的智能蜂机，正在我头顶一米处盘旋着。

这家伙是从哪里冒出来的？我想了想才明白，一定是我刚才回到时空门附近，一架残留的蜂机发现我的踪影，重启了“保护游客”的任务，这个家伙也不提醒我一声，就跟在我后面，发现了蜥鸟龙接近我以后，立刻开始了对我的“保护”……

我低头看看，蜥鸟龙已经一动不动，难道死了？

“混账，你干了什么？”我问蜂机，它的 AI 系统有对话功能。

“游客您好，请使用文明用语。根据《时空旅行安全规定》第三条第六款，本机不得已对接近您的危险生物采取了电击驱赶和麻醉措施，目前该危险生物暂时被麻醉，但麻醉效力大约只有二十分钟，请您迅速离开……”

“你这个白痴！为什么不问问我？”我大骂道，“这头恐龙是好人——不对，是好龙，也不是——我是说它是我的……我的……朋友！”

蜂机好像是愣了片刻，回复：“游客您好，本机无法解析您的语义逻辑，请您迅速离开危险生物，返回原本时空后，我公司将建议专业机构对您的精神状况进行鉴定……”

我和这个愚蠢的AI又争论了几句，但毫无用处。自从一个什么不出名的程序在围棋上战胜人类之后，为了防止人工智能取代人类，全球开始立法限制人工智能的发展水平，结果就是过了快一百年还是如此白痴。

说不了几句，蜂机忽然发出“嘀”的一声，发出另一条警告：“游客您好，温馨提醒：目前距离时空门关闭只有四十五分钟了，请您抓紧时间游览，抓紧时间游览……”

“还游览个鬼啊！”我怒吼道，“你个蠢货让我又被困在这鬼地方了！快想办法让我出去！”

“游客您好，请您不要着急，本机将竭诚为您服务，现在进行周边环境分析。”蜂机说，开始缓缓旋转，一束绿光在上下左右扫动，扫描着周围，收集信息，进行计算。我焦急地等着它的结果。过了宝贵的几分钟，蜂机终于开口了：

“游客您好，检测到地球表面遭受小行星撞击，导致全球地壳活动异常，据历史数据匹配当为K-T事件，属于SSS级灾难，目前环境极度危险，游览终止，请立刻返回时空门……”

“用你说！我一来就知道了！”我忍无可忍，“我是让你带我离开这里！你能把我吊出去吗？还有这头恐龙。”

“游客您好，根据空气动力学原理，我无法承载您的重量。”

“那就把眼前这两块石头给我炸掉！”

“游客您好，这一命令需要A类控制权限，”蜂机回答，“请您说出控制密钥。”

“控……”我差点吐血，我哪来什么密钥？可能知道的导游和几个工作人员早就跑回二一一六年了。

好在蜂机自己帮我解决了问题：“游客您好，由于发生了SSS级灾难，目前您是本时空中唯一的人类，根据《时间旅行安全规定》第八条第四款，您已自动获得A类控制权限。您的命令将立刻得到执行。”

“这还差不多。”我松了口气，“还不快干活？对了，不许再说‘游客您好’了！”这几个字听得我无比烦躁。

“好的，A类用户您好，”蜂机居然换了一个更长的表述，“本机即将发射SK47微核聚变导弹对石头进行炸毁，请您撤到一百米的安全距离之外，十、九、八……”

十三

“停！停！停下！”我大惊失色，想不到蜂机上装备了这种军用武器，“我要能撤到一百米外还要你干什么？不用核弹，我只是让你清除眼前的阻碍物，让我能离开这里，回到时空门！”我指着眼前的石缝。

“A类用户您好，您的命令将立刻得到执行，现在开始进行等离子束切割。”蜂机终于理解了我的意思，从机头部位射出一道细细的电弧，像利剑一般刺入巨石内部，几秒钟后，刚才石头上那差点卡死我的凸出部位轰然落地。

“再扩大点，至少要一米宽、两米高。”我说。这条缝隙只够人钻出去，但对蜥鸟龙来说还是太小了。

“A类用户您好，目前的缺口已经足够您离开，再扩大可能会引起——”

“我有A类控制权限！立刻执行！”我怒斥道。

蜂机没敢再抗议，而是又花了几分钟，用等离子束在巨石上挖出一个大洞，又用定向冲击波将切割下来的石块推开，等到完全打开通道，距离时空门关闭只有三十分钟了。

我松了口气，又看到蜥鸟龙还躺在一边，问蜂机：“它什么时候能醒来？”

“A类用户您好，这头危险生物已经开始苏醒，本机建议您尽量远离它。”

果然，蜥鸟龙已经睁开了眼睛，还没搞明白是怎么回事，困惑地看看我，看看蜂机，又看看新打开的通路。蜂机又发出威胁的光芒。

“喂，别碰那头恐龙！”

“A类用户您好，好的。”蜂机终于乖乖领命。

“现在你可以离开这里了，”我转向蜥鸟龙，尽量温柔地说，“走吧，在外头找个地方活下去！”

“A类用户您……”

“我不是跟你说话！”

蜂机终于闭嘴了，但蜥鸟龙对它还心有余悸，发出咕咕的声音，缩在山洞最深的角落里，我跑到洞口，对它连连招手：“没事的，来，快来！”

蜥鸟龙终于明白了，犹犹豫豫地跟了上来，我俩一前一后出了山洞，外头仍然天昏地暗，但头顶上的蜂机体贴地打开探照灯，周围数百米内亮如白昼，现在可以看到这里有几具烧焦的恐龙尸骸。还依稀可以看到几个老鼠般的影子在巨龙的尸体间穿梭，一见到强光就躲了起来。我忽然意识到，它们是哺乳动物，这些不起眼的小家伙在毁灭世界的灾难中靠着啃食恐龙和其他大型动物的尸体活了下来，并在几百万年后开创出了一个全新的王朝，其中也许还有我的祖先……

蜥鸟龙自然没有我这般思古幽情，但它颤抖着，开始发出一种尖锐高亢的叫声，仿佛在召唤同伴。四周一片寂静，毫无应答。它的所有同族，大概都已经死去了。

过了一会儿，蜥鸟龙停止了无用的鸣叫，悲伤地垂下脑袋，走向边上一头小三角龙的尸体。这附近的死恐龙够它吃一辈子的。当然了，尸体会腐化，但是尘埃云挡住了太阳，很长时间内地球吸收不到多少阳光，周围的气温会迅速下降，很快会降到零度以下，这样肉类就可以保存很久，而大量在小行星撞击中蒸发的水汽也会以雨雪的形式降下，可以支撑它活上很长一段时间。

然而蜥鸟龙并没有就地进餐，而是拖着那具三角龙的尸体，回头往洞穴方向走去。

“喂喂，你这是干什么？”我有些诧异。

蜥鸟龙回头看了我一眼，比画着双臂，发出一连串意义不明的叫声，然后进了山洞，我看看还有二十分钟的时间，一转念又跟它钻了进去。

蜥鸟龙把尸体拖到一个角落，然后吃力地搬开一块大石头，露出洞壁上一个内凹的龛室，里面铺着干土和树叶，大概有二十个巴掌大小的白色椭球体躺在其中。

“你……你是……这是你的……”我目瞪口呆，说不出完整的话。

蜥鸟龙冲我叫了两声，好像是回答我的问题。然后将那些龙蛋捧起来，放在角落里那堆树叶上，小心翼翼地蹲下，张开双臂，分开两腿，伏在那些洁白的恐龙蛋之上。

它原来是……她？！

我终于明白了一切。

这个山洞，就是这头雌蜥鸟龙的家。在我来到之前，它已经生下了很多蛋，准备要孵化，也许它还有照顾它的配偶和其他亲人，但死于外界的风暴，它也受了重伤，好不容易才逃回来，赶紧把这些龙蛋收纳到更安全的“储物间”。所以她一开始对我疯狂的攻击，不光是对异种的敌意，更是为了保护自己的孩子。

后来，它不惜向我这个“小恶魔”示好，帮我逃走，都是为了自己的孩子，否则它们就算孵化出来也只有死路一条。但既然已经可以出去，它也就不用离开自己的家了，在外面天翻地覆的情况下，这里是它和它的后代唯一的避难所。附近的恐龙尸体可以供它们吃上很久。

那些龙蛋会孵化出小蜥鸟龙来，即便不能全孵化，也会有十来头，想必它们长大后会相互扶持，度过这段艰难时光。可惜，别的蜥鸟龙也许都死光了，只剩下了它们，它们只能靠近亲交配繁衍下去。但只要它们能一代代繁衍下去，凭借发达的大脑，学会母亲交给它们的语言和技能，那么终有一天会复兴自己的种族。

我感动地唏嘘着，这样一来，恐龙就还能活下去，也许还能再活几百年，上千年，虽然它们仍然注定灭绝，但至少还能——不对，不是这样的！

宛如一声惊雷在我脑中炸响。我猛然惊觉了一个可怕的事实。

十四

智慧蜥鸟龙本该灭绝，但我的穿越已经改变了时间线，这个聪明的种族很可能就不会灭绝。只要熬过这几年、几十年，最多几百年的艰难时光，他们就可以繁衍生息，迁徙到空旷的世界各大陆之上，不费吹灰之力地成为地球的主人，然后发明农业、军队、文字、科学……一切。

那人类呢？来自后世非洲猿猴世系的人类呢？在此时，我们的祖先还是那些昼伏夜出的原始老鼠，如果蜥鸟龙统治了世界，它们不是被当成肉畜进行饲养，就是被当成敌人彻底被消灭干净，人类，不，猴子都不可能进化出来。

这意味着什么？

没有人会存在，没有人。

汉谟拉比、居鲁士、亚历山大、恺撒、秦始皇、成吉思汗、拿破仑……

摩西、释迦牟尼、孔子、柏拉图、耶稣、穆罕默德、李白、杜甫、莎士比亚、牛顿、爱因斯坦……

克娄巴特拉、圣女贞德、伊丽莎白女王、简·奥斯丁、南丁格尔、奥黛丽·赫本……

这一串串光辉灿烂的名字，以及名字后蕴含的一切，都根本不会在这个星球上出现。无人知晓，无人想念。

因为无人，压根就无人存在。

我猛地颤抖起来。蜥鸟龙似乎察觉了我的异样，抬起头对我叫了两声。照理说，动物在孵蛋时对接近的生物都会很警觉，但是我听得出来，蜥鸟龙的叫声毫无敌意，反而充满关切。

我该怎么办？该怎么办？

“A 类用户您好，距离时空门关闭只有十五分钟了。”不知过了多久，蜂机提醒我说。

“蜂机……”我如梦初醒，“你的微核弹还在吧，能彻底摧毁这个山洞吗？杀掉里面的所有……所有活物。”

“A 类用户您好，这一点不能确定，有一些细菌可能在石缝深处，难以有效杀灭，另外还有一些地衣……”

“这就够了。”我打断它的絮叨，觉得自己呼吸都困难，“我们先离开这里，等到了安全距离，你就立刻发射导弹。”

蜂机表示从命，我默默叹息一声，向外走去。但才走了几步，背后又传来蜥鸟龙的叫声。我回头看去，只见它又爬了起来，挥舞着手臂，扭动着身体，交换着双脚，有些笨拙地跳跃着。

我愣了几秒钟，忽然明白过来：它——或者说她——是在道别和表示感谢，感谢我们帮助了它和它的儿女。

我的眼眶又湿润了。我不敢再看，回头向外走去。但心中，那个声音又在响起：人类有权利消灭一个智慧而淳朴的物种吗？它们和我们同根而生，是这个星球引以为傲的长子，也应当引领这个世界走向繁盛，只是因为一场意外的大难，才让我们这些原始鼠类的后裔继承了这个本不属于我们的世界……

是的，如果不干掉它和它的子女，也许所有人类的名字和成就都将从这个世界抹去，但那又如何？会增添千千万万其他的名字，也许这个世界会更辉煌灿烂，早在六千万年前就走向文明的巅峰，也许……

但每一个种族都要生存下去，捍卫自己的种族是每一个人的义务。我不能背叛自己的族类，这是刻在我DNA上的命令。

呵，DNA！好像脱氧核糖核酸链条的随机遗传漂变具有多么本质的意义似的，即便如此，我们和蜥鸟龙的DNA也仍然在绝大部分上是相同的，我们是同根生的兄弟姐妹。它们和我们，并非相距那么遥远。

“A类用户您好，已经到达安全距离。”蜂机提醒我，“按照您之前的命令，微导弹即将发射，十、九……”

我望向已经隐入黑暗，什么也看不清楚的山洞，知道那里有一个延续了一亿五千万年的家族最后的希望，和另一个即将统治六千五百万年的家族最初的机会。

整个地球无限岁月的重负，仿佛都压在我的肩头。

为什么是我们？

为什么不能是它们？

“八、七……”

天地无情，以万物为刍狗。地球历史上，百分之九十九的物种都已灭绝，也许蜥鸟龙不是第一个智慧物种，人类也未必就是最后一个。物竞天择，一笔乱账。谁没有权利活下来？又有谁能够笑到最后？

“六、五……”

但是我还是要干掉这些恐龙，我必须这么做。我想到一点，如果未来人类不存在了，时空之门也不会存在。哪怕仍然存在，我也会回到一个天知道会变成什么样子的二一一六年。我的亲人、朋友、邻居、前女友……统统会化为乌有。

“四、三……”

我必须干掉它。虽然它救过我，虽然它很善良，虽然这一切不过是我脑中的推想，也许它和它的子女几天后就会死于一次余震，也许它们会繁衍几代后自己灭绝，但我不能冒险，我要活下去，就必须干掉它，从开始困在山洞里一直是这么回事。事情本来就是如此简单。

“二……”

不用再想了，干掉它，了结这一切——

“一——”

它们统统会死去，发达的大脑会化为灰烬，血浆和蛋液混合在一起，骨头和内脏到处都是，被坍塌的山洞所埋葬，永远埋葬——

“预备，发射——”

“停止！”我大声叫了起来，“停止发射！”

那一刹那，我知道自己不能这么做。

但已经来不及了，一道耀眼的流星直扑百米外的山洞。一刹那后，山谷中仿佛升起了一个新的太阳，强光照得天地之间犹如白昼。

十五

随后是一声惊雷，落在地上的尘埃被狂风吹起，又将方圆几百米笼罩在一片灰霾中。

历史仍然沿着既定的轨道前进，恐龙灭绝了。

我呆立在一片尘埃中，心中不知是什么滋味。

但片刻后，我听到了山洞里蜥鸟龙惊恐的叫声，此时激起的沙土纷纷落地，尘埃也在散去，借着蜂机的光芒可以看到，山洞……仍然存在？

“A类用户您好，因导弹已经发射，接到您的命令时已无法阻止，也来不及调转方向，只能用高能激光束将其摧毁。”蜂机报告说。

“原来如此……”我如梦初醒，难得蜂机终于聪明了一回，“干得好，干得好！”

“A类用户您好，谢谢，为您服务是本机的……”

我忽然想到一件事，来不及听它的谦辞，慌忙转身，望向时空门的方向。但那里只有一片黑暗。原本像一盏闪耀明灯的时空虫洞已经无影无踪。

历史真的改变了！？

我又觉一阵晕眩，发生了什么？难道就因为我的一个决定，人类真的已经从遥远的未来被抹去？

“时空门呢？”我问蜂机，“怎么会消失的！？”

“A类用户您好，距离时空门关闭还有五分二十八秒，”蜂机好像也很困惑，“照理不应该提前关闭的，可能是发生了故障，本机代表公司为对您造成的不便表示抱歉……”

我向原本时空门的方向跑去，指望它是被什么东西挡住了或者被蜂机的光照所掩盖，但越靠近看得越清，也越是绝望，毫无疑问，那扇回到二一一六年的大门已经消失了，也许整个二一一六年都消失了。

我究竟干了什么？干了什么？

等到了跟前，看到面前仍然是一片死寂，我再也支撑不住，蹲在地上，埋头恸哭。未来的六千五百万年，整个新生代的无尽岁月，就这样被我的一个决定抹去了。

奇怪的是，我首先想到的不是自己的命运，也不是人类、文明之类宏大的概念，而是前女友，她再也不存在了，应该说从来没有存在过。整个宇宙的亿万星河中，只有我一个人记得她的容貌、声音，还有她身体的温暖。

只有我一个人，一个很快也不会再存在的人。

我后悔吗？我一边哭一边问自己，但却不知道答案。

“A 类用户您好……”这时候，蜂机还在不识相地打岔。

“闭嘴！”

“可是 A 类用户……”

“滚开！”

“A 类用户您好，”蜂机的声音强硬起来，“根据《时空旅行安全规定》第三条第九款，我必须提醒您，时空门距离关闭还有一分钟，请立即返回，否则一切后果自负！”

“你胡说八——”我抬起满是泪痕的脸，却怔住了，眼前，一个美丽的光之旋涡在转动着，通向时空的遥远彼岸。

不知什么时候，时空门又出现了？！

我来不及多想或者多问，生怕再起变故，一刻也不敢耽搁，直接扑进夺目的光之海洋。

十六

整件事就这样蹊跷地结束了。

我和其他游客几乎是同时间回到了二一一六年，抬头望去，整个世界毫无改变。也没有人知道我在他们离开后的十余个小时中发生了什么。大家以为我不过是晚到了一会儿，身上的各种伤痕也只是撤离时遇到的地震所致。

我如实对调查机构和记者讲述了自己的遭遇，但却被当成是编故事蹭热度。我再三发誓，也才有一些人相信了不是我乱编的——而是我在那里昏倒后出现的幻觉。

“最大的破绽，”他们斩钉截铁地说，“就是时空门关闭后，不可能再开启，即便是后来派人去救你，重新开启时空门，但也不会精确地在同一地点或同一时间，更何况，你还是和其他人一起出来的，而不是被传送到另一个时间点。”

我无言以对。

雪上加霜的是，唯一可以证明这一切发生过的蜂机在随我穿越时空门后发生了故障，其记忆存储全部消失。到头来，只有一个人表示愿意相信我，就是我的前女友——对，前女友，我们终究没有复合——的现男友。这家伙是一个穷困潦倒的二十一世纪的科幻小说家，借助生物技术活了一百多年，但科学知识早已落伍，写的书也没人看了，也不知前女友看中了他什么。他听了我的故事后要来拜访我，我几次拒绝后，终于还是让他到我家里来见了一面。

“设想一下，”他问了很多细节后说，“如果你的猜想是对的，智慧蜥鸟龙挺过了K-T事件，发展出了高度发达的文明，那又会怎样？”

“什么怎样？”我没好气地反问，“我不是说了，人类就不存在了吗？”

“当然，当然。不过它们可比我们早了六千五百万年啊，哪怕需要再花一千万年进化出技术文明也是在五千多万年前了。如果它们能发展到今天，那又是什么样子呢？它们应该早已经能够发展出超光速航行，然后踏遍宇宙的各个角落了吧？”

“但宇宙里毫无它们的踪迹，”我说，又补充了一句，“地球上也没有。”

“再从另一个角度讲，”他笑眯眯地说，“它们的生物技术应该也很发达吧，很容易检测出彼此的基因差异很小，说明在若干年前它们来自同一个母体祖先。其实这种技术我们现在也有，只是误差比较大。但是它们的测量也许精度非常高，甚至可以锁定在K-T事件发生时的某一个个体。也就是说，它们会发现，在毁灭事件发生之际，唯有一个个体活下来了，它们的种族才延续下来。”

“那又怎么样？”

“它们不会对自己这个传奇的祖先好奇吗？不会想回到自己种族历史上最艰难的时刻，看看发生了什么吗？你不会以为，它们发明不了我们能发明的时间机器吧？”

“你是说……”我模糊地想到了什么，但是又把握不住。

“也许它们当时也在，目睹了发生的一切，也许还做了什么。”

“可是除了那头蜥鸟龙和几个蛋，我什么都没看到啊！”

“为什么要让你看到？也许它们小心地隐藏起来，没有干预已经发生过的历史，这段历史正是它们存在的根基，但它们能做些别的。”

“所以，”我蓦然一惊，“那个消失后又打开的时空门，难道是……”

“也许那不是我们的时空门，而是通向不同时空的平行之门，从它们诞生的宇宙回到我们的宇宙；又或者并没有平行宇宙，但它们已经能够以超越因果链的方式维持自己的存在，可以允许历史被改写，让我们的时间线不至于被抹去……无论如何，它们以人类目前无法想象的某种超级技术帮你回来了，同时也删掉了蜂机的历史记录。这就证明了，我们的世界和它们的世界并非非此即彼。恐龙没有灭绝，我们也没有。”

“这……这也太难想象了。”

“在无垠的时空中，”他走到窗边，望着太空城外璀璨的星河，蓝宝石般的地球悬浮其间，“在无穷无尽的量子宇宙的生灭之海中，会发生多少事情，我们本来就无法想象。”

不管听起来多么荒诞，但目前这就是唯一说得通的解释。我还有千千万万个问题，可惜目前出于安全的考虑，K-T 事件前后数万年内的时空旅行已经被严格禁止，但我想，将来如果可能，一定要再回到那个时间点去搞清楚到底发生了什么。

我一定还要回到那个洞穴里，去拜访那位特别的朋友。

一定。

浮　生 / 何　夕

吾所以有大患者，为吾有身，及吾无身，吾有何患？

——老子《道德经》

一、正世界

灰灰感到眼前骤然划过一片闪光，与此同时，那种冰凉的柔软感觉迅速从他的掌心里滑脱。

他甚至还来不及品味这番变化带给自己的惆怅，正世界的光线已经明亮地布满了他的整个视野。

灰灰低头注视着自己像真空一样稀薄的右手，想要找到一点那种冰凉的柔软所留下的痕迹，但是他看到的只是一些枝丫般交错的血管平淡无奇地在紫色的表皮下面跳动着。这样的注视对灰灰来说是常有的习惯，他曾经试图改掉但却从未成功。

四周极度空旷，那些飘荡着的菌丝般的亮质不仅没能消除反而夸大了这种空旷感。灰灰嘬住其中的一丛亮丝，顿时有股暖流从他的口腔传遍全身。这时他看见自己的手臂已经开始微微发蓝，他知道这样的变化将一直持续下去。因为这是在具有负熵的正世界，任何系统的熵值会从极大的负值一点点地增长，直到为零。熵对应着无序，熵的增长意味着失去秩序，就像墨汁在清水里漾开，就像时间一去不回。随着熵的增长，灰灰的身躯最终会变成像进入暮年的红巨星的颜色。

灰灰并不很清楚刚才吮进嘴里的那些亮丝的能级，他不像别人一样讲究这个，不过凭感觉估计那种亮丝的能级比此刻的自己要高出不少，在正世界里这意味着他的熵将减缓增长的速度，也就是说他可以在正世界里停留更多的时间。按理说灰灰应该为此高兴一下，但他只过了几秒钟便再也提不起兴致。灰灰知道这都是因为那种冰凉的感觉。灰灰想到这一点时感到了不可名状的悲伤，几滴雾状的泪珠渐渐地自灰灰的眼角流了出来，使得他体内的熵曲线产生了一个不大不小的向上脉冲，他身上的蓝色正逐渐清晰。

遥远的包容一切的天幕上有无数的恒星正在提升着它们的熵值，灰灰根据此处的星空看不出关于方位的指示。实际上他从来就不关心自己是在什么地方。当然，如果不求准确的话他倒是可以说自己是在宇宙里，但这显然没有什么意义。灰灰摇摇头，不打算再继续思考这个没有意义的问题。尽管此时灰灰心中因为那种冰凉感觉所激起的惆怅还没有消散，但他知道用不了多久自己就能摆脱这种感觉，正如以前无数次的情形一样，

灰灰用力地叫喊一声，清越的声音涟漪般远去。严格来讲灰灰发出的只是电磁波而非声波，但灰灰也不知道自己为何偏爱沿用声音这种说法。与此同时灰灰扭摆了一下自己的躯体，开始以光的速度向宇宙的深处渗透。

二、负世界

莺莺的手依然紧握成一团，手臂僵直地伸向前方，仿佛被一条无形的线牵引着。仅仅在片刻之前她的心中还装满了快要溢出来的欢乐，当时她完全忘记了分离的时刻正随着灰灰紫色的手臂变得越来越烫而越来越近，并最终成了现实。

莺莺是最后一个印证 $E=mc^2$ 这个伟大公式的人，这是她父亲敖敖的安排。敖敖让全世界的九十亿人在两百年里为莺莺做了九十亿次实验，证明一切无误后冷库里的莺莺才从一场漫长的冬眠中被唤醒，并在一阵莫名其妙的闪光之后变得轻灵无质。没人有资格去责怪敖敖的偏心，因为他就是第一位受试者。其实就算有人想责怪他也办不到，敖敖早已在首次实验中灰飞烟灭。

莺莺低头看着自己修长的红色身躯，耳边仿佛又听见了灰灰那如絮的私语。

“你的颜色很特别，是一种让人感到光滑和柔软的嫩红。真好……”

莺莺记得灰灰说这话的时候伸出了紫色的手在她嫩红的肌肤上抚摸着，她在心里产生一千个挣脱的念头，但身体却只是不争气地颤抖。当时她真想大声说自己就是莺莺，但她实在没有把握灰灰是否还记得两百年前的相识，尽管对莺莺来说这段时间并不算真正存在过。

莺莺还记得灰灰跟随着她的父亲敖敖走进转换实验室时，自己就站在不远之外茫然无措地看着他们，她还用力地呼喊了几声，但他们显然没有听见。只有敖敖的另一名助手艾艾看到了莺莺眼中的泪水，递给她一张纸巾。莺莺当时很想冲过去告诉他们自己有多么不舍，十九岁的她其实已经把全部亲情交给了敖敖，同时把全部的爱情交给了灰灰。但是莺莺最终没有说出一个字，因为她知道和全人类梦寐以求的目标相比，一个十九岁少女的情怀实在过于渺小，不值一提。

莺莺叹了口气，一种疲倦的感觉使她不自觉地嘬住那些飘荡的亮丝，她知道这种疲倦正是在刚才灰灰紧紧抱住自己时成形的。她记得当那种天地易位般让人目眩神迷的一切终于平息下来之后，自己轻轻说了声“我是莺莺”，而接下来灰灰的表情便像一幅定格的胶片般再难从莺莺的脑海中抹去。灰灰愣住了，而后两百年的时光隔膜在刹那间如同一张薄纸般被洞穿而过。灰灰的眼睛告诉莺莺，他的精神已经回到了两百年以前。于是在莺莺的心中巨大的幸福感漫延开来，她终于知晓两百年前的那个少女一直都活在灰灰的心中一隅。也就在这个时候，灰灰灼热的紫色手臂开始以不可思议的速度自她手中滑落……

四周静极了，只有星星在眨动着不知疲倦的眼睛，它们中有许多现在看上去还显得很暗，但在未来的亿万年里所有的星星都会越来越亮，因为这是在有正熵的负世界，任何体系的熵值都会越来越小直至为零。也就是说秩序正在建立，物质间的温差会不断增长。对任何体系和任何人而言，熵在零点的时刻都是一种极致的平静，这时内部的一切运动都因能量的终极平衡而被冻结了，那一刻无所谓存在也无所谓死亡。实际上没有人知道那一刻究竟持续多久以及究竟发生了什么事，能记得的只是眼前划过一片闪光，随即那些刚才还能亲眼见到、亲手触到的一切都如同镜子的反光一样，消失得无影无踪，而无所不在的命运之手已将自己抛在了另一个世界的另一个不可知的地方。

莺莺怔怔地环顾四周，心中陡然升起无尽的悲伤。她知道灰灰其实就在这片空间里，甚至有可能就在她触手可及的地方，但她却无法感知他。因为灰灰是在正世界里，那里的普朗克常数是正数，而莺莺现在所在的负世界却具有负的普朗克常数。那其实是一个很小的数字，如果写出来的话就是 6.626×10^{-34}，单位是焦每秒，它是构筑宇宙的最基本单元。

这时一颗很小的彗星从莺莺面前划过，它看上去行动迟缓只是因为此刻它正好和莺莺朝着同一个方向飘荡。透过冰封的外壳，莺莺看到了彗星深色的内核，她止不住想那也许就是彗星的大脑，进而她又想到如果彗星有思想，它一定认为它在宇宙无数星体的引力作用下的穿梭都出于自己的意志。想到这里莺莺终于哭出了声，但在空旷无垠的宇宙空间里却显得婉转至极，而此刻莺莺的身躯已经变得黄灿灿的。

莺莺不知道自己何时能再遇到灰灰，只知道按经验来说是一分钟左右，这是与其他人在可感知距离上相遇的时间。按照这样的概率，只要她和灰灰没有被黑洞或是巨恒星吞没的话，大约一到两万年后还有可能见面，但莺莺不知道这个时间究竟应该理解为希望还是绝望。

三、底牌

灰灰的飞驰实际上刚刚开始便停了下来，准确地讲这段时间的长度其实是零，但对别的事物来说这可能是一段相当长的时间。因为在飞驰的刹那里，灰灰以光的速度存在着，时间与空间对他来说都如白驹过隙般飞速消失。

灰灰停下来的原因是疲倦，这种极限的飞驰令他的熵过快地增长，他看见自己的肌体已变得碧绿，就像是传说中草的颜色。他实在想不起自己这次有没有经历过蓝和绿之间的青色，但他马上意识到这个问题其实也没有什么意义。于是他转而去想自己要多久以后会遇到另一个人。按经验是大约一分钟，但有时却又连十秒钟都不到。灰灰以前就遇到过类似的情况。但这种情形往往会紧跟着让你一两个小时内都遇不到一个人。当然，这里所说的时间是按低速运动的状态来计算的。概率是一块坚硬而固执的铁，它不动声色却非常有效地让每个人知道一分钟遇到一个同类才是合理的安排。

灰灰的老师敖敖是第一个揭示永恒秘密的人。在他之前，人们以为永恒只是一个不可企及的梦幻。太阳升起来就会落下，时间一去不复返。再坚硬的石头也会风化，直到成为一堆细沙，所有的粒子都会衰变，哪怕是半衰期超过三十亿年的质子。再曲折的故事只要开始了就只能朝着结束的方向奔去。但是这一切都因为敖敖而改变了，因为他发现了负世界。敖敖证明了那些人们以为逝去了的东西其实只是换了另外的方式存在，正世界中每一份失去的秩序都在负世界里得到相等的补偿，反过来的情形也是一样。敖敖的方程式证明宇宙是两个此消彼长、相互嵌套的理想弹簧，自洪荒时便相拥相抱，直至永恒。

是的，宇宙由两个弹簧组成，这正是敖敖超越前人的地方。处在其中任何一方都只能看到时光流逝一去不回，但只要将两个弹簧联系在一起就会发现永恒。一个世界里的星星越来越暗淡的时候而另一个世界里的星星却越来越明亮，当一切发展到终点的时候却发现终点消失了，因为一个世界的某次结束正是另一个世界的一次开端。这一切正好印证了中国古人所说的“否极泰来”，就像一个人向北直行，却发现在跨过北极点的一瞬间自己突然改换了方向。当敖敖明白这一点时立刻知道什么事情发生了，他面对着方程式呆呆地看了半晌，然后说了五个字：“上帝的底牌！”

在灰灰的记忆里那真是一段充满希望与幸福的时光。敖敖的发现是打开所有秘密最关键的一把钥匙，就像是翻过了最高一座高山后剩下的全是一马平川。新的补充性发现每天不断地传来，有的意思很明确，有的却让人一时无法明白。但是随着时间的流逝，一幅全新的气势恢宏的画卷越来越清晰地展现在人们面前。

在知道答案以前，灰灰常常为一个问题所困扰，那就是宇宙中为何会产生生命与智慧。相对于无机体而言，生命是多么脆弱，一个生命体艰难地诞生、成长，甚至还特意进化出感受痛苦的器官。智慧几乎同生命一道诞生，它是这架生命机器上最重要的一块部件，即使是没有神经系统的草履虫也知道躲避染墨的液体。造物主费了万千心机从无机物当中设计出这架复杂精巧的机器，打发它雄心勃勃地上路，让它学会猎食阳光、二氧化碳、树叶或羚羊，让它先是厌恶氧气而后又须臾不能脱离氧气，让它学会钩心斗角、尔虞我诈直至建立族群……生命一旦产生就如同水银泻地，在每个角落肆意彰显自己的非同寻常。但是，与这幅美妙图景对应的却是一个无比冷酷的事实，所有生命行程的最后都将回到它的起点：一堆杂乱无章的无机物。恐龙化为石头，森林变成煤炭、祖先葬身坟茔……这一切就像造物主有意埋设了一个不可理喻的死结。而敖敖的发现恰如一把打开死结的钥匙，让人类洞察到那些隐匿的秘密。既然宇宙双生，那么生命唯有在两个世界之间跳转方能得到永恒。

于是，生命在地球上诞生三十八亿年之后，终于化身为了纯能……

灰灰止住回忆，望向空间的一隅。在数万公里之外，同类激起的一道信号引起了他的注意。如果不愿理睬，灰灰可以在一秒钟内遁至三十万公里之外。不过，这次的信号似乎来自异性，灰灰选择了回应。性别产生的初衷显然是为了繁殖，上帝通过赐给人类快乐来收获新一代的生命。不过对于已经拥抱永恒的纯能生命而言，性别已经变得没有意义。但是，现在的纯能生命依然保留着性别的区分，以及快乐。

四、永恒

一万年过去了。

在广袤的太空中没有日月轮回，时间似乎不再重要。但实际情况恰恰相反，生命不仅保留着生物钟的机制，还考虑了时常高速运动导致的相对论效应。因此就总体而言，纯能生命感知的时间刻度和一万年前在地球上时并无二致。

莺莺急速地飞驰，避开几分钟前察觉到的那道急切而贪婪的信号。一万年来她周游万方，不过由于光速的限制，足迹依然囿于银河系的范围。严格来说只有正世界的这个星系才是银河系，在负世界的对应位置上只有一个质量相近但空间规模略小的无名星系。一万年来莺莺遇见过无数人，也曾同其中的某些个体有过亲密的接触。刚才那道信号的频率似曾相识，在莺莺的记忆中那不是一次友善的会面。莺莺并不明白纯能生命脱离繁殖目的之后还有何必要保留欢愉的能力，但一万年来的经历隐约告诉她，欢愉似乎是一件重要的事情。

有一个现象曾经困扰过无数的智者，那就是生命在变得越来越复杂精巧的同时却也越来越脆弱。原始的细菌在诞生三十八亿年之后仍是地球生物圈的霸主，而那些远比细菌高级的物种却早已生生灭灭了无数个世代。人类的文明也遵循着相同规律，最高级、最精密的仪器总是需要最苛刻的环境和最细致的维护，而两百万年前的旧石器却还保持着最初的面貌甚至功能。就连宇宙本身最初也是一锅浸泡着夸克的能量汤，至今尚无任何理论能够预言夸克的寿命。而后这锅能量汤当中开始形成质子、原子、分子，直至比夸克复杂亿万倍的氨基、蛋白质、核酸、DNA……一百三十七亿年来，宇宙产生出越来越复杂、越来越高级的结构，但这些结构却也越来越脆弱、越来越短暂。这就像一个亘古的悖论，一直存在却无法得到解释。直到敖敖发现了那个方程式，生命才突然从这条不归路的前端拉出一道惊悚的回转，转向截然不同的方向……

人类的纯能化过程并非一帆风顺，实际上直到现在仍然有人留在地球保持着物质之躯，艾艾便是他们的领袖。艾艾是敖敖最得力的助手但也是最大的反对者。敖敖同艾艾有过无数次的争论，敖敖说纯能化是人类的终极宿命，是人类摆脱灭绝命运的正确选择。而艾艾却说能量不过是宇宙最原始、最低级的形态，纯能化是违背一百三十七亿年宇宙进化规律的大倒退，纯能化的人类终将失去存在的意义。虽然这样的争论每次都以艾艾的退让收场，但就连敖敖也知道艾艾其实从未服膺。虽然敖敖的主张获得了绝大多数人的认同，但艾艾也有自己的追随者，纯能派和家园派虽然见解迥异但一直和平共处。当纯能派开始具体实施转化计划的同时，艾艾的追随者们也建立了自己的组织“绿色伊甸园”。就在第一批纯能人离开后不久，“绿色伊甸园”掌握了一种叫作“布朗虫”的纳米科技，它能够修复机体细胞。从此，保持物质身躯的个体不再衰老和死亡。现在的地球已变成“绿色伊甸园”组织的乐土，实际上两百年后为莺莺打开冬眠舱的人正是艾艾，除了目光变得更加睿智，他的容貌与莺莺记忆中并无二致。现在纯能生命和“绿色伊甸园”就像生命之树上长出的两个枝丫，各自舒展、互不相扰。

讨嫌的信号消失了，莺莺停止飞驰。她看见自己的皮肤正由蓝转青，一个人在正世界或负世界滞留的时间通常为十天左右，按照敖敖的计算，正世界和负世界正处于各自运转的中期，这时它们虽然一个膨胀、一个坍缩，但总体规模相差不大，而在遥远的未来，它们都将到达各自的“极点”。在人类以前的科学理论中常常出现一个叫作“奇点”的古怪概念，代表人类智慧理解力的边界。但在敖敖发现的伟大方程式里，不可理喻的“奇点”消失了，转为智慧可以理解的“极点”，在那里发生的情况非常类似于穿越南极或北极时的情形。由于正世界和负世界在空间范围上存在一定差异，跳转后的空间位置总是会有一个偏移量，这增加了纯能生命每次面对新世界时的陌生感。不过有一种熟悉的感觉一直保留着，那就是人类的欢愉。跳转的生命已经变得无限，理论上甚至可以跨越双生宇宙的“极点”，直至永恒。但这立刻就会触发一个非常古老的问题：如果没有死亡，生命可有意义？莺莺至今还记得一万年前的某个夏日的午后，当艾艾突然问起这个问题时，敖敖脸上泛起的迷惑。

生生不息的繁衍曾是人类接近永恒的唯一方式，但当无尽的时间成为前提，繁衍的意义便消失了。而当这个逻辑进一步推进，甚至会隐隐威胁到存在本身。竞争、好奇、炫耀、尊严、艺术、审美……这些在过去亿万年里将人类送上进化之巅的行为正在变得无足轻重，乃至像艾艾说的那样“失去意义”。不过，也许是生命的孑遗过于强大，又或者是敖敖无心的设定，纯能生命在舍弃物质躯壳之后却保留了欢愉，这似乎毫无必要，也没有人明白这意味着什么。

莺莺忽然朝着某个方向看去，一丝让她心悸的信号突然而至。

五、纪念

前方异性的信息没有远遁，这让灰灰变得亢奋起来，一股潮湿的感觉从心底泛起。纯能生命相互感知的距离不超过一光分，大约二十秒钟之后灰灰见到了一个碧绿的身影，然后他当场僵立……

亿万年过去了，星系停止了转动，世界化为了乌有，静谧的荒园成为万物的归宿。不明来由的旋律充斥了灰灰的耳孔，满天的星光在他眼前旋转，幻化成无数亮光。天堂的轻风与地狱的烈焰同时袭来，一切都变得不那么真实，就像是在梦中。

不，只是一瞬间。灰灰定了定神，一万年前的那个少女就站在他的面前。

“你……好吗？”灰灰的声音微微颤抖。

莺莺表情冷漠：“我……很好。能有什么不好呢？我们……是纯能。”

“哦，当然，能有什么不好呢。”一万零两百岁的灰灰搓着红色的手，像一个害羞的青年。

一阵沉默。

“那么，你找到了吗？”莺莺突然问道。

“找到什么？”

莺莺迟疑了一秒钟，“艾艾向我父亲提出的那个问题的答案。”

灰灰仓促间本能地点点头，但立刻又摇头。

莺莺脸上笑容淡然：“想不到人类获得了光的自由，在宇宙中穿梭了一万年，那个问题却依然没有答案。”

灰灰突然觉得一丝惭愧，他想否认，但发现不知如何开口。虽然敖敖并没有明确交代过什么，但灰灰知道那个问题必定是老师心中很大的一个结。

“也许，我是说也许。”莺莺语气变得有些幽微，“并不存在所谓的答案吧。你说呢？”

“也可能答案真的存在，”灰灰镇定了些，“但对人类而言却是不可知的。”

“那么，这么多年，你孤独吗？”莺莺突然换了话题。

灰灰表情一滞。长久以来他似乎没有想到过这个问题，由于光速的限制，即使过了一万年，除了极少数矢志探险的人之外，大部分的人类仍然分布在银河系的一隅，偶尔还会碰见地球时代就相熟的人。但由于合作早已失去意义，纯能生命的交流变得无比纯粹和简捷，更像是地球时代人际关系的一丝遗存。时间无尽，欢愉无尽，相聚无尽，离别……也无尽。

“我不知道。”灰灰沉默半晌后说，“我没有想过。”

“哈哈。”莺莺干涩地笑了一声，“这么久才见面，不说这些了。看你的颜色，这次估计还会是你先跳转吧。”

灰灰瞄了眼自己越发鲜红的身躯，突然想起一万年前的那场相遇，早已古井无波的心中掀起阵阵狂澜，不过他的语气还算平静，“如果保持现在这样的低速态，我在正世界还有一天半时间。”

莺莺突然望向另一边：“这里是正世界，地球就在那个方向。你回去过吗？”

灰灰急促地摇头。

“我也只在转换后不久回去看过一次。”莺莺似乎并不需要灰灰的回答，自顾自地往下说，“艾艾他们恢复了以前被破坏的生态，地球变得更干净也更漂亮了，他们……很快乐。”莺莺脸上浮现出笑容，似乎想起了什么事情，“还记得以前我们在西班牙旅行时看到的埃尔卡斯蒂略洞穴吗？”

“当然记得，那是公元前四万年人类祖先的遗迹，那应该算是人类最早的住宅了。我记得壁画上印着原始人类的手模，你和艾艾在图画前流连忘返。”

“艾艾他们在撒哈拉地区释放了布朗虫，让它们自我复制后组成了一个我父亲的巨大手模，在太空中都能看到。”

灰灰身体一震，“想不到，艾艾会用这种方式纪念你的父亲。”

“艾艾虽然一直同我父亲争论不休，但我父亲肯定是他最敬仰的人。而且……”

“而且什么？”

莺莺抿了下嘴："冬眠苏醒后，我发现艾艾有了一些变化，不再像以前那样果断而坚决，有时候甚至显得有些迷惘。"

"你想告诉我什么？"

"你觉得，关于那个问题，他们会有答案吗？"莺莺突然问。

灰灰愣了一下，没有回答。

"要不，我们去看一眼？"

六、地球之死

年龄：五十亿年。半径：七十万千米。中心温度：一千五百万摄氏度……这是太阳，人类的母星。莺莺和灰灰有些目眩神迷地注视着这颗伟大的恒星，就像仰望着一个图腾。由于较长时间的高速运动，莺莺的身躯变得金黄，而灰灰则已是一片暗红，像是即将熄灭的炉膛。当然，莺莺和灰灰的目标地点是太阳身边的第三颗小石子，但当他们的视线朝向地球轨道时，两个人同时惊呆了。

没有看到记忆中熟悉的蓝色星球，在太阳系第三颗行星的轨道上只有一个模样古怪的东西。猩红的岩浆带狰狞地缠绕在起伏不定的地表上，宛如道道撕裂的伤口。海洋早已沸腾殆尽，温度稍低的陆地表面不断升腾着滔天的蒸汽，黑色山脉在地底能量的推动下夸张地隆起，顶端却在引力的作用下不断崩塌，坠落地面时溅起亮得刺目的岩浆巨浪，宛如一只无形巨手陡然掀开了地狱之门的帘幕。这样的场景遍布了整个大地，而更令人恐惧的是天空中那道由无数碎块构成的黑色巨环，遮蔽了整个赤道，宛如一条象征死亡的绞绳……

地球死了！死在一条黑色绞索之下。

"怎么……会这样。"莺莺无力地低叹一声。

灰灰收回同样震惊的目光："应该是彗星。撞击时间距现在也许不超过一个月。"

莺莺悚然回头："他们努力过吗？"

"也许吧。"灰灰稍稍平静了些，"谁知道呢？但他们显然失败了。看起来整个地球都被撞击熔融，那条黑环是熔化物质溅入太空形成的。"灰灰停顿了一下，"一九九四年，'苏梅克－列维九号彗星'的碎片曾经撞击木星，一些撞击点的面积远远超过地球。遭遇这种规模的撞击，艾艾他们……无法抗衡。"

莺莺凝望着地球的尸骸，她想象着那些人最后的悲鸣与哀叹，想象着地球四十六亿年壮丽生涯终结的时刻，薄雾般的泪水从她眼中漫出，化为宇宙空间里的几缕亮丝。

"这是……"灰灰突然抓住飘荡过来的一个碎片，"是布朗虫！结构基本完好，不过受冲撞的影响，它们的内部指令全都失效了。"

莺莺扫视着灰灰手中的那团银色物质，心中不禁想到那也许曾是敖敖手模的一部分。纳米机器很普通，但布朗虫却是其中最为奇特的一种，因为它实际上是某种能源机器。一八二七年，英国植物学家R.布朗观察到花粉颗粒在水溶液中永不停止地运动。按照爱因斯坦等人的解释，这是由于水分子一刻不停地撞击水中物体，当物体较大时，来自各个方向的撞击因为概率作用而平衡，但对于花粉尺度的微小物体，各个方向的撞击无法平衡，于是花粉将在溶液中表现为无规则的运动。水溶液只是一个特例，实际上只要有任意分子存在，只要温度还在绝对零度之上，"布朗运动"就永远不会停止。虽然这种运动在单个花粉层面非常明显，但无数花粉的运动叠加后则会相互抵消，所以无法加以利用。在很长一段时间里，人们只将布朗运动当作解释分子运动的素材，但当纳米技术获得突破后，一切都变得不同了。纳米是十亿分之一米，花粉直径是这个数字的一千至一万倍。布朗虫体积同花粉近似，实际上每个布朗虫都是一个微型能源站，能够不断收集自身做布朗运动时的微小动能。获得的能量可以输送到外界，而如果周边环境能够提供必要的物质，布朗虫甚至还可以复制出新的同类。这听起来似乎违背了热力学第二定律，但从敖敖发现负世界那一刻起，许多定律便被修正了。人类之所以发现热力学第二定律，不过是因为人类正好生活在一个膨胀的宇宙里。而对于一个正在坍缩的宇宙来说，其本身就是一个不同的存在。

“我们……该走了。”灰灰放开手中的布朗虫团块，“答案不在这里。”

莺莺回过头来，眼睛里有灰灰不认识的东西：“我们还有事情要做。”

七、巨塔

背景是无限广阔的宇宙天穹，暗红色的地球静谧地转动着。在黑环的外侧，一个完美的四棱锥正在生长。有时会有两个人的身影突兀地出现在棱锥旁边，有时候却只有一个。四棱锥保持着银色，而两个人影的颜色每次出现时都会发生变化。

“从现在开始，棱锥的生长将变得很快。我们应该离它远一些。”灰灰有些担心地说。

莺莺下意识地点了下头。灰灰说得没错，布朗虫的自我复制遵循指数规律，起初极慢而后会越来越快，直至耗光周边资源。就像印度传说里的那个著名的棋盘麦粒问题，放满前二十个格子总共只消耗了一袋小麦，但接下来却需要天文数字的小麦才能填满全部六十四个格子。

灰灰望向棱锥的底部，那里有无数条银色的细线伸出，延展到黑环和地球的尸骸上。如果足够仔细观察，可以看出那些细线一直朝着棱锥的方向流动。十天前棱锥还只有几毫米见方，而现在仅凭肉眼就能看出棱锥体积的增长了。

“你确定它该是现在的形状吗？”灰灰忍不住又问了一次。

“最早的古埃及金字塔大约建造于公元前三千年，在近五千年中一直是地球上最宏伟的建筑。”莺莺像是在自言自语，“有人说金字塔是法老为自己修建的死后居所，也有人说是法老梦想登天的天梯。只是，”莺莺突地转头看着灰灰，“我觉得这些原因都太复杂、太虚妄了，也许法老们有更简单也更真实的初衷，他们和埃尔卡斯蒂略洞穴那些古老手模的制作者一样，只是在向世界证明一件事情。”

“你指什么？”灰灰没有注意到自己的声音有些发抖。

“他们曾经来过！”

灰灰的表情凝结了，他回味着莺莺的这句话，一时间竟然有些痴了。

“地球诞生了四十六亿年，地球生命历史三十八亿年，智能历史二百万年，人类文明历史三万年。可是，”莺莺甩了甩头，“如果某个外来观察者看到了眼前这幅景象，它会知道曾经的这些故事吗？不，它不会知道。那些曾经发生过的一切，无论细菌或爬虫，无论倾轧或相扶，无论美好或邪恶，无论阴谋和爱情……全部都消失了，再无丝毫痕迹。”

“可我们还存在啊。”灰灰提醒一句，“现在看起来，老师是正确的一方。”

“是啊。我们还在。”莺莺呢喃道，“艾艾他们虽已永生，却因为物质的躯壳而被毁灭，也许我父亲早就预见了这种可能。只是……”

“只是什么？”

“艾艾不在了，但他的问题依然存在。宇宙诞生一百三十七亿年之后，有一个叫作人类的东西突然逆行，回到宇宙中最单纯也最原始的能量状态，这到底包含了什么意义。”

灰灰迟疑地开口：“我们依然存在，这难道不够吗？”

莺莺露出惨淡的笑容：“你看那里，对，就是月球。月球上的每块岩石都至少有四十亿年的历史了，它们一直存在着。还有微波背景辐射，它们已经存在了一百三十七亿年。”

“这不一样。我们能行动、能思维，我们有自由意志。”

莺莺眼中陡然放出奇异的光芒，竟然有些瘆人，“别忘了，行动和思维不过是帮助人类生存的工具罢了。就像植物不能行动，那么疼痛等感觉以及思维对于它们就是完全无用甚至有害的东西。而现在，我们再不需要趋利避害，再不需要观察、谋算、攻击或逃跑。在这样的前提下，行动和思维又有何意义呢？一万年来我游历过无数的星球，最初的欣喜和新鲜早已不在，现在就算超新星爆发的壮丽焰火也激不起我的丝毫兴趣。记得地球时代有许多人曾经沉迷于网络游戏，但慢慢随着所有人的等级到达极限，所有的区域都被发现，一切便沉寂下来，不再有争战，不再有热血，甚至不再有情感……所有人只是习惯般漫无目的地游荡，整个游戏变成了一具死气沉沉的僵尸。而现在的我们就像身处这样的僵尸游戏里，唯一的区别是，服务器换成了宇宙本身。”

灰灰彻底地怔住了，他张开嘴，却发现自己根本无法说话。

“纯能生命诞生仅仅一万年，而离正世界和负世界到达极点大约还有一百亿年，在那之后，我们依然存在着。你来告诉我，这到底意味着希望还是……绝望？”

远处的棋盘麦粒游戏进入了下半场，四棱锥的规模开始以不可思议的速度增长。底端流动的细线变成了粗达千米的银色瀑布。黑环的一半已经消失，而地球尸骸的四分之一也被四棱锥吸收。到了这个阶段，布朗虫只需要再经过两次自我复制便将吞噬掉整个地球。棱锥之前一直距离地球有段距离，随着体积增大，四棱锥的底端现在已经扣在了地表上，就像从地表上隆起的一座巨型金字塔。永不停歇的分子运动为布朗虫提供源源不断的能量，仅仅过了几十分钟，又一次自我复制已经完成。现在，四棱锥的底端已经套住了整个地球赤道，像一张方形的巨嘴，准备享受最后的饕餮盛宴。

“我们该走了。”莺莺突然说了一句。

伴随着全体布朗虫的再一次复制，棱锥终于完成了它最后的吞噬。以繁星闪烁的黑色天空为背景，一座银色巨塔矗立在了地球原本的位置上。随着它的自旋，万千星辰的光芒在它的五个侧面上不断幻化出曼妙的影像。由于周边物质已经变得稀少，布朗虫不再大规模复制，但分子运动提供的能量能够维系巨塔的存在并随时修复可能发生的损坏，直到永远……

巨塔静谧地旋转着，像是曾经的一颗生命星球留给宇宙的遗言：我——们——来——过！

八、尾声

两个暗红色的身影飘荡着渐渐远去，像是两具游魂。

“我们……去哪里？”

“我们……去找一个答案。”

癌变蟠桃 / 萧星寒

人的正常寿命受制于细胞的分裂次数，细胞每分裂一次，端粒就减少一半。当细胞分裂超过五十次的时候，端粒消耗完了，细胞会衰老，然后凋亡。

一

小白鼠耳朵边有一处明显的异常隆起，背部的毛稀稀拉拉的，就像被野火焚烧过的荒地。刚才它还用含泪的眼睛盯着刘子豪，现在尾巴无力地摆动几下，骤然间四肢抽搐，从肛门里漏出微黄的体液，旋即不再动弹。

刘子豪用镊子碰了碰那只畸形的小生命。没有任何反应。遍布全身的肿瘤在极短的时间里耗尽了它全部的生命。

实验再一次失败。

刘子豪用镊子把死老鼠夹起来，近距离观察了一小会儿。没有新的发现，也没有奇迹发生。小白鼠死了就死了，和以前数百次实验的结果一样。他叹了口气，连做细胞切片观察的心都没有了，直接把死老鼠丢进了专用垃圾箱，等着工人来处理。

刘子豪脱下无菌手套和无菌工作服，走出生物医学实验室，站在肿瘤医院综合实验大楼八层的阳台上向外眺望。夜正深，整个城市都在恬静的梦里。打搅这梦的，只有远远近近的车辆发出的呼啸声。

到底是哪里出了错？刘子豪双手撑住栏杆，任由微冷的夜风吹拂着自己燥热的脸，思绪也不由自主地飘散开去。在这个夏夜，只有他一个人还在实验室里忙碌。他必须为自己的连续失败找到原因。

六岁那年，妈妈给小子豪买了两条金鱼，一条红色，一条黑色。小子豪把红色的叫甜甜，黑色的叫蜜蜜。他总是趴在鱼缸边，看金鱼们自由自在地游。什么也不想，也能看上大半天。有一天，黑色的蜜蜜不游了，肚皮朝天地浮到了水面上。

“妈妈，妈妈，蜜蜜怎么不动呢？”很久以后小子豪都还记得自己那时的惊声尖叫。

妈妈正在拖地，听到小子豪的尖叫，放下拖把，走过来，随便瞅了瞅鱼缸，说：“儿子，黑色小金鱼肚皮朝天，已经死了。”

小子豪仰面问：“什么叫死？”

“死就是死了。”妈妈皱着眉头说，“赶紧捞出来，扔掉。”

小子豪不满意妈妈这个回答，继续追问：“妈妈，什么是死？你会死吗？”

这个问题显然触犯了妈妈的禁忌，她生气地说：“你这孩子，说什么呢！”

“妈妈，我会死吗？就像蜜蜜一样！”

妈妈已经不耐烦了，伸手从鱼缸里捞出蜜蜜，使劲儿丢进垃圾桶。“没事儿不要瞎想，什么死不死的，不吉利。”她说，“赶紧，去看动画片。”

妈妈按着小刘子豪的肩膀，将他推向沙发，同时用遥控器打开电视。电视里放着《狮子王》，老狮子王木法沙被他的弟弟刀疤推下悬崖，小狮子辛巴去到谷底，找到了父亲的尸体。小辛巴哭喊着：“爸，爸，起来。你一定要起来。爸……跟我回家啦。”它撕心裂肺的哭喊没有能够唤醒爸爸。

小子豪靠在沙发上，泪如泉涌。

从那时起，小子豪就知道，死亡是活着的反义词，但那是一个不能谈论的话题。好像不谈论死亡，死亡就不存在了，这是多么荒谬的想法。妈妈会老会死，就像老狮子王和小金鱼一样，而他自己，也会和他们一样，会老、会死。

光阴荏苒，日月如梭，就像影视剧里的快进，转眼间刘子豪长成了高中生，然后不可避免地来到那节生物课。现在回忆那节生物课，刘子豪的脑子里涌现出的是一个清晰的影视片段：

光线渐渐亮起，占据了整个屏幕，然后隐约地看得出是一盏日光灯的轮廓。镜头转向下方，扫过课桌和学生的头，定格在写满粉笔字的黑板上。生物学老师，戴着眼镜，穿着中山装，无比庄严地走上讲台。

“……人的正常寿命受制于细胞的分裂次数。在细胞染色体的末端，存在一种特殊的染色体粒，叫端粒。端粒保护染色体在分裂过程中免遭磨损，但它无法保护自己，细胞每分裂一次，端粒就减少一半。当细胞分裂超过五十次的时候，端粒消耗完了，细胞就会衰老，然后凋亡。正常细胞分裂次数有最高限制，这种现象最初由美国人海弗利克发现，因此称为‘海弗利克极限’。但是——”

镜头在生物学老师的讲课声中慢慢向后移动。十八岁的刘子豪趴在桌子上睡觉，忽然间醒了，茫然地看看四周，随即把注意力集中到了老师身上。在此之前他很不喜欢这个生物学老师，因为他总是表现出一种“宇宙的真理尽在我的掌握之中”的嚣张态度。但这次，情况发生了变化。

生物学老师竖起食指，扶了扶滑落的眼镜，说：“但是，有一种细胞却不受海弗利克极限的约束，这就是癌细胞。”

刘子豪坐直身子，凝神听讲。

“为什么癌细胞可以无限制地分裂呢？”老师在黑板上用红色粉笔画了一个大大的问号，“原来癌细胞拥有一种特殊的酶，叫端粒酶。当癌细胞分裂，端粒变短时，端粒酶就会立刻将端粒失去的DNA片段补上，使端粒一直维持在固定的长度。于是，癌细胞就能无限制地分裂了。”

刘子豪觉得自己的每一个细胞都在颤抖。他从抽屉里拿出钢笔，在教科书的空白处激动地写上了一行字：这不就为人类提供了永生的可能吗？

人生里总有几个能改变命运的关键节点。刘子豪认为，那堂生物课，就是他人生的关键节点之一。

当时他的心情澎湃犹如大海，觉得人类长寿乃至永生这件事就是为他准备的，他就是为这件事而生的。强烈的使命感促使他在高考填报志愿时，选择了医科大学的肿瘤专业。这违背了父母的意愿，为此，他几乎与父母断绝关系。

在医科大学，他如饥似渴地学习一切与癌症有关的知识。毕业后，他本想进研究所进行深入研究，但阴差阳错，他最终进入肿瘤医院成了一名医生。

夜风中，刘子豪深深地叹了口气。

刚到肿瘤医院，刘子豪兴致勃勃，准备大干一场。然而，他申报的课题“肿瘤发病机制与人类长寿研究”被院方以跟肿瘤治疗无关为由拒绝。别的医生都不愿意和他谈论那个“疯狂的想法”，更不要说与他一起研究。那段时间里他成了医院里的笑话，只要他走近一群正在聊天的医生或者护士，他们都会发出莫名的哄笑。他苦恼不已，几经犹豫，终于放弃了从很小的时候就生长在心里的梦想。他让癌症患者做完每一项检查，实施每一种可能的治疗方法，把患者的钱榨干之后再让他们回家等死。他成了肿瘤医院最为知名的医生，最关键的是，他还挣了很多很多钱。他买了房，买了车，娶了妻，生了女儿，就像每一个正常人一样。

然而，他的心是不满足的。

当生活步入正轨，一切都像之前一样千百次地重复之后，刘子豪的心又开始蠢蠢欲动。好像那疯狂的想法在他心底扎下了根，被野火烧过之后如今又迅猛生长，想要探出头去看看世界到底是什么样子。要满三十岁的时候，他重拾了自己幼年时的梦想，再次致力于探索癌症与人类长寿之间的秘密。他在研究肿瘤发病机制的名义下，悄悄地在实验室进行着相关研究。他现在是实验室主任，没有人管他；即使有过怀疑，他也很好地掩饰住了。

有好几次，他以为自己成功了。

他将癌细胞的端粒酶植入正常细胞，结果令人振奋。细胞不但没有排斥端粒酶，而且在细胞分裂之后，端粒也因为端粒酶的缘故，没有缩短，保持着原来的长度。但是，实验一进入活体阶段，就问题连连。有时候小白鼠一开始就表现出癌变的特征，还有一些时候，小白鼠好端端地活着，突然之间就癌变了，恶性肿瘤转眼间遍布全身，整个身体成了癌细胞肆无忌惮的繁殖场所。他想过很多办法，结果都和今晚一样，归于失败。

问题到底出在哪里？刘子豪双手抓紧了栏杆，手指因为太过用力而发白，脑袋因为高速运转而发热。

但是，问题还是问题，没有任何一个明晰的答案。

二

“刘医生、刘医生、刘医生。”

刘子豪从办公桌上迷迷糊糊地抬起头，睡眼蒙眬中嫌恶地盯着叫醒他的人。因为经常熬夜，他一直有午睡的习惯，而他最厌烦的一件事就是午睡的时候被人打搅。一个老头站在办公桌前，头发花白，大约五十岁，T恤外面罩着皱巴巴的灰色西装。

刘子豪揉揉眼睛，收敛起恼怒的表情，照例问道：“检查过吗？”

老头声音有些颤抖地回答：“检查过。”

“在哪家医院检查的？”

“去了十几家医院。”

“医生怎么说？”

“他们不知道是啥病。”

“有什么症状？疼痛、呕吐、咯血、气急？”

老头摇着头，说：“都没有。”

“没有这些症状你跑医院来干什么？”刘子豪有些生气。

老头急忙说："不是我，不是我病了。是我家黑娃儿病了。"

刘子豪这才注意到老头抱着一个婴儿。因为太安静了，他居然没有注意到。那个叫黑娃儿的婴儿应该不到一岁，长得很结实，圆滚滚的脑袋，肉乎乎的脸蛋，两只眼睛紧闭着，正在呼呼大睡。

刘子豪看了两眼，问："什么时候发现的？"

"一年前。"

一年前才多大？出生才几天？可怜的娃儿。一种叫作良心的东西在刘医生心底浮动，他沉默了。

良心？

几年前，刘子豪的一个伯父被送到他面前，是肺癌晚期。刘医生告诉伯父：什么也不用做，回家去，有什么想去的地方，去看看，有什么想吃的东西，去找来吃，就是别在医院里等死。刘医生的这一番忠告换来所有亲戚的白眼和责骂。连很久没有联系的父亲也打了电话来，骂他没良心。

良心？他笑了。

半年之后，伯父极为痛苦地死在另一家医院的病床上。放疗、化疗、生物治疗，一样没有少，花了近百万，结果还是没有保住老命，全是瞎折腾。刘子豪看过伯父的病历单子，根本就没有治好的可能。当医生以来，他很久没有动过良心。这唯一的一次却被视为没有良心。

良心，是个什么东西！

"还是个婴儿。"刘医生把自己的良心藏了起来，"你该送到儿童医院去。"

老头摆摆手，带着羞涩的歉意笑着说："我去过，去过好几次。可他们查不出黑娃儿得了什么病。"

又一个癌症恐惧症患者，刘子豪这样想。"你觉得黑娃儿得了什么病？"他没好气地问。

老头说："他就是长不大。"

"什么？"刘子豪惊讶地问。

“不瞒刘医生。我知道这事儿说来荒唐，但确实是真的。”老头说，“黑娃儿是我三年前在工地上捡的。可是医生你看，三年过去了，三年前是啥样子，三年后还是啥样子。黑娃儿他长不大。”

“不是侏儒症吗？”

“不是，儿童医院的医生很肯定。”老头腾出一只手来，轻轻地牵起黑娃儿的手臂，“是侏儒症的话，手臂，还有腿脚，不会长这么均匀。黑娃儿正常得很。”

刘子豪盯着熟睡中的婴儿，半晌不说话，心里在琢磨老头所说的话有几分可信。如果是真的话……

老头把孩子递到刘子豪面前：“刘医生，你摸摸他的脉。”

刘子豪学的不是中医，但从医这么多年，糊弄人的摸脉还是会的。他伸手搭脉，脸色骤变。这婴儿没有脉象，就像死人一样，如果不是因为他的肌肤是温热的，刘子豪几乎就要判定这是一个死婴了。怎么回事？刘子豪急忙又去摸婴儿的胸口。除了肌肤的温热，没有感觉到那里的起伏。“他……他没有心跳！”刘医生尽力压制自己的恐慌。

老头说：“不，黑娃儿有心跳。就是比一般人要慢。有时五六分钟才跳一次。”

刘子豪惊讶万分地盯着黑娃儿。那小孩根本没有得癌症。和癌症打了这么久的交道，他几乎能从人的一切外在特征判断他是否患上了癌症。但如果真如老头所说，黑娃儿长不大，意味着什么？那有没有可能……

刘子豪沉吟片刻，说：“这样吧，先给孩子做一个全面的基因检查。我怀疑他基因上有问题。”

老头点点头：“查吧，进医院不检查就不叫进医院了。”

刘子豪低下头，开了一张肿瘤基因筛查的单子。忽然他想起什么，抬起头来，问道：“你带了多少钱？”

“一千。够吗？”

“够了。”

刘子豪在检查单子的后面加了个括号，写上：“二级全套，八百八十八元”。然后他又对老头说：“先去一楼缴清费用，再到五楼检验科去检查。后天上午来拿检查结果。记住，后天上午。”

三

今天该刘医生巡查住院病房了。

一四一床胃癌患者账号里的预付款用完了，要催缴；二二二床乳腺癌患者可以出院了，家属感激不尽；三七五床肺癌离死不远了，一家人有人欢喜有人忧；六三四床直肠癌患者刚做过化疗号叫得跟杀猪似的，得让他安静；八五八床淋巴癌患者的家属抱怨住在走廊里很不方便，想住进病房里……如果有一台摄影机紧紧地跟在刘子豪身后，不间断地记录下刘医生巡查住院病房的全过程，观众将通过这个长镜头看到真正的人生百态。尽管每个观众的结论可能大相径庭，但心灵受到的震撼肯定是一样的。

身处其中，刘医生就像平日值班一样，观察着，记录着，处理着，解决着，冷漠而高效。常人难得一见的生离死别，在他看来却是司空见惯。与平日值班唯一的不同是，他惦记着一件事，急切地想知道黑娃儿的检查结果。

好不容易巡查完，已是十点三十五分。回到办公室，检查结果还没有送来。刘子豪给检验科打了个电话，那边说结果已经出来了，马上送过来。几分钟后，一个大大的资料袋被丢到了刘子豪面前。“看去。”那个年轻的护士咯咯地笑着跑开了，好像刘子豪说了什么笑话。

刘医生无言地从办公桌上拿起资料袋，抽出里面的打印纸。果然不出他所料，黑娃儿没有得癌症，在诊断结果那里明明白白写着：“没有发现癌变”。但关键不在这里。长寿是个极其复杂的事情，不是说哪一个基因发生变异就必然导致长寿，而是需要一组相关基因相互合理搭配才能实现。黑娃儿有完美的长寿基因组合吗？刘子豪的手指在密密麻麻的基因序列表上迅速移动。

——ApoE，即载脂蛋白E，隐性。说明黑娃儿不容易患上心血管疾病和阿尔茨海默病。

——CETP，即胆固醇酯转运蛋白，隐性。说明黑娃儿不容易患上高血压、心血管疾病和与衰老有关的代谢疾病，即使很老了，认知能力也不会明显下降。

——MTP，即微粒体甘油三酯转移蛋白，显性。说明黑娃儿不容易患上冠状血管疾病和心肌梗死。

完美。刘子豪的手指哆嗦起来。这里一个携带着完美的长寿基因组合的婴儿。他几乎尖叫起来，却强行把这一声尖叫掐死在喉咙里。

他需要更多的证据。于是，向来谨慎的他从书架上找来《基因检索》，一条一条地对比，查找更多的长寿基因。中间来了两个病人，被他草草地打发走了。到十二点的时候，他已经可以百分之百地肯定自己的发现了。

现在的问题是：怎么最大限度地利用这个发现。发现一个可能轻松活到一百二十岁的婴儿顶多算是个新闻，发现他长寿的根本原因，并能推而广之，进行商业化运作，才是真正的奇迹。他的脑袋拼尽全力地思忖着，有时盯着打印纸，有时望着眼前的虚空，琢磨着这个问题。

老头姓陈，资料袋上他的名字写得又大又丑，“陈富贵”，这是很有中国特色的名字。

然而不知道为什么，陈富贵没有来领检查结果。

上午没来，下午也没来。刘子豪耗尽了所有的耐心，下到一楼大厅去找前台值班护士。“看见一个带婴儿的老头没有？叫陈富贵，前天来过。”他急切地问。

值班护士摇着头，说："刘医生，你都来问过四五次了。看见他来，我一定亲自带他去找你。是你的亲戚吗？"

刘子豪摇头，漠然地望着门厅来来往往的人群。多数时间里，医院门厅都如同农贸市场一般熙来攘往，好像打针吃药也和买米买菜一样是生活必需品。他掏出手机看时间，四点四十五分，又扭头看看医院门口，咬了咬牙，跟值班护士说了一声，就拿上资料袋，下楼，到停车场了，开上那辆纯黑色的奥迪，去找陈富贵。

四

资料袋上有陈富贵的地址，一个叫高新产业CBD的地方，在市北郊。开工那会儿，媒体有过密集的报道，说是要把北郊的荒地建设成为城市的繁华商业区。开了约莫一个小时，下了主干道后，道路开始崎岖颠簸，刘子豪小心翼翼地驾着奥迪。远远地，可以看到蓝天之下、荒野之上，十几栋被脚手架和绿色的防护网包围着的高楼拔地而起。整个工程已经进入后期，拆卸下来的塔吊码放在地面上，等待着奔赴下一个工地。

刘子豪将奥迪拐进即将投入使用的高新产业CBD。前面的街道上聚集着一群脏兮兮的农民工。刘子豪打开车窗，大声问："你们谁知道陈富贵在哪里？"

一个顶多十八九岁的农民工好奇地跑过来。他好奇的是奥迪，从上到下，仔细打量着奥迪，眼里满是渴望与羡慕。

"喂，你知道陈富贵在哪里吗？"刘子豪问。

年轻的农民工犹豫着，似乎没有听明白他的话。

"带一个婴儿，不到一岁。"刘子豪提示他，"长不大。"

"哦哦。"年轻人明白了，"他在那边那栋楼里，清扫垃圾呢。"

刘子豪关上车窗，转动方向盘，将奥迪驶向年轻人所指的大楼。后视镜里，聚集的农民工逐渐远去。他忽然想起，刚才依稀看到农民工举着一条横幅：还我血汗钱。那么，这里是又发生了一起拖欠农民工工资的群体性事件吗？他疑惑着：为什么没有记者来报道呢？

刘子豪把奥迪停到那栋大楼的前面。下了车，把车锁好，刚走两步，就遇到两个满身是灰的农民工从楼里出来。“能帮我叫一声陈富贵吗？”他拦住他们，“我找他有事儿。”

两个农民工狐疑地望着刘子豪，显然对于一个开着豪华轿车的人来找农民工陈富贵这件事情不能理解。其中一个嘀咕着什么，另一个人扯开嗓子嚎了一嗓子：“老陈头，有人找！”

陈富贵答应着，从楼里走出来。两天前他至少看上去像个人，现在看上去活脱脱就是一个垃圾筒，身上、脸上、头发上全是灰，就剩两只眼睛还眨巴着，证明这是一个活人。

典型的致癌因素。长期生活在粉尘环境里，患上肺癌的概率比其他人高出好几十倍。这些人却还没有患上癌症恐惧症，简直就是奇迹啊。刘医生眨巴着眼睛——

老妈退休之后无事可做，结果患上了癌症恐惧症。隔三岔五地打电话来询问：“我胃口不好，中午才吃了一小碗，会不会是得了胃癌啊？听说得了胃癌的人吃不下任何东西，会活活饿死。我的儿呀，我要是得了癌症你可不能不管你妈。你妈我把你养大可不容易。”

刘子豪不得不一再向老妈保证：“你没有得癌症，什么癌症都没有得；任何情况下，我都不会不管你。”

老妈还是有疑惑：“几天前我听说我原来那个单位的一个女的，得了什么宫颈癌，我好怕。还有一个原先那条街上的邻居，也得肝癌死了好几年了。还有还有，听说我的一个同学得了骨癌，打什么麻醉剂止痛针都不管用，最后活活痛死的。我的儿呀，为什么现在得癌症的这么多啊？”

刘子豪耐心地解释：“以前根本不知道有癌症，当时的人只知道哪里痛了，痛啊痛就死了，也没地方检查。现代医学发达了，有各种仪器，一检查，就会告诉你，你那儿痛是因为那儿得了癌症。现在通信发达，很远的地方有人得了癌症，你都会知道，累积起来，你也会有癌症多发的错觉。当然，也不全是错觉。因为现在人口总数比以前多得多，而癌症本身有一个基本发生率，所以癌症患者的相对数量还是增加了。另外，癌症也确实是非常典型的现代人的富贵病。以前的人因为战争、因为瘟疫、因为种种原因而寿命短暂，平均年龄只有四五十岁，癌症来不及发作，人就死了；而现在的人，拜现代医学所赐，平均年龄有七八十岁，但与此同时，细胞因为老化而癌变的可能性也大大增加了。”

后面这句不够科学，刘子豪自己也知道。可是老妈的知识有限，给她讲癌症的发病机制她是听不懂的。老妈是个普通人，和很多普通人一样，认为人死就是被各种各样的疾病（尤其是癌症）先拖瘦，再拖垮，最后拖死的。你要是和她讲每个人可能得癌症，每个正常细胞都携带着能导致癌变的基因，细胞的每一次分裂繁殖都可能促发基因癌变，而这样的细胞分裂每分每秒都在进行，她还不得直接疯掉啊！

同样的对话每隔两个月就会重复一次。

这就是说，老妈的癌症恐惧症每隔两个月发作一次。

这种病无药可治。

刘子豪的眼睛眨巴着，回到现实。“老陈，今天看黑娃儿的检查结果，你怎么没有来？”他劈头就问。

“刘医生，我记得的。但老板临时安排人清扫七号楼的垃圾，一百五十块钱一天，别人都去讨要工钱去了，所以我就……”

刘子豪明白了。就为了一百五十块钱——这一百五十块钱还可能拿不到——在粉尘环境下工作，哪怕将来患上肺癌也不在乎。他隐隐有些难过。“清扫垃圾至少戴个口罩啊。”他说，“灰那么大，很容易吸进肺里得病。”

“原先有口罩的，不久前掉了，还没有来得及买。”陈富贵讪讪地笑着，“刘医生，那个小护士说得对，你真是好人。”

“谁这样说的？”

“那天我到市肿瘤医院大厅，问哪个医生医术高明收钱又少。值班护士就让我去找你。她说你是个天大的好人。”

刘子豪想不出哪个护士会这么说，就打开车门：“上车，去看黑娃儿。”

“刘医生，我——我这么脏，会弄脏你的车。”

“上吧，没事。”刘子豪坐到驾驶座，看着陈富贵瑟缩着挤到后座上。似乎除了小半边屁股，他不打算让身体碰到车的任何地方。

刘子豪发动奥迪，向陈富贵说的那个工棚驶去。他从后视镜里看到，远处，聚集在一起的农民工默默地挥动着“还我血汗钱”的横幅。

五

从陈富贵嘴里，刘子豪听说了黑娃儿的更多故事。

三年前的春天，陈富贵跟着老家的包工头来到这个工地。他人老实，手脚还算麻利，也肯热心帮助人，工友们都很喜欢他。有一天黄昏，陈富贵出去倒垃圾。在垃圾场那儿，他发现了一个包裹得严严实实的婴儿。婴儿睡得正香，根本没有意识到自己被遗弃了。陈富贵在黑黢黢又臭气熏天的垃圾场等了两个小时，丢弃婴儿的人没有反悔，于是他就把婴儿抱回了工棚。

婴儿的到来在工棚里引起了轰动。工友们纷纷跑来围观和询问。陈富贵觉得这个婴儿是上天赐给他的。不是常说“好人有好报”吗？他当了一辈子好人，现在好报终于来了。于是，他给婴儿取了个名字叫“天赐”，又按照老家的习惯，给他取了个贱名，叫“黑娃儿”。这名很贴切，也很准确。在老家，那些违反计划生育政策生下来的没有户口的小孩统统叫“黑娃儿”，“天赐”肯定也符合这一点。叫得多了，大家都知道黑娃儿，却忘了他的大名叫作“陈天赐”。

但渐渐地，陈富贵就发现黑娃儿不正常了。老话常说，“三翻六坐九拿抓”，说的是婴儿三个月会翻身，六个月会坐正，九个月就会满世界抓取东西了，而黑娃儿却不这样。从垃圾场抱回来的时候，他大概三个月大，勉强会翻身，可是九个月过去了，他还是只会翻身，既不会坐直身体，手也不会胡乱抓东西。他吃得不算多，觉却睡得足，每天的大部分时间里他都在梦乡里度过。除了不会长大之外，黑娃儿没有任何异常，甚至比一般婴儿还健康，根本就没见他生过什么病。

也许当初黑娃儿的父母之所以扔掉他，就是因为他有什么不治之症吧。陈富贵找过一两个药店医生，可没有哪一个医生说得出黑娃儿患了什么病。陈富贵没办法，就继续养着。

转眼间，两年时间过去了。工地的几十栋房子都起了五六十层了，黑娃儿还是垃圾场那个样子。当然，也不是完全没有变化。陈富贵就注意到，黑娃儿的眼睛比以前明亮了，耳朵比以前灵敏了，自己走过的时候，他的脑袋会跟着移动。还有，睡觉的时间比以前少了些。但变化也就这些了，不是像陈富贵这样仔细观察过的人，根本看不出来。

正如纸包不住火，黑娃儿长不大的秘密很快在工友中传开。有人说陈富贵捡到了一个白痴，也有人说他捡的是个侏儒，最后的结论都一样：让他把黑娃儿丢掉。

陈富贵不同意他们的说法。他不丢，他要养着黑娃儿，他要把黑娃儿养大。他有一个朴素的想法：既然上天赐给他一个儿子，就没有理由赐给他一个带残疾的；退一万步来讲，带残疾的又怎么样？就不能养吗？

陈富贵坚持了自己的意见。别人除了骂他是笨蛋，也拿他没有办法。

时光匆匆，又一年过去了。整个市高新产业CBD的建设要结束了。包工头告诉陈富贵，去下一个工地之前必须把黑娃儿送回老家去，否则就不带陈富贵去。包工头有些迷信，很多人都迷信，早就为黑娃儿的事情和他说过很多次了。包工头说，“黑娃儿肯定是个不祥之物”。幸好，这三年里工地没有出事故，否则他早把黑娃儿扔臭水沟淹死了。

没办法，陈富贵筹划着回一趟老家，把黑娃儿交给老婆养。老婆在家里照顾着上高中的女儿，也不容易。出来三年，除了寄了些钱回家，他一趟都没有回去过。但在回去之前，陈富贵希望确认一件事，那就是黑娃儿到底有没有病。

城里最好的地方是医院。还在老家时陈富贵就看到同村的人生了大病都往城里的大医院跑。有些人去了就没有回来，也有人活蹦乱跳地回到村子里放鞭炮庆祝。但这回，陈富贵跑了十几家大医院，都没有查出什么结果。陈富贵说了黑娃儿长不大的事儿，几乎没有医生相信那是真的。直到他来到肿瘤医院，找到刘医生。

因此，陈富贵再三对刘子豪表示了感谢。

刘子豪挥挥手，止住了陈富贵滔滔不绝的谢意。他向来不爱听这些。“检查结果已经出来了。”他说，“很不幸，黑娃儿脑子里长了一个肿瘤，只有豌豆大，可它刚好压住了松果体。知道松果体吗？”

陈富贵惶恐地摇摇头，期待着刘医生的解答。

“松果体在脑子的下边，负责管身体发育的。人能够从婴儿长成大人，全靠它了。可是，黑娃儿的松果体被豌豆大的肿瘤压住了，没法正常工作，他当然就长不大了。医学上把这叫作‘幼态持续’。”

这种说法不科学，不过糊弄陈富贵足够了。刘医生说完，居高临下地看着陈富贵。他的个子本来就比陈富贵高，站在低矮的工棚里，必须低着头才能克服随时会撞上天花板的恐惧，而陈富贵则蹲坐在床前，目光集中在沉睡的黑娃儿身上。

良久，陈富贵抬头，声音哽咽着问："还有希望吗？我是说，能治好吗？"

刘医生很肯定地点点头。老头"扑通"一声给刘子豪跪下，哽咽变为痛哭："刘医生，你是好人。你一定要救救可怜的黑娃儿啊。"

"老陈、老陈，快起来。"刘子豪急忙把陈富贵搀扶起来，对方的反应比他想象的要激烈得多。

"需要多少钱？"

"起码五十万。"刘医生报了个市场价，拿手指在脑袋上画了一个圈，"因为要开颅，费用要比别的癌症手术高。"

"我哪来那么多钱啦？五十万，别说挣，我一辈子见都没有见过这么多钱。"

"钱的事儿你不用太着急。我来想办法解决。"

六

离开陈富贵和他的工棚之后，刘子豪驱车去了附近的CBD售楼处，那里装修得宛如皇宫。他对迎上来的售楼小姐说："把你们的大老板找来，最大的那个。就说刘局长找他。"五分钟后，黄经理气喘吁吁地出现在接待室门口。他头发梳得油光顺滑，蚂蚁都爬不上去。看到刘子豪，他微微吃了一惊："哎哟，这不是刘公子吗？什么风把你吹来了？上个星期还和你爸爸刘局喝酒来着。"

刘子豪说："也没别的事儿。你知道我是医生吧。"

黄经理笑吟吟地回答："医生好呀，白衣天使，收入也高。"

"你的工人里有我的病人。我听说你克扣他们工资？"

黄经理急忙否认："没有的事儿……"

刘子豪说："没有当然好，如果有，还麻烦你把工钱按时足额地发给他们吧。我正好有几个新闻界的朋友，他们还在为明晚的头条发愁呢！"

黄经理讪讪地笑着："当然没有。我当老板，工钱向来按时发、足额发。我很体恤农民工的。"

刘子豪按捺住心中的恶心，微笑着说："那就好。"

拒绝了黄经理吃晚饭的邀请后，刘子豪驾车离开了那里。他很少利用自己的家世，但需要的时候，他也不会吝啬。

回到家的时候，天已经黑了。老婆跳舞去了，不到三十岁的她总是嚷嚷着要减肥、要保持身材；女儿住在学校里，那是一所名气很大的私立学校，一年学费要十几万；家里只剩下刘子豪一个人。他打开手机，登陆社交平台，精心撰写了一条。发送成功之后，他关了手机，吃饭，洗澡，睡觉。

梦里的光线异常强烈。

刘子豪扒开草丛，把一颗黑色的种子丢进土里。只一小会儿，种子就生根发芽了。

刘子豪退后，怔怔地看着。嫩绿的小树以一种近乎疯狂的姿势生长着。绿色渐渐变浓，进而变成黑色。树干越来越粗壮，长出更多的枝叶。

枝叶间蔓生出无数粉嘟嘟的大花，即开即谢，结出青绿的果实。那些果实摇摇晃晃，见风就长，转瞬间长到两个拳头那么大，颜色也由青绿变成深黄，只在尖端有一抹诱人的红晕。

那是传说中的蟠桃！刘子豪喜滋滋地看着，想要爬上去，摘一个下来。可是——

那些蟠桃继续膨胀，颜色越发地深，黄色与红色交织在一起，互不相让，仿佛两支鏖战的军队，而墨一般的黑色在其中隐隐闪现。当那些蟠桃膨胀到脸盆大小的时候，表皮开始皲裂，现出无数道口子，流溢出黏稠而恶臭的黑色液体……

——癌变！刘子豪惊叫起来，再抬眼时，他看见那无数的巨大蟠桃都爆裂开来，每一个蟠桃里面堆满了黑色液体，都浸泡着一个手舞足蹈的婴儿。

那些婴儿都长着黑娃儿的脸！

七

在社交平台上，刘子豪给黑娃儿的“病”起了一个拗口的名字：“先天性幼态持续综合征”，并且说这是一种极为罕见的病症，甚至可能是世界首例，需要进行价格昂贵的开颅手术，如果需要，还要进行不是十分成熟的因而非常危险的基因治疗。他以煽情的笔调讲述了陈富贵捡到和养育黑娃儿的经过，特别强调了他农民工求生的艰难和目前的经济窘境，最后号召全社会行动起来，帮助陈富贵和他可怜的黑娃儿。

刘子豪精心撰写的文章第二天就收到了效果。先是那条消息被转发了一万多次，并且还在不断增长中，更有三家本地网络媒体进行了转载。作为市肿瘤医院实验室主任以及著名的癌症专家，他的朋友圈有不少名人。上午，刘子豪在《城市日报》工作的老同学就打来电话。他在电话里对老同学说：“对，消息是我发的。内容保证真实。行，我可以安排你们的专访。不过，老同学，我可不要报屁股，我要头版头条。对，我要把这件事情炒大，越大越好。行，就下午三点，不见不散。”

刘子豪带着两家本地报纸和一家电视台的记者去陈富贵打工的地方转了一圈，给陈富贵和黑娃儿拍了大量的特写。他事先给陈富贵说过这事儿的好处，所以陈富贵非常卖力地配合。对陈富贵来说，站在闪光灯下的人生体验肯定是第一次。他努力克制自己的恐惧和拘谨，想表现得更好。只有黑娃儿不知道周遭发生了什么，在短暂的清醒之后，就进入了甜甜的梦乡。

这一拨新闻播出后，刘子豪接到了更多的采访要求，表示愿意捐款的也不在少数。一片忙碌中，刘子豪非常冷静。所有捐款汇总到《城市日报》的指定账号，由报社具体管理，并在网上进行账目公示，保证每一分钱都花在陈天赐身上。刘子豪还要老同学保证：除了陈富贵本人，任何人不能支取这些捐款，包括刘子豪自己。“他们需要这笔救命钱。”刘子豪对老同学说，“而我，需要有人来解答我的疑问。”

求助消息发布七天后，刘子豪接到了一个陌生人的电话。

“立刻停止所有治疗方案！黑娃儿的所有治疗费用我来出！我要见黑娃儿！机票已经买好，明早就飞过来！”一个苍老的男人在遥远的地方冲他喊道。

刘子豪知道，他等待的那个人来了。

第二天早晨，刘子豪驾着奥迪去机场迎接远方来的客人。他靠在出口旁边的一根柱子旁，双臂抱在胸前，想知道自己能否从奔流的人潮中，分辨出那个未曾见过面的人。一个戴着墨镜的壮汉从他身边走过，引起了他的注意。但不会是这么杀气腾腾的人物，在他的想象中，那个人应该是……这时，他看见了一个一袭黑衣、行色匆匆、头发雪白、眼神炯炯的老人——就是那个人了。

刘子豪相信对方也第一眼就认出了自己，因为他径直走向并不在接机人群之中的自己。

“我叫何亚博。”对方开门见山，伸出手来。

“我就是刘子豪。”他握住了何亚博的手，瘦骨嶙峋，但非常有力。

“为什么要冒险做基因治疗？黑娃儿根本没有病！”老人说，目光锐利得像刺刀。

“和常人不一样，就叫有病。”他针锋相对地说。

“有病无病我比你清楚。带我去看黑娃儿。”

黑娃儿和陈富贵目前住在市肿瘤医院特护病房里，所有费用暂时由刘子豪医生垫付。此前，陈富贵从包工头那儿得到了剩下的全部工钱。大老板原本想只发八成的工钱，因为房价下跌，他的收入减少了许多，但现在他发了慈悲心，按照工资条，扣除平时预支的，给每个农民工发放了足额的工钱。

刘子豪把何亚博介绍给陈富贵，说是外地来的医生，专程过来看黑娃儿的病。何亚博一下子握住陈富贵的双手，激动地说："辛苦你了。带这孩子，不容易啊。"

一句简单的话，竟惹得陈富贵落泪。

何亚博又去看正坐在病床上玩耍的黑娃儿。他仔细看了黑娃儿的脑袋，捏了捏黑娃儿的手臂和小腿，摸了摸黑娃儿的肚子。黑娃儿好奇地盯着他，然后努力地把食指放进嘴里吮吸。"发育得很好啊。"何亚博最后总结说，然后问，"生过病没有？"

陈富贵赶紧回答："没有，从来没有。连感冒都没有。"

"嗯。"老人满意地点点头。

他又问了一些事情，比如黑娃儿平时吃些什么？每天要睡多长时间？大小便是什么颜色？陈富贵都一一做了回答。在此期间，刘子豪拿出手机给陈富贵和何亚博照了一张相。对于未经允许的拍照，老人表现出一丝愠怒，但很快抹去了。

八

回到刘子豪的办公室，主客分位置坐下。

何亚博单刀直入，问道："刘医生，你打算怎么做？"

刘子豪靠到椅背，好整以暇地说："这得看你打算怎么做了。如果我没有猜错，你就是黑娃儿的父亲。当然，你肯定知道，我不是说血缘上的父亲。"

何亚博眼角微微一皱："你这么肯定？"

"完全能肯定。因为黑娃儿的基因图谱太完美了，而自然演化并不追求完美。在看似完美的背后，都隐藏着种种不足，例子我就不举了，你应该明白。"刘子豪顿了一下，补充道，"只有人才追求完美。"

“刘医生，看得出你是个聪明人，而且——”何亚博抬起右手指向嵌在墙壁上的书架，“这些书也不都是摆设。相信你在肿瘤研究方面的造诣相当深厚。但是，有些时候，不，很多时候，光有聪明是不够的。”

“其实，相比治疗癌症，我对永生更感兴趣。”刘子豪赤裸裸地提示。

何亚博没有理会刘子豪，说：“给我介绍一家宾馆吧，要安静和干净的，不用太豪华。”

“医院附近就有。”

刘子豪带着何亚博走出肿瘤医院。在大门口，一个戴着墨镜、边走边打电话的年轻壮汉撞了刘子豪一下，连声“对不起”都没有说，就径直走开了，气得刘子豪要上去抓那个壮汉。“想干吗？打架啊！”墨镜壮汉气势汹汹地说。何亚博使劲挽住刘子豪的胳膊，保安也赶过来，两个人这才没有打起来。“简直是人渣！”刘子豪咒骂道，“你说这样的人渣怎么就不得癌症死掉啊！”何亚博在一旁微笑不语。

安排何亚博住下，两人一起到街边的“冷酒摊”吃午饭。一盘螺蛳肉，一盘糖兔，一盘鸡翅，一碟花生，还有两碟酱料。何亚博抬眼扫视了四周热闹非凡的用餐人，说：“现在，我也很能享受日常生活的点滴乐趣了。”说完，他埋下头，专心对付着那盘螺蛳肉。

两人东拉西扯地聊天。刘子豪试图引导何亚博说更多的事情，结果说着说着，就变成了刘子豪的自我陈述。

刘子豪讲了他高中时的灵感，讲了高考后与家人的冲突，讲了大学时发现肿瘤研究根本不是他想象的样子，讲了刚参加工作时自己的迷惘与困惑，讲了快三十岁时使命感的再一次召唤……

刘子豪说：“难道人活着就是为了有一天死掉了吗？在相当长的一段时间里，我被这个问题困住了，以至于小小年纪，就有了抑郁症的症状。这可把我的父母吓坏了，四处求医问药，也没有什么效果。后来，我的轻度抑郁症忽然就莫名其妙地好了，父母虽然不明白，但也就不再为我操心了。其实也不是没有原因的。因为我看了《西游记》，就是六小龄童主演的那个电视剧。那个时候电视台里经常放。里边是美猴王去找菩提祖师学本领，就是因为看到有猴子老死，他不甘心也有此凄惨的下场，渴望学到长生不老之术。看到这里，我眼睛一亮：原来我和美猴王的想法一样啊。后来美猴王上了天宫，奉命看管蟠桃园。电视剧里说：蟠桃三千年一开花，三千年一结果，三千年一成熟，吃了能让人长生不老，永远不死。由于数量稀少，成熟的时候，王母娘娘才会召开所谓的蟠桃大会，请各路神仙前来品尝，等级职位低的神仙还不在邀请之列。我心想：哈哈，原来长生不老的神仙就是这样来的啊。等到唐僧出场，各路妖怪为了吃到传说中能令人长生不老的唐僧肉而不断地前来送死时，我已经笑得合不拢嘴了，轻度抑郁症也就好了一大半。因为我发现，不想死的人不止我一个，而长生不老，不是不可能，只是需要找到正确的办法，找到真正的蟠桃。”

刘子豪絮絮叨叨地说着。他很久没有与人这样畅快地交谈过了。所谓“酒逢知己千杯少”大概就是这个样子吧，而何亚博只是认真聆听，偶尔插一两句，好让刘子豪继续往下说。

吃过午饭，在回家的车上，刘子豪静下心来，反思这半天的事情。他发现自己还是把事情，或者说把何亚博想简单了。他以为只要自己一问，何亚博就会把他的秘密吐露出来。然而事实给了他一记响亮的耳光。

问题出在哪里？他思忖着：一开始何亚博非常着急。为了阻止我治疗黑娃儿，他只能把他的秘密说出来。但见过黑娃儿之后，他放松了下来。然后，他听我暗示知道他的秘密，他就完全放下心来。因为他认定我不会治疗黑娃儿，因为我知道黑娃儿有秘密，而不是有病……

想到这里，刘子豪释然了：何亚博没有离开，这事儿还有希望。我得想想办法，怎么样才能探听出他的秘密，关于永生的秘密。

回到家，刘子豪马上打开笔记本电脑，查找何亚博的资料。何亚博这个名字太普通了，网上一大堆同名同姓的，看了几十页，也没有一个是他要找的。还好，刘子豪早有准备。何亚博看望黑娃儿时他拍了照片的。他把手机里的照片传到笔记本电脑里，将照片里何亚博的头像截取出来，又在浏览器上打开了图片搜索引擎。这种搜索引擎不是用关键词搜索的，而是用图片进行搜索。刘子豪把何亚博的头像上传到图片搜索引擎，一点击搜索，引擎就开始在浩瀚无边的网络世界里搜索与那张何亚博头像相近的图片。

相似度百分之九十的时候，搜索引擎没有找到任何结果。百分之八十的时候也只找到几张完全不相干的图片。刘子豪狠一狠心，将相似度降到了百分之六十。这一回，出来好几千个搜索结果，大部分结果与这个何亚博无关。在翻看了十多页之后，刘子豪开始怀疑自己这样做是否有意义。就在这时，一张图片引起了他的注意。刘子豪点开那张头像的相关链接。链接里是公安部的网上追逃名单。这名通缉犯叫钟扬，头像比现在的何亚博年轻许多，但无疑就是年轻时候的他。罪行介绍很简单：涉嫌数千万元的诈骗。

难道这就是何亚博的秘密？

就在这时，电话响起来。

“喂，刘医生吗？”是何亚博的声音。

“我是。”刘子豪答道。

何亚博说：“明天上午十点，我去你办公室，有非常重要的事情给你说。”

“好。我在办公室等你。”

刘子豪挂掉电话，盯着笔记本电脑屏幕上那张钟扬的通缉令，疑惑不已。

九

次日上午十点，通缉犯何亚博（钟扬）准时出现在刘子豪的办公室。

“你终于来了。”刘子豪坐到椅子上，顺势一靠，把双手放到后脑勺上，“我已经知道你是谁。你原来的名字，还有你做过的事，你所有的秘密。”

“哦，是吗？”何亚博并不吃惊，只是淡淡地回应，好像早就猜到了这一点。他随即也淡淡地问：“那你也知道黑娃儿‘先天性幼态持续综合征’——这病名取得真拗口——的秘密？”

“这个还需要你来告诉我，假如真的有这样一个秘密，并且你知道。”刘子豪大声回答，脸上露出诡异的笑容。那笑容明白无误地告诉刘子豪：如果你不告诉我你的秘密，我可是会毫不犹豫地举报你的哟。

“你真想知道？”何亚博反问，“就不怕知道了这秘密，你要付出高昂的代价？”

何亚博脸上的表情意味深长，仿佛洞悉一切，“宇宙的真理尽在我的掌握之中”。有那么一小会儿，刘子豪想到了那位高中生物学老师，但他很快从往事的泥淖中解脱出来。“凡事都有代价，就看结果值不值了。我真想知道那秘密。”他说，继而又补充道，“再高昂的代价我也能承受。”

“那就把陈富贵叫过来。”

“为什么呀？关他什么事？他又听不懂！”

“以前我也是这样想的。但经过一些事情之后，我不这样想了。事实上，作为黑娃儿的养父，这些事情，他比你有资格知道。”

陈富贵进来了。刘子豪招呼他坐下，对他说：“老陈，给你说个好消息。先前报社来电话，说给黑娃儿的捐款已经超过五十万。

等一会儿，我陪你去一趟报社，你自己去也行，办个手续，把钱领出来。”

“刘医生，你真是个好人。这下黑娃儿有救了。”

陈富贵的高兴溢于言表，嘴都合不拢了。五十万对刘子豪来说，不算是个大数目，他这辈子还没有遇到过缺钱花的时候，所以他无法理解陈富贵现在那种单纯至极的快乐。不过想到孩子，高兴是应该的。刘子豪指了指何亚博，说：“今天找你来，还有一件事情。何医生有话对你说。关于黑娃儿的来历。”

何亚博说：“我准备讲个故事，你也听听。和你关系很大。不懂的地方，随时向我发问。”

刘子豪偷偷扫了一眼藏在办公桌下边的录音设备，一切正常。

“人为什么会得癌症？”何亚博问道。

几个答案在刘子豪心里转悠，他拿不到主意到底哪个答案才是何亚博想要的。

“吃了什么会导致癌症的东西吧？”陈富贵小心地答道

这时何亚博已经自顾自地说下去了：“每个癌症患者都会有自己的答案。归纳一下不外乎三点：其一，吃了什么导致的，包括瓜子、泡菜、腊肉，还有抽烟喝酒；其二，做了什么导致的，比如长时间熬夜，或者昼伏夜出，晨昏颠倒；其三，遗传了什么导致的。但这些都不是得癌症的根本原因。根本原因在于：细胞里既有原癌基因，也有抑癌基因。

“人能够存在、活着并长大，就在于原癌基因与抑癌基因的通力协作。原癌基因使人体细胞不停分裂，不停地吸收养分长大。人出生时约有一百万亿个细胞，成人则约有一千六百万亿个细胞。而抑癌基因使这一个细胞增殖的过程变得可控。细胞什么时候分裂，分裂多少次，吸收多少养分，长多大，什么时候消亡，一切都有序地进行。

“然而，受到外界因素——物理的、化学的、生物的——影响，还有基因本身在复制过程中的差错，会使原癌基因发生突变，不受抑癌基因的控制，或者抑癌基因失去活力，导致无法控制原癌基因，最后的结果都是细胞无限制地分裂，无限制地从周围环境吸收养分，无限制地长大，这就是癌变，癌症发生的最根本原因。老陈，你懂了吗？”

陈富贵说：“原癌基因就像油门，抑癌基因是刹车，我这样理解，不知道对不对？”

何亚博笑笑：“非常准确。开车的时候，不管是油门出问题还是刹车出问题，都会出大问题。细胞分裂时也是如此。”

刘子豪感叹道：“细胞每一次分裂都有癌变的可能，而人体的细胞每分每秒都在进行。因此，每一个活着的人都是潜在的癌症患者。这个结论非常可怕，然而却是真实的。”

“但是，”何亚博说，“每一朵乌云都有一道金边。癌变虽然可怕，却隐藏着人类长寿乃至永生的可能。”

刘子豪抢道：“这个我也想到了。让普通细胞拥有癌变细胞的端粒酶，这样，细胞分裂时受损的端粒就能得到修复，细胞也就能无限制地分裂下去。然而，在具体实验中，得到端粒酶的普通细胞会迅速癌变，进而杀死实验的小白鼠。我一直没有找到克服的办法。”

何亚博自信十足地说：“我找到了。”

刘子豪急忙收敛心神，像个小学生一般专心致志地聆听。

十

“对死亡的恐惧与生俱来。我很小的时候就琢磨着怎么样才能长生不老。开始尽是些荒诞不经的幻想，后来我知道了海弗利克极限，知道了端粒和端粒酶，知道了癌细胞无限制地自我复制。”

“那是什么？”陈富贵问。

何亚博就这几个名词简单做了解释，然后接着说：“我发现，不管是长生不老，还是长生不死，都可能永远是神话，而大幅度地提高个体寿命——也就是长寿——这事儿在科学上并非完全不可能。因此，我把大半辈子的时间都投入到了长寿的研究之中。”

“后来呢？”刘子豪迫不及待地追问。

“我失败过无数次。”何亚博继续讲道，“最初我希望把癌细胞的端粒酶移植到正常细胞上，这样正常细胞也能无限制地分裂，然而就像存在某种诅咒，不管我怎么做，那些正常细胞最终都会发生癌变，不可避免地死掉。当我意识到重启正常细胞的无限制分裂能力始终会启动癌变机制之后，研究停滞了很长一段时间，直到十年后，我才终于获得了成功。”

何亚博说，他当然不是在自家小院里完成研究的。最初他在一家国家级肿瘤研究所工作，可领导总觉得他的研究没有前途，一再地打压他，要他把精力放在肿瘤治疗上。一气之下，何亚博辞职不干了。何亚博找到了表哥，后者现在是个房地产老板，在房地产风起云涌那几年，赚了个盆满钵满。何亚博把自己的想法告诉了表哥，表哥一口答应下来，投资开办了一家名叫“彭祖秘药”的公司。这家公司主要向中老年人售卖各种延年益寿、包治百病的药物与治疗仪，而何亚博是公司的首席科学家，国家级肿瘤研究所的经历为他增添了不少名气。

“私营企业的好处就是监管少，没有什么禁忌。就是在‘彭祖秘药’的实验室里，我完成了长寿研究的最后阶段。谁料，市场风云变幻，表哥在股市上吃了大亏——那个时候股市断崖式跌落，每天蒸发的市值相当于一个小国的GDP——就急着从我的研究成果中捞回血本。必须承认，如果当时能更谨慎一点的话，事情就不会那么快恶化，而我就不会是现在这个样子了。

“我们在亿万富豪群里散布长生不老研究成功的消息。我告诉他们，‘彭祖手术’——为了吸引眼球我表哥取的名字——能够使他们的孩子活到一千二百岁。这手术其实是针对父母的精子和卵子的，通过极为精细的调控，使受精卵在分裂之后依然长期保有端粒酶，于是，在身体中的各个器官发育成熟的同时，细胞可以不受海弗利克极限的限制，无限制地分裂，又不会发生癌变，人体长寿的目的就此达到。

“许多富豪把我们视为骗子，‘彭祖秘药’在业内的口碑可不怎么好。也有富豪表示出兴趣。他们参观了‘彭祖秘药’的实验室，提出各种问题，有的问题很幼稚，有的却很要命。为什么是活到一千二百岁，而不是永远活下去吗？答案是：因为除了海弗利克极限，大自然还给生命设置了其他限制，比如哺乳动物的心跳总次数。不是说细胞可以无限制地分裂吗？一千二百岁，是现有医学技术的极限，也许八百年后，会出现新的医学艺术，突破一千二百岁的限制也不是不可能，但首先你得先活到八百年后。新的问题又来了：可是，生一个能活一千二百岁的儿子对我自己有什么好处？答案是：这是你的骄傲啊，你的全部资产也有人继承了，还能写进史书，某某某是世界上第一个‘彭祖婴儿’的父亲，一个智者，一个勇敢的人，长寿时代的开启者。诸如此类的问答。

“‘彭祖手术’对富豪本身的寿命没有延长作用，多数富豪在知道了这一点后对‘彭祖手术’不再感兴趣。三个富豪经过我们反复的游说后动过心，但最终缴纳定金、参与实验的富豪只有一个年轻人。

“一个小小的巧合，这个年轻人和著名的长寿人物彭祖一个姓。他出生在一个煤老板家里。二十岁出头的时候，父母死于车祸，他年纪轻轻就继承了亿万家产，花天酒地对他来说，不过是最低级的享受。也许是无聊，想找点新鲜事做，在知道了‘彭祖手术’后，他就像知道了海外有仙山的秦始皇一样狂热。下边就叫他彭公子吧。

“‘彭祖手术’本身很成功，我敢百分之百肯定。精子和卵子分别来自彭公子和他的模特儿女友。一切顺利，十个月后，孩子降生了，是个健康的男孩。彭公子高兴得要发疯，他高兴地缴纳了余款，抱着孩子回了家。我表哥得了钱，马上张罗着开新的公司，挣更多的钱。

“实际上，这次手术是第一次手术，此前只在小白鼠身上做过。按照标准试验程序，至少还要在灵长目动物身上多次对照试验，可是我没有时间也没有资金了。我只能冒险。上天垂怜，我成功了，第一次手术就成功了。”

说到这里，何亚博停了一下，似乎在重新体验当时的辉煌感受。

“现在回想起来，当时太过顺利了，顺利得不正常。所以，后来就出事了。六个月后，彭公子找上门来，说孩子不会长大，‘彭祖手术’失败了，要我们退款，要我们赔钱。这突如其来的打击让我和表哥措手不及。钱已经用出去了，退是不可能的了，而彭公子已经发动黑白两道来找我们的麻烦。他不但想要我们的钱，还想要我们的命，根本不听我们的任何解释。事实上当时我根本就不知道孩子为什么长不大，手术明明是成功的。我能怎么办？死、坐牢，都不是我想要的，我只能逃跑了。于是，我就成了通缉犯。”

何亚博停住了演讲。

“那个小孩就是黑娃儿吧？”陈富贵小心翼翼地问道。

“没错。”何亚博说，“五年前孩子出生。你是在三年前捡到孩子的，时间上对得上。我猜，也许是彭公子觉得孩子是个怪物，也许是其他我不知道的原因，反正，孩子被丢弃在垃圾场，被你捡到了。为什么是你而不是别人捡到，我只能称之为缘分。”

“黑娃儿的病治得好吗？”

何亚博说：“黑娃儿没有生病。他的身体健康着呢。起码，比在座的各位健康得多。不出意外的话，他也会比历史上的任何人活得长。”

陈富贵追问：“可是他长不大啊，三年了，商业中心都修好了，他还是老样子。”

十一

“在逃亡的过程中我一直在想这个问题，想了很久。后来我终于想明白了。”何亚博说，“正如刘医生所说，凡事都有代价。非常之事，必有非常的代价。活一千二百年，正是非常之事。”

“你是说……”刘子豪思忖着。

何亚博道：“黑娃儿长不大的原因其实很简单。虽然黑娃儿的细胞可以无限制地分裂，但他并不会如吃了蟠桃一般，长生不老。还有别的生命法则限制着他的寿命。他也会老，也会死，按照我的计算，黑娃儿可以活一千二百岁，但长寿的同时也使他的生命速率极低，生长发育极为缓慢。换句话说，长得慢不是因为手术失败，长得慢恰恰是手术成功的标志。你看，凡是长寿的动物，哪一种不是长得很慢？而生命周期短的动物，无一不是生长速度极快的。”

刘子豪心中一颤，问道：“慢到什么程度？”

“根据我的计算，正常人的婴幼儿时期只有三年，而黑娃儿是三十年。”

刘子豪吃了一惊：“但是——也对，这就是为什么黑娃儿心跳五六分钟才一次的原因，生命速率低。然而，为什么黑娃儿的胎儿期是正常的呢？还是十个月，而不是相应地放大成十年。”

“也许跟子宫的内环境有关。具体原因还需要研究。”何亚博转向陈富贵，问道，“你今年多大岁数呢？”

“四十六岁了。”

比刘子豪猜测的年轻多了。他不禁扫了一眼这个面目黧黑、满脸皱纹的农民工。他一直以为他有五十多岁，甚至六十岁。然后，他把注意力转移到何亚博身上。何亚博才是此时问题的关键。

何亚博说：“你养黑娃儿养了三年，黑娃儿只有极小的变化，几乎可以说，没有长大。但我可以明确地告诉你，当你七十六岁，养黑娃儿养了三十年的时候，黑娃儿还只是正常人三岁时的样子。你能接受这个现实吗？”

“这是真的吗？”陈富贵嗫嚅着。

“真的。”

刘子豪看到陈富贵埋下头，沉默不语。这个消息，对他而言，未免太过沉重了。刘子豪想：黑娃儿的婴儿期就长达三十年，童年期又该多长呢？一百年？陈富贵肯定活不到那么久，那个时候黑娃儿也就像十一二岁的少年，那么谁来照顾黑娃儿？照此计算，黑娃儿长到成年需要二百年，已经是二十三世纪的事儿了——说不定那时人类已经遍及整个太阳系了——更不要说后面长达八百年的成年期了。至于活到一千二百年，已经是不敢想象的事情了——那时已经是三十三世纪了。那时候我在哪里？恐怕早就化成灰了，甚至连灰也没有了吧。

想到这里，刘子豪心底不由得生出一种恍惚感与无力感。面对漫长的时间长河与短暂的生命，他生出了强烈的敬畏之情。

陈富贵忽然起身。“我去看黑娃儿睡醒没有。”他逃跑一般地匆匆离开。

何亚博看着陈富贵远去的背影，对刘子豪说：“这下你该明白，我为什么说陈富贵比你有资格听黑娃儿的秘密了吧。”

“这是一个艰难的选择。”刘子豪若有所思。

黑娃儿的亲生父亲选择了放弃，将黑娃儿丢到了垃圾场。陈富贵又将做何选择呢？中国人常说“养儿防老”，意思是年轻时养个儿子，年老的时候就有个依靠。然而陈富贵养黑娃儿，且不说几十年的费用与辛苦，单是陈富贵老了，黑娃儿却还是个生活不能自理的幼儿，这个事实就让绝大多数人绝望。那么，陈富贵会做什么样的选择呢？选择放弃，还是……

何亚博说：“刘医生，希望你能把所有的捐款都给陈富贵。不是为了治病，而是为了短期内他有足够的钱抚养黑娃儿。”

“陈富贵好像还没有同意继续抚养黑娃儿。”

何亚博很自信地反问：“你觉得他也会丢掉黑娃儿，就像黑娃儿的亲生父母一样？”

刘子豪想了想，说：“我不知道。”

“我知道。”何亚博说，“你看陈富贵的眼神，你也会知道的。”

刘子豪想起了清扫大楼后一身是灰的陈富贵，唯一能看出那是一个活人的地方就是他的眼睛。是的，那双眼睛说不上炯炯有神，甚至有些懦弱，但非常坚毅、执着。这个人认定的事情，一定很舍得付出，绝不会轻言放弃。

刘子豪微微点头：“对。”

“刘医生，你是有钱人，很难体会穷人的感受，理解穷人的想法。”何亚博说，“以前我也是这样。成了通缉犯后，我不得不和社会最底层的人打交道。他们确实有这样那样的毛病，但我也发现了他们不可计数的闪光点。”

刘子豪沉吟道：“何医生，我还有一个问题。你说了很多事情，但最关键的一点你却没有说。你到底是怎样让受精卵保持无限制分裂的特性而不癌变的？”

“确实是关键性的问题。不过——”何亚博双手一摊，“当初逃跑的时候，我销毁了所有的实验器材和实验资料。你觉得我能记得所有的数据吗？”

十二

回到宾馆，吃过午饭，何亚博躺到床上，心思却停不下来。此前，他花了很长时间才说服自己，把黑娃儿的秘密说出去。然而现在他依然不敢肯定，自己这样做是否正确。

这样的犹豫不决五年前他也经历过。

那个时候，彭公子认为自己花钱买了个怪物，派几个流氓砸了实验室。何亚博——那个时候他还叫钟扬——和表哥缠着绷带，并排坐在实验桌上，四周一片狼藉。钟扬低头不语，表哥狠命地吸着烟。

良久，钟扬闷声问："怎么办？"

表哥把烟头扔到地板上，使劲儿用脚踩灭。"还能怎么办？活人还能让尿憋死？逃，逃到天涯海角。老子才不会留在这儿等死。"他愤恨地说。

钟扬望着表哥脚下的冒着最后几丝烟的烟头，感觉自己就像那烟头，就要耗尽所有的生命了。

表哥没能逃走。一起车祸，司机超速，撞上高速公路的护栏，表哥不治身亡，后来的新闻这样说。看到这个新闻时，钟扬还在家里犹豫要不要逃走。毕竟，逃走意味着放弃现有的一切。表哥的死，让钟扬下定了决心。找人伪造了一张身份证，坐上了开往外省的长途汽车。记得长途汽车发动的时候，他抽出钱包里的身份证，那上面印着一个陌生的名字——何亚博。他提醒自己：我不再是钟扬了，从此以后，我是何亚博，何亚博，何亚博。

他隐姓埋名，流亡了五年。

生不如死的五年。

年纪不算大，可头发全白了。

今天能一口气把所有的秘密都说出来，他感觉前所未有的舒畅，可还是有什么不对的地方。

——刘子豪。

刘子豪对于成功的渴望固然值得赞赏，然而，一旦这渴望蒙蔽他的良心与理智，他也可能干出什么伤天害理的事情。

——还有彭公子。

表哥滴酒不沾，哪里会醉酒驾驶，那场车祸显然是彭公子的爪牙干的。刘子豪炒作黑娃儿患了"先天性幼态持续综合征"，目的是把我引出来，假如彭公子也知道了这件事，他会怎么做？花钱买了个怪物不过是伤了他的面子，睚眦必报的他就干出那么多事，遗弃婴儿却是实实在在的犯罪，那他……

“不行！”何亚博从床上坐起来，“必须把黑娃儿送走。”

何亚博来到市肿瘤医院找到陈富贵。幸运的是刘子豪不在。“老陈，马上给黑娃儿办理出院手续。”何亚博劈头就说。

陈富贵抱着黑娃儿，说：“中午刘医生才把我带到报社，签字领了五十五万，黑娃儿的医疗费。五十五万，这辈子我都没有见过这么多的钱。”

“这钱就拿给你养黑娃儿，”何亚博说，“赶紧去办出院手续。”

“何医生，那黑娃儿的病……”

“黑娃儿根本没有病，”何亚博生气地说，“相信我，我不会害黑娃儿的。我比任何人都希望看到黑娃儿长大成人。”

“我相信你，何医生。你和刘医生一样，都是好人。”

“既然相信我，那就去办出院手续。”何亚博说，“把黑娃儿养大，辛苦的事儿还在后面。”

陈富贵说：“我老了就让我女儿接着养。”

何亚博原本以为办出院手续会很麻烦，因为没有主治医生刘子豪的签字，谁想却出人意料的顺利。陈富贵对值班护士表示感谢，感谢她把刘医生这样好的医生介绍给自己。年轻的值班护士欲言又止的神情，让何亚博猜想其中必定有什么隐情，但他没有时间管这个了。办完手续，他急匆匆地把陈富贵送到高铁站，帮助陈富贵买好票，又送陈富贵和黑娃儿上了车，这才放下心来。他坐上出租车，优哉游哉地回了宾馆。

这几年里，何亚博的神经绷得比弓弦还紧，好久没有体会这种无牵无挂的舒畅感觉了。他深信，自己没有做错。

出租车在宾馆附近停下。何亚博付了钱，下了车，望向宾馆大门，琢磨着是先回宾馆，还是先去找刘子豪——毕竟有些事情必须和刘子豪交代。这时，天色已晚，华灯初上，城市立刻变了模样。

何亚博想：就和刘子豪喝两杯，再聊聊那些关于蟠桃的疯狂的想法，不也是很好吗？

做出了决定，何亚博心情愉快地走向市肿瘤医院。突然，他感到异样，扭头时瞥见了紧跟着的墨镜壮汉。虽然壮汉从何亚博身边径直走过，但他依稀觉得这壮汉在附近出现了很多次了。对了，在肿瘤医院门口，差点和刘子豪打架的就是这个戴着墨镜的壮汉！他在跟踪我吗？

何亚博紧张起来，举目四望，这是一条比较僻静的街道，找不到可以求助的对象。墨镜壮汉突然现身，拦住了他的去路。何亚博转身就跑，被墨镜壮汉抓住了手臂。

墨镜壮汉恶狠狠地说："彭老板要我杀了你。"

何亚博哀号道："我都逃亡了五年了，他还不肯放过我！"

"有钱人多少有些怪癖，彭老板就是特别记仇。"壮汉说，"不过，我们之间倒可以做一笔交易。"

"什么交易？"

"把'彭祖手术'的秘密告诉我，我就放你一条生路。"

"'彭祖手术'的资料全部被销毁了。"

墨镜壮汉嘿嘿一笑："这事儿你能骗过那个姓刘的医生，却骗不过我。跟踪你们好几天了，你一下飞机我就开始跟踪你们了，你们的对话我全都听见了。'彭祖手术'这样重要的事情，是你一辈子的心血，你会销毁全部资料？我不相信。"

墨镜壮汉从靴子里拔出了闪亮的匕首。

何亚博盯着匕首，心惊胆战地说："就算有资料，我也不可能全部记住啊。"

"那资料在哪里？"

"在宾馆里。"

"带我去拿。不要耍花招，我下手从不留情。"

墨镜壮汉晃晃匕首，松开何亚博。何亚博哆哆嗦嗦地整理了一下衣衫，忽然朝前猛跑。

墨镜壮汉骂了一句，握着匕首追了上去。

十三

“彭祖是个长寿的人，活了八百岁，丧四十九妻，失五十四子，犹自悔其不寿。此翁大概是半人半仙，如是人，竟能活八百岁，可说是长寿；如是仙，活了八百岁，还觉没活够，又不得不死。”

刘子豪从笔记本电脑前醒来，屏幕上还显示着这段话。整个下午，刘子豪请了假，在家里反复听上午的录音，再在网上搜相关资料，后来扛不住睡了一小会儿。

他使劲儿揉着眼睛，因为长时间看电脑屏幕，眼球酸涩得像生了锈。眼泪涌了出来，眼球得到了滋润，感觉好多了。刚才好像做梦了。梦见了什么呢？他眨巴着眼睛，努力回想：

——我扒开草丛，把一颗黑色的种子丢进土里。只一小会儿，种子就生根发芽。嫩绿的小树以一种近似于疯狂的形式生长着。绿色渐渐变浓，进而变成黑色。树干越来越粗壮，长出更多的枝叶。

——花开了，黑色的，以一种溃烂的方式展开。

——我抬头，看见树上的花已经谢了，结出一个个黑色的桃形果实。毫无疑问，那是传说中吃了可以与天地同寿的蟠桃。然而，仔细看，那蟠桃分明是一个个哭泣着的娃娃。

——我走上前去，摘下了一个蟠桃娃娃，抱在怀里。那个娃娃和黑娃儿一模一样。

刘子豪眯缝着眼睛，瞄着屏幕上有关彭祖那段话，心想：这就是代价，长寿的代价。长寿是要付出代价的，成功也是。非凡的成功，需要非凡的代价。我还没有成功，是因为我没有付出相应的代价。

看看时间，快七点了。今天该他值夜班。和往常一样，刘子豪洗脸、换衣、吃饭，然后上班去了。

他迟到了半个小时。没关系，他不在乎。在办公室待了片刻，护士来找刘医生去查房。刘子豪照例去病房转了一圈，解决了一堆鸡毛蒜皮的事情，最后心情郁闷地回到了办公室。

好像有什么事情——极其重要的事情——忘了做。刘子豪莫名其妙地惴惴不安。追忆片刻，他想起了，特护病房还没有去看。他立刻来了精神，大踏步走向特护病房。

走进特护病房，似乎一切正常。然而，正常得近乎不正常了。因为特护病房里没有人。没有陈富贵，更没有黑娃儿。

所有的惴惴不安都找到原因。

刘子豪发出一声凄厉的尖叫，狼嚎一般。

"他们，那小孩，去哪里了？"刘子豪冲特护病房的护士大喊。

"出院了！"护士小心翼翼地回答，"他们出院了，黄昏时办的手续。"

"什么？未经我的同意！你让他们出院啦！"

"又不是我办理的，冲我发什么火呀。"护士小声嘀咕，"前台说他们缴清了费用的。"

"白痴。"刘子豪切齿地骂道。

刘子豪丢下护士，迈开大步，向外奔跑。他必须抓住黑娃儿，黑娃儿是世界上第一个能活到一千二百岁的人，他要从黑娃儿身上挖掘出他全部的秘密。如果陈富贵敢阻止他，他会毫不犹豫地杀了陈富贵。谁敢阻止他，他就会杀了谁。他还要把黑娃儿留在身边，留在家里，谁也不能带走。别人问起，就说是我的私生子好了，他胡思乱想着，还有那个何亚博，我要把他抓起来，问他，严刑拷打，问出他所有的秘密。

刘子豪冲到前台，厉声喊道："谁给陈富贵办理的出院手续？"

"我。"值班护士直言不讳。

"你胆子不小啊，没有我的签字……"

刘子豪的咆哮引来周围所有人关注的目光。值班护士也不示弱，说道："刘医生，够了，别闹了。没见这里这么多人吗？"继而，她压低声音说："陈富贵是我推荐给你的。我瞧出那婴儿根本没病，推荐给你，就是想看你怎么从一个没有病的婴儿身上找钱。这原本是个恶作剧。谁想你居然想出了什么'先天性幼态持续综合征'，还号召大家捐款。我总算明白了，为什么大家都说你是'钱医生'，眼里只有钱了。"

"钱医生"？刘子豪心中"咯噔"一声，又是愤懑又是哀怨地想：原来我还有这样一个绰号？原来我在大家的心目中是这个样子的！原来……

就在这时，浑身是血的何亚博突然从肿瘤医院大门冲了进来，他身后紧跟着一个墨镜壮汉，那壮汉手里握住一把闪亮的匕首。何亚博踉跄了几下，倒在了地上，墨镜壮汉举起匕首就刺。周围一片尖叫声，刘子豪冲上前去，不顾一切地伸手抓住了壮汉的匕首。壮汉咆哮一声，一拳擂在刘子豪的脸上，将他打倒在地。这时，四个医院保安手执警棍冲了出来，墨镜壮汉见势不妙，撒腿就跑。

刘子豪挣扎着爬起来，冲围上来的护士喊："快，准备救人！"

十四

四周一片忙碌。何亚博后背重伤，趴在病床上，用尽全身力气，拉住了一个护士的手，"去，叫刘医生，刘子豪医生，过来。我有话说。"

护士匆匆找到正在包扎手的刘子豪，转述了何亚博的话。刘子豪急忙来到何亚博身边。

刘子豪说："何医生，不要着急，手术马上开始。"

何亚博说："不着急。你刚才真勇敢。"

"小事一桩。"

"我有个秘密要告诉你。"何亚博喘着粗气，"虽然才认识两天，可我看出来了。你游走在善与恶之间，就像细胞里既有原癌基因也有抑癌基因一样，既能做善，也能造恶。正常时做善，异变时造恶。至于是做善，还是造恶，取决于环境和你自身的努力。”

“世间的人和事，大多数都是这样。”

“对。可惜，‘彭祖手术’的资料确实全部销毁，很遗憾。当时我吓坏了，彭公子的所作所为让我对‘彭祖手术’的推广前景无比恐惧。我所想到的任何一个未来，都比地狱还要可怕。”何亚博喘着粗气，感慨道，“活到一千二百岁会给我们这个社会带来些什么？富人有钱给自己的后代做手术，那穷人怎么办？那些能活到一千二百岁的富二代、富三代、富四代又将干些什么事情呢？所有的社会资源都掌握在一批老人手里，年轻一代根本没有出头之日！整个人类社会牢牢固化，失去一切活力，也失去了进一步发展的可能。整个人类可能因此走向灭绝。”

“你太悲观了。”刘子豪说，“畅想未来，却只想到它的阴暗面。”

“我不是悲观……”何亚博呼吸急促起来，“然而，从陈富贵身上，我看到了某种希望。资料虽然销毁了，但我记得我是怎样找到让受精卵永远拥有端粒酶而不会促发癌变机制，并且同时人体还会正常发育的。”

刘子豪说：“告诉我。”

“我会告诉你的。我也不希望这个秘密跟着我进坟墓。这是我一辈子的骄傲啊。”何亚博艰难地说，“我研究的不是普通癌细胞，而是海拉细胞。”

刘子豪眼睛一亮：“海拉细胞！”

何亚博说：“希望你走的路比我顺利。”

急诊手术准备好了，护士过来，把何亚博推进手术室。刘子豪目送何亚博进去。

那天晚上，何亚博没能活着从手术室出来。他与刘子豪的对话，成了他最后的遗言。

十五

刘子豪在网上下载了一份“海拉细胞使用申请表”。

一九五一年二月，美国黑人海里埃塔·拉克丝被诊断出患有宫颈癌晚期。她接受了肿瘤切除手术，但八个月后，她还是死了。著名癌症研究专家乔治·盖研究了来自拉克丝子宫内的癌变细胞。他惊讶地发现，这正是他花了近三十年时间寻找的东西。大部分的癌细胞在实验室环境下很快就死亡了，少量存活下来的也不会繁殖。然而，海拉细胞截然不同。它是人类发现的第一个可以无限制分裂的细胞株，第一个可以繁衍出无数个子细胞的“细胞之母”，第一个可以永远不会死亡的细胞。乔治用“海拉”——由拉克丝的姓和名的首字母组成的词，来命名这组细胞。

已经没有办法知道今天究竟活着多少个“海拉细胞”。一名科学家估算说，如果可以把所有的海拉细胞堆起来的话，它们可能重达五千万吨。另一名科学家估计，如果将所有的海拉细胞从头到尾排列起来，它们可以绕地球至少三圈。

只要是做过肿瘤研究、生物实验，或者养过细胞的科研人员，大都接触过海拉细胞。它被复制、销售、购买、打包、运往世界各地的实验室。海拉细胞帮助科学家实现了人类科学史上一些最重要的医学突破：化学疗法、克隆、基因组、人工授精，等等。数万篇基于海拉细胞的论文得到发表，更有近十个诺贝尔奖是基于对海拉细胞的研究。

所有活着的人或多或少都受益于海拉细胞，而他们对此毫不知情。无数科学家正在继续使用海拉细胞以期攻克人类未攻克的难题，如癌症、艾滋病、辐射伤害、毒性问题，等等。

谁会知道，海拉细胞还隐藏着人类长寿的秘密？刘子豪在申请人一栏上写下了自己的名字。何亚博知道了，现在我也知道了。

希望我比何亚博幸运，他这样想到。

在填写用途一栏时，他犹豫了一下。对于“彭祖手术”普及之后的社会，何亚博有一个可怕的预想：富人活一千二百岁，而穷人只能活一百二十岁，富人牢牢地控制着穷人的一切。那样一个未来，比地狱还可怕，甚至可能导致全人类的灭绝。可事实真的会这样吗？

两天前，刘子豪向《城市日报》的指定账号转了五十五万元，并通过报社告知捐款者：黑娃儿治疗无效，已经去世，所有捐款退回。后来，有捐款者建议：所有捐款根据捐款者的意愿，愿意退的退，不愿意退的可以成立一个慈善基金，用以资助别的像黑娃儿这样不幸的孩子。听到这个消息时，刘子豪心中一热，感觉消失已久的良心又回到自己的身上。这种感觉很好，他深信，这一次自己没有做错。

刘子豪凝神在用途栏填下了“长寿”两个字。

未来会如何，是蟠桃，还是癌症，等我把它创造出来再说。

外面的宇宙 / 谢云宁

具有意识的生命体的观察，使得充盈于宇宙各处缥缈的暗能量蜕变成了实在的物质，而暗能量的不断消融则意味着终有一天宇宙整体将向回坍缩。观察者即参与者，我们的观察参与构建了宇宙的历史。

再见哆啦A梦

引 子

“梦想者”仍在向着前方无穷尽的未知突进。

此刻，他已抵达了银河系的边缘，这里的景致远比银河系中心来得荒凉空洞，稀薄的星际气流弥散着暗淡而苍白的光亮，一团团阴冷巨大的暗物质云盘桓其间，缓慢而肃穆地旋转着，宛如矗立在银河星系畔苍老而嶙峋的界石。

在他目光所及、飞速掠过的星域中，那些稀疏的、形态各异的古老星辰，在与他目光接触的一刹那，便会从原本混沌、模糊、缥缈的状态中剥离，遽然显形……这一切恍如急遽摇曳在波光粼粼水面上的破碎倒影，在汹涌起伏中逐渐平复，最终定形。从某种意义上讲，是他目光激起的涟漪勾勒出了这些星辰的面貌，进而造就了历史。

就这样，银河系最后的光亮回旋着，环绕着“梦想者”，但他没有停驻片刻，而是加速飞离了银河系。

渐渐地，银河系的力场远去了，但他能感受到，身后牵掣着自己的那个柔和的力场正在以一种不易察觉的速度增长。噢，那是整个银河系的能量正如冰川般迟缓地凝聚——这一发现让他既欣慰又怅然。

可是这一刻的他无暇感伤，他截住游移不定的思绪，继续飞驰于空寂的虚空之中，闪电般穿过前方一个个混沌未开的星系，面对亿万星辰，他只是匆匆一瞥……他已记不清楚自己这般飞驰了多少个世纪——漫长无尽的旅程已让他丧失了对于时间与空间的准确感觉，不过，他并未失去向前的方位感，以及那……最初的使命。

一九七九年，约翰·惠勒提出了著名的“延迟选择思想实验”：在浩瀚的宇宙中，我们认知星空的媒介即是来自遥远星辰、覆盖在各个频段的光子，这些光子穿越了迢迢星海，穿过复杂天体引力所构建的曲折迷宫，方才抵达地球大气层，被人类的视网膜以及天文望远镜捕获到。这些携带信息的光子是否与“双缝实验”的光子一样，最终抵达地球的路径也由人类的观察所决定呢？

二〇〇八年四月，约翰·惠勒在普林斯顿的家中去世，享年九十六岁。这一年欧阳初晴只有二十二岁，还在一所大学攻读理论物理学硕士学位的他，是从一份免费的地铁晨报上获知这一消息的——新闻的标题是“哥本哈根学派最后一位大师魂归量子世界”。那一刻，在拥挤的地铁车厢中，这个背挎行军包、体格瘦弱的年轻人，犹如被拥挤人流中的一股强电流穿过。他抬眼怔怔地望着车窗外飞逝的虚无的黑暗，过了良久，方才轻声地对自己说道：“老船长走了。”

上　篇

二〇一四年五月的伦敦，温布利球场，足总决赛，宇宙背景辐射温度 2.7K。

二十八岁的欧阳初晴置身在一片深红色的海洋中，他正随着四周狂热无比的球迷高举起手臂，疯狂挥舞手中的红白相间的利物浦队围巾，尽情高呼、欣喜若狂。就在一分钟前，利物浦的马斯拉德，用一脚荡气回肠的禁区外重炮轰开了曼联队守门员小舒梅切尔的十指，将场上比分扳为了一比一——此刻比赛已进入到最后的补时。

接下来，利物浦与曼联——英国足坛著名的红军与红魔——不得不精疲力竭地展开了加时赛的搏杀。不知何时起，欧阳初晴耳畔回荡起了震耳欲聋的歌声，这是利物浦的球迷齐声高唱起了《我们永远不会独行》。低沉而又充满力量感的歌声，犹如刺破乌云的纯净阳光，响彻整个温布利，“当你在风暴中前行，请高昂起你的头——”欧阳初晴也忘我地跟唱了起来，一种伟大、激越的情绪哽咽在他的喉咙。

在激昂的歌声中，三十分钟的加时赛很快过去了，两队拼尽力气，但最终，双方仍不得不接受互射点球的无奈结局。

足球场上的点球对决，残酷得如同疯狂的俄罗斯轮盘，谁也不知道哪一方会在哪一轮轰然倒地。但这一次，四轮过后双方均是弹无虚发，四罚四中。

于是比赛进到入了最关键的第五轮，此时任何的闪失都将让己队之前的努力付诸东流。曼联第五个踢点球者是摩德里奇，只见这个以脚法细腻著称、气质忧郁的克罗地亚人缓步走向了点球位，在低头沉思片刻后，缓慢助跑，挥动左脚……

足球又快又直地奔向了球门的右侧……然而，这回塞赫赌对了方向，他如一柄掷出的闪亮飞刀，提前纵身跃出，在电光石火间，用手指的最末端将来球微微推了一下。

足球急遽旋转着，偏离了初始轨道，重重地撞上右门柱内侧，弹离了门框。

在一片排山倒海的欢呼声与叹息声中，身为多年利物浦球迷的欧阳初晴呆立在了原地。不知为何，他心中并没有涌起预期之中的狂喜，相反，他感到了一丝不安。第一次现场目睹点球决胜，这稍纵即逝间、脆弱而残酷的偶然性，如此真实地呈现于他的眼前，撕裂着他的心，视野中，那个消瘦而孤独的身影，正黯然向回走着。

利物浦第五位罚球者，苏亚雷斯，面无表情地走向了罚球点。一旦他将球罚进，比赛将就此结束，象征英格兰足坛百年荣光的足总杯今年将归属利物浦，而此前摩德里奇的失误，也将成为其职业生涯一个永久遗憾。

想到这里，欧阳初晴的心止不住剧烈地跳动起来，他闭上了双眼，眼前缤纷的斑斓、人潮鼎沸的看台、夏日的金色天空，全都一一隐去了，他湿润的眼眶中，只留下阳光朦胧的碎片在震颤着；周遭的世界，则化作一种巨大而神秘的轰鸣声，紧紧地笼罩着他。

苏亚雷斯会将球踢向球门哪个方向，左上？左下？右上？右下？抑或是射向中路？种种可能性缠绕在他的想象之中，可实际上，在如此紧张的状况下，苏亚雷斯的选择更像是一次充满不确定性的赌博……

在潮水般涌起的惊呼声中，欧阳初晴恍然睁开了双眼，六比五的比分赫然呈现于球场一侧的电子显示屏上——利物浦胜出了。远处的绿茵场上，苏亚雷斯正与队友们激情相拥。

“苏亚雷斯的球怎么进的？”他侧头望着身旁兴奋得手舞足蹈的艾根——艾根是他同一实验室的师兄，苏格兰人，同样也是利物浦的死忠球迷。

“哈哈，我也说不上来，苏亚雷斯射出的足球就像我们实验中那些发生了衍射的光子，从各个方向同时穿过了小舒梅切尔。”艾根夸张地摊开双手，以他惯有的苏格兰幽默腔调高声地调侃道。

欧阳初晴微微张开了嘴，想再追问下去，但他望着重新投入到欢呼中的艾根，最终还是没有开口。他迷惑地转头朝球场望去，在球场的中央，激动的利物浦球员高举起了银光闪闪的足总杯，绚烂的礼花在空中绽放，比赛就此完美落幕……这个时刻，可怜的摩德里奇又在哪个无人角落独自品尝失败的苦涩呢？

这一切很像是他终日捣鼓的波函数方程，波动着，如浪花般坍塌……

从始至终，他都不曾知晓苏亚雷斯踢出的足球究竟是以怎样的方式越过小舒梅切尔的手指钻入球网，但他清楚最终的结果，因为结果确切无疑地凝固在了闪亮的电子显示屏之上。

位于剑桥大学卡文迪什实验室的一座绿树荫蔽的小阁楼上，正进行实验中的他还是弄不清那一簇簇光子究竟从哪一条真实的路径完成了飞翔，但是他知道，当每粒光子坠入接收者罗依的瞳孔，在她大脑神经元的海洋激起微澜的一瞬间，它们的过去就被决定了……

“欧阳，你又走神了——”一个娇嗔的声音从身旁传来，猛然将欧阳初晴从沉思中唤醒。

是罗依，她已经完成了实验，正睁着蓝眼睛望着自己，她是导师的女儿，一位个性率真的英国女孩，就读于美术系的她是来实验室客串实验对象的。“快给我瞧瞧，我的大脑究竟发生了什么变化？”罗依嚷道。

欧阳初晴忙不迭地从身旁的仪器中调出记录，这台脑成像仪通过激光分辨大脑中钙离子浓度的变化，将此前罗依观察光子流时脑细胞的活动清晰地呈现在了他们眼前。

他所进行的是著名的单电子杨氏双缝干涉实验（单电子杨氏双缝干涉实验：当一个个光子射向双缝时，透过缝之后会发生干涉现象，这意味着每个光子自身都同时经过双缝）的一个升级版本：在宽敞的实验室中，使光子产生衍射的双缝被一组错落排置的人造引力装置取代，如此一来，从激光泵出发的源源不断的单光子流，将蜿蜒前行于被强大引力源扭曲的时空——空间中重叠的引力分布决定了光子通过各条路径的概率——混沌的光子潜流与交错的重力井一同构成了一个纠结缠绕的量子系统。但对于单个光子而言，只要它尚未被观察者（罗依）观察到，就可以被认为同时从所有可能的路径穿越了空间。

闪烁的屏幕上，在最初光子尚未出发的时间里，罗依的脑细胞丛林里一片沉寂，唯有寥寥几丝光点，如同冬日夜空中的寒星，懒懒地忽闪着，但随着时间推移，光点如苏醒般渐渐地变多，不断地聚拢，并此起彼伏地闪耀，最后竟如风车般飞快地转动起来。

这一刻，罗依的大脑就如同一个群星闪耀的星系。

“天啊，我的大脑变成了一个闪光的螺旋。”罗依禁不住惊呼道。

“是的，人类的神经系统本质上也是一个相互缠绕的量子系统。就在你的目光触及由无数光子所形成的量子系统的一霎，两个量子系统形成了谐振，一种绝妙的谐振。”

“你的实验比我想象得有趣，”罗依新奇地嚷道，“我还以为只有坠入爱河的恋人才会在彼此的心灵上投下光影，激荡起涟漪，原来我们的心灵与大自然也能形成如此共鸣。”她那润湿的大眼睛闪烁出了天真的光芒。

“那也不全是，”欧阳初晴耸了耸肩，在罗依饶有兴致的目光中他感到自己的嗓子莫名地绷紧了，“应该说通过观察，我们的大脑能与那些具有不确定态的量子系统形成共振，并使其波函数陡然坍塌。不过现实中，我们恰巧生活在一个秩序井然的世界中，周遭皆是形态稳定的物体，因而无法形成宏观上的量子效应。可是，在地球以外遥远的空间中，物理形态并非物质存在唯一的形式，宇宙的绝大部分能量更可能是以辐射态存在，它们恰如一个个量子系统……”

“这又意味着什么？”

“兴许是人类的观察决定了宇宙昨日的历史。换句话说，在我们手中的天文望远镜视野未曾抵达的那部分宇宙中，或许只是充斥着无穷无尽、漫无边际的不确定态。”他急切地说道，这突来的莫名激动让他自己也感到吃惊，“我们今天的观察，对宇宙历史产生的作用就犹如去推倒一列多米诺骨牌，影响或许可以一直回溯至宇宙的最初……”

“可是，这听上去如此因果混淆，”她嘟起嘴抗议道，俏丽的脸庞写满了迷惑，“我很难去想象，宇宙的过往兴衰是由我们此刻充满随机的观察所决定。”

“站在哥本哈根学派的角度，世界上并没有一个绝对的过去是预先存在的，除非它被现在所记录与观察到。”

“这听上去太深奥，我一时也理解不了。”罗依对他淡淡一笑，笑容中似乎带着一丝倦怠，“不过从直觉上，我并不希望你的理论正确，因为你所描绘的不是一个合理有序的世界。”

“嗯，或许吧——”他含糊地点了点头，一时语塞，他望着罗依，真是可笑，他居然与眼前如此迷人的女孩交流起自己那些未经证实的虚幻理论。

于是他费劲地试图换个轻松的话题，这时他注意到窗外已是一片深浓的夜色。

“不早了，要不我送你回家吧！”他踌躇了一会儿，开了口。

“哦，不了，我待会儿还有个聚会。”罗依对他一笑，准备离去的她捋了捋耳际的碎发，像是又想起什么似的，她低垂下了眼眸，轻声说道，“星期六晚上我家院子有个露天派对，到时记得来啊！”

说完，罗依转身如精灵般轻盈地离开了，只留下久久愣在原地的他。

未来在欧阳初晴眼中，实际上是诸多不确定的叠加。

在他内心深处，有时也会对当初的选择感到奇怪，自己怎么会漂洋过海只身来到英国求学，而不是在国内按部就班地生活。从小自己就不是一个性格果断、敢于冒险的人，每次面对新环境、新事物，他总是有着天生的拘谨与腼腆。究竟是什么力量促使他来到这个异国他乡呢？这样一个在现代都市之外还散布着古老的城堡，沉默不语的史前巨石阵，壮丽的森林与山巅，秀美的田园与沼泽，海风弥散的奇异国度。

或许是他所喜爱的激情四溢的英超比赛，或许是大学时代所迷恋的曲风清澈的英伦摇滚乐，抑或是霍金、彭罗斯等人瑰丽的宇宙理论黑洞般的吸引力，但他觉得，更大的可能或许要归咎于他少年时代所阅读过的那些英国科幻小说——与充满商业意味、模式化的美国科幻迥然不同，英国科幻作家的写作风格更加清新纯粹，更趋于科幻的本质。除去威尔斯、克拉克这般深刻影响科幻进程的大师，他也十分钟爱英国新生代的作家，史蒂芬·巴克斯特，伊恩·班克斯，伊恩·麦克唐纳，伊安·R.麦克劳德，查尔斯·斯特罗斯……他们在二十世纪末期掀起的那场被称为“英伦入侵”的硬科幻复兴浪潮，让在国内仅是阅读到一鳞半爪的他已是激动不已，从而对遥远的英伦大地充满了朦胧的向往。不过多少让他有些遗憾的是，当他真正身处变化日新月异的英国，查尔斯·斯特罗斯所描绘的“奇点”并没有如期呼啸而至，而仍高悬于未来，闪闪发光，却又无法伸手触及；现实世界里，真正的科技则如陷入冰河期一般停滞不前。这甚至让他产生了一种时光错乱的恍惚感：几百年前曾经在英国这片广袤大地上演的科学与魔法、炼金术与蒸汽机针锋相对的争斗似乎正在反向重演——硬科幻的风潮正悄然退去，而J.K.罗琳笔下的哈利·波特则骑着扫帚飞掣云端，魔法的光雾从虚拟游戏、奇幻小说的交接处幽幽地漫涌出来，如泰晤士河面上氤氲的雾霭一般，与现代而古典的英国社会自然地交融在了一起。

当欧阳初晴赶到罗依的住处时，宽敞的院子已经挤了不少人，大多都是如他这般年纪的年轻人，大家一边品尝着美食与啤酒，一边在夜色中谈笑着，气氛惬意而热闹。

在院子的一个角落，一支摇滚乐队正在现场演出，他认出站在麦克风前的正是罗依，她是乐队的主唱。画着哥特妆容的她一个人安静地吟唱着，她那特有的带着慵懒音色的歌声舒缓、清澈、温暖，却又充盈着一种难以言说的尖锐的力量感……

隔着随旋律有节奏轻摆的人们，欧阳初晴远远地望着罗依，闪烁的灯光洒落在她参差凌乱的褐色头发上，那双涂画着烟熏的眼眸看上去是如此遥远与迷离……

忽然，他感到身旁有人拍了一下他的肩，他慌忙转头，是艾根。

“看谁看得这么入神呢？”艾根一脸来历不明的微笑。

“噢，没啊……”他含糊地支吾道。

艾根犹豫了片刻：“欧阳，你说薛定谔的猫存在几种状态？”

“两种啊，非生即死。”他不假思索地脱口而出。

“不，是三种。你想过没有，还存在这样的状态——你选择了永远也不揭开盒盖，那只可怜的猫一直处于或生或死的叠加态。”

“你想说——”

“为什么不给自己一个机会，主动去消除生活的不确定态，这或许也是给别人一个机会。”

欧阳初晴呆呆地看着艾根，他当然明白艾根的意思，可对于他，要做出这样的抉择，远比去解答一道量子物理题目要艰难得多，他可以轻松计算出量子云分布的概率，却似乎永远也追赶不上罗依的脚步——是的，他与她完全是两个平行世界的人，光彩照人的罗依无论走到哪儿都是众人的焦点，她年轻的生命总是马不停蹄地寻找下一个新奇与刺激，而他，一个平凡的外国留学生，拥有一副极其普通的东方面孔，终日执拗于外人看来玄之又玄的领域之中。不觉之间，从心底泛起的沮丧与挫败感啮咬着他。

新一轮实验的观察者是艾根，他将要观察的对象是整个夏日的夜空。

头戴脑成像仪的艾根推开了窗户。伫立于窗边的他，在铺洒进屋内的星光里凝聚成了一道高大的剪影。

接下来的时间里，他将目光投向了满布天穹的繁星。欧阳初晴屏住了呼吸，目不转睛地注视着闪烁起来的屏幕。

这一次，显示仪上呈现的内容远远超出了他的想象：艾根的大脑被自己观望无边星空的目光所激活，狂风怒号、电光闪烁的神经元网络远比之前漫不经心的观察者罗依要来得壮观。

有那么一段时间，他被震撼得快透不过气来，甚至觉得是艾根的观察支撑起了窗外那个斑斓的宇宙，漫天星潮恍若都伴和着艾根那缥缈跳跃的意识，交相辉映着，灿如千万初生的超新星掀起的粒子狂飙，震颤又闪耀。这一刻，宇宙与艾根似是同时跨入了相互作用的叠加态；宏观与微观，量子世界与宇宙事件原本分明的界限猝然消逝了……

“我越发相信惠勒理论的正确性，广袤的宇宙中同时存在着亿万种平行的可能事件，人类观察星空的意义则是穷尽其间所有的可能，从中遴选出一个最后成为真实的宇宙。”欧阳初晴兴奋地感叹道。

“当然这得有一个前提，”艾根转过头凝望着他，“除去地球上其他生物外，只有人类对宇宙进行了强观察，在整个宇宙范围里具有强观察能力的智慧外星生命压根儿就不曾产生过。人类独立探知星空的历史即是一部意识塑造宇宙物质的历史。起初，人类仅凭肉眼仰望夜空，对地球之外不定态作用的认知异常缓慢、低效，但天文望远镜的诞生无疑是一个闪亮的转折点，在之前月亮或许也仅是一团混合着少量经典物质的不确定函数。当伽利略在自家庭院中颤巍巍地举起自制的望远镜时，他恐怕还没意识到宇宙经典态的疆域前所未有地扩张开了，月球、火星、木星……在接下来的几百年中，又诞生出各式各样更为先进的望远镜。到了二十世纪，射电望远镜的建造、空间探测卫星的升天，人类爆炸式地拓宽了自己视野。而你知道，‘韦伯’过不了多久就要升空了。”

欧阳初晴点了点头，艾根所说的“韦伯”是即将上天服役的“巨无霸”天文探测器，被人们称为天文探测器领域的“瑞士军刀”。这个超级探测器将如一道巨大的光环环绕在地球大气层外，以数万倍于过去探测器的分辨率不分昼夜地全方位扫描深空——其涵盖了可见光、X 射线、γ 射线、红外光等近乎所有的频段，上面甚至还安置有高能激光炮，用于摧毁可能威胁到人类安全的近地彗星。

一幅绮丽的景象不由得展现在欧阳初晴的想象中：在分辨率急增的“韦伯”视野中，原来黢黑沉滞的深空变得生动了起来，那些不定态将如阳光下的露珠般无处遁形，过去如水雾般朦胧的星辰，飞一般凝结成了璀璨夺目的钻石阵列，流光溢彩、美不胜收……

可是莫名间，欧阳初晴又感到了突如其来的一丝不安。“你说我们的观察是否需要付出某种代价？”他的声音颤抖了起来。

他的问题让艾根的目光骤然变得异样起来，他也陷入了思考，几分钟后才再次开口道：“我明白你的想法，如果我们的理论成立，我们的观察行为本质上是将宇宙邈远的不定态转化为了有序态，这如同我们试图对一张拥有庞杂信息量的硬盘进行格式化，现实中，我们需要消耗一部分电能，更形象地讲，当我们想要掀开薛定谔猫头上的盖子确定其生死，我们则需要消耗蕴藏于体内的热量。看上去，每次对不定态的确定过程似乎都伴随着一次不可逆转的能量消耗。”

“如果我们的观察真会破坏宇宙间的量子存储状态，导致其能量消耗，而假设整个宇宙是一个孤立系统，那么，这些消耗能量又从何而来？又将转变至何处去？”欧阳初晴疑惑地沉吟着，忽然间，一束思想的火花在他脑中擦亮：真实宇宙中是否真的存在一种神秘的闲置能量，隐匿在宇宙间那些庞大的不确定波函数间，而波函数的坍塌则会伴随这种能量的消耗……或是蜕变。

是否应在自己的毕业论文中再引入一个变量呢？他思考着。

他将目光转向了夜空，人类对星辰的遥望可能触发宇宙结构变化的想法，让他感到惊奇的同时又多少有些不寒而栗。这种可能性背后的深远影响，一时他还无从把握。

他又不由自主地不可救药地想到了罗依。要不了多久，罗依就将离开英国去法国做一年的交换生，留给自己行动的时间已经不多了。可是要去消除弥散于他与罗依之间那暧昧的不确定态，是否也会付出某种不可预见的代价呢？他对罗依的好感或许只是自己天真的一厢情愿，如果她拒绝了他，他又该如何面对这段感情……不，他摇了摇头，无论最终是否能收获到幸福，他还是愿意鼓起勇气向罗依表白。毕竟在他心底，能够心安理得、没有遗憾地生活在一个消除了不定态的真实世界才是人生之幸。

傍晚，在校园中的一家格调浪漫的咖啡厅里，欧阳初晴与罗依面对面地坐着。柔和的光线中，他发现自己不敢正视面前那双充满雾气的瞳孔，该死的不确定态让他迟迟鼓不起表白的勇气。他犹豫不决的心情，就如同那只活蹦乱跳的薛定谔猫。他是如此害怕掀开盖子后的那百分之五十的失败结局。

聪慧可人的罗依像是看穿了他的心思："你今晚看上去有些心神不宁。"

你就是答案，他在心中说，可是在此刻的烛光中，他只是笨拙地耸了耸肩："没什么，只是最近被毕业论文弄得有些焦头烂额。"

"我猜，是关于……"她微微皱了皱眉头，"那些不可思议的不确定态？它们即使存在，又与我们有何关系？欧阳，别让太过遥远的事物打扰到我们的现实生活。"

他木然地点点头，若无其事地微笑着，预先在脑海中练习过无数次的话语，仍久久地冻结在他的嘴角。

而此时的罗依同样也沉默了，似乎也陷入了某种思考，时间在舒缓的音乐中一分一秒地流淌着。

不经意间，远处吧台悬挂的电视屏幕吸引了欧阳初晴的视线，电视里正在直播"韦伯"天文探测器的最新进展，忽然间他有了一个主意。"我们到外面走走吧，我有一份礼物送给你。"他郑重其事地提议道。

于是他们走出了咖啡厅，来到外面空旷的草坪上，并肩站在了晴朗夜空之下，他抬腕瞧了一眼手表，距离那个时刻只剩两三分钟了。"快闭上眼睛，"他望着罗依，故作神秘地说，"等我数到三再张开，你就会见到礼物了。”

一头雾水的罗依半信半疑地闭上了双眼，星光下，她那好看的睫毛晶亮地跳闪着。

“一……二……”欧阳初晴高声记起数来，突然间，他拉长的声音顿住了。

罗依随之张开了眼睛，被映入眼帘的景象镇住了：在一片恍若白昼的光辉中，一条幻觉般的光轮叠映在了洁净深蓝的夜空中，犹如一串从地平线冉冉升起的音阶。这串音阶由无数颗晶莹闪烁的音符连缀而成，变换着格点来回地跳跃、闪耀，令所有星辰都黯然失色。

这是即将投入使用的“韦伯”打开的灯光，以这样的方式庄重地向地面上的人们致敬。人类历史的又一个里程碑，他对自己说。

从此以后宇宙的不确定态将在“韦伯”的注视下渐渐消散，而此刻……依旧混沌的个人世界，他不由望了望身旁沐浴在皎洁光芒中的罗依，她正张大眼睛入神地望着夜空，有一种他从未见过的感动凝结在了她那张有着近乎完美轮廓的脸上。

刹那间，仿佛天上那个大家伙轻轻地推了他一把。“罗依——”接着，他终于听见自己说出了那三个让他生命的波函数免于坍塌的单词。

霎时间罗依转过身来，飘舞的金发在从天流泻而下的辉光中摇曳生姿。她一脸愕然地望着他，但很快地，明朗的笑容绽放在了她的脸上：“我还以为你永远也不会说出这句话呢！”

“我会的……”他轻轻呢喃着，慢慢拉起了罗依的手，在夜空那团经久不散、令他俩毕生难忘的美丽焰火下，他俩依偎在了一起。

这一刻，拥抱着罗依的他真切地看到了有一种幸福，一种笃定此生的幸福在明亮的夜空中震颤着，彻底驱散了心底对于不确定未来的种种忧虑。

下　篇

二〇二五年，美国新泽西州普林斯顿大学。这是个阳光明媚的周五下午，欧阳初晴一个人待在办公室。在准备完一个教案后，感到有些疲倦的他起身推开了窗，眯缝双眼望着窗外光线明亮的校园——这么多年了，他仍不太适应美国西海岸过于强烈的阳光。六年前，他离开潮湿多雾的英国来到普林斯顿任教，他的妻子罗依也跟随他来到了美国。四年前他们的儿子出生了。此时已步入中年的恬静生活就如同天际那舒卷的云朵，波澜不惊，缓慢地延续着……他静静享受着这阳光下慵懒的思绪，直至视线中出现的一个黑点将他从遐想中拉了回来，他注视着这个晃动的黑点越变越大，很快成了一艘深绿色军用直升机。

最终，直升机低鸣着降落在了他办公楼前的草坪上，从上面疾步走下了两位军人。几分钟后，两人出现在了他的办公室。

“欧阳教授，请原谅我们的贸然造访，我们受命带你前往戴维营，此刻总统正在等候着你。”其中一名银白头发的中年军官开口直截了当地说道，他那如镂刻于硬币之上的冷峻脸庞凝聚着某种讳莫如深的神情。

这怎么可能？他用力揉了揉太阳穴，总统怎么会找到他？他只是大学校园里一名普通的理论物理学副教授，业余写写古典风格的科幻小说，而眼前的这一幕更像是他笔下的小说情节。最后，尽管心中满是疑惑，他还是给罗依打了个电话，告诉她自己晚上无法回家吃饭，接着匆匆登上了直升机。

一个小时后，在一间富丽堂皇、能看见窗外风景的办公室里，欧阳初晴见到了总统。他礼节性地与欧阳初晴握了握手。此刻的他看上去比电视上时刻充满威严与活力的形象要显得疲惫又苍老了很多。

房间中还站着另一位神色凝重的中年人，欧阳初晴认得他，他是国会的科学顾问卡拉文。

“欧阳先生，我读过你的那些科幻小说，充满了真正激动人心的想象力。”总统脸上的微笑很是僵硬，这应当是秘书事先为他准备好的客套话吧，欧阳初晴暗自揣测道，他究竟想要告诉自己什么？“但今天，我们的宇宙正在发生的一切已经远远超越了我们的想象……”总统说道。

“总统先生，你知道，我们的地球，乃至整个宇宙，早已在科幻的历史中以各式各样匪夷所思的方式轮番毁灭过多次，”欧阳初晴斟酌着开口道，心中仍有一种挥之不去的不真实感，“所以，即使大众再难以置信的末日危机，我们都早已先行经历过了。有话尽管说吧！”

“好吧，你应该很清楚宇宙背景辐射温度的各向同性？”之前一直在一旁若有所思的卡拉文冷不丁地开口说道。

“这是个常识，也是支撑大爆炸理论的最有力的证据，无论我们朝天空的哪个方向与区域测量，宇宙大爆炸的余烬——背景辐射温度都应为2.7K，辐射强度的涨落小于百万分之五。这是因为从宇宙诞生以来各个方向上的膨胀速度是大致相同的。”欧阳初晴小心翼翼说着，不知为何，这一确凿无疑的结论此刻从他口中说出让他很是不安。

“但是过去的二十年中情况发生了变化，我们所在的宇宙的背景辐射温度，在某些时间、某些方位上呈现出剧烈起伏的形态。”

“你是说……我们宇宙中的某部分物质一直在震荡？”

“你看——”

卡拉文伸出手指在空中点了点，房间立刻暗了下来，数不清的螺旋状星云浮现在了他们周围。欧阳初晴注意到一种淡红的微光闪烁着萦绕在了整个空间中——他熟悉这个模型图，这些幽灵般潜行的红光代表着宇宙无处不在的背景辐射。如果模拟出宇宙整个演化历程，最初弥散在狭窄宇宙中的必将是无比炽烈的深紫色强光，其象征着宇宙初始时超过数亿摄氏度的创世高温。在接下来的几十亿年中，伴随着宇宙的不断膨胀，能量消散，这些光亮将逐渐减弱，颜色由紫转蓝、转绿……最终蜕变为此刻房间中那象征 2.7K 温度的异常微弱的淡红色。

“这是普朗克Ⅱ探测器记录下的某段时间中赤经 11.5h 方向上的星图，欧阳，你注意观察其中背景辐射的变化。”

欧阳初晴使劲睁大眼睛注视着空中，波澜不惊的光亮看上去并没有什么异样，但慢慢地，他视野中的一片区域的颜色渐渐变得浓了起来，令他的心随之一颤，同样不可思议的是，那块变为深红的区域竟像是灯塔迸发出的、摇晃于黝黑海面上的一束灯光，正在幽暗的空间中缓慢地移动！

“背景辐射的跌宕起伏最大到了 2K 至 3K，波动区域以某种规律迅速移动。”卡拉文有气无力地说道，房间中如梦似幻的红色光亮倾泻在了他的脸庞，他的表情上出现了一种不可名状的幻灭感。

欧阳初晴陷入了思考，是什么样的可怕力量在宇宙尺度上操控了宇宙的伸缩呢？

“暗能量……”欧阳初晴犹豫着说道。这是他唯一能想到的答案了，在这一时刻，他所看到的宇宙一隅，主宰宇宙膨胀的暗能量正在疾速消退……消退的能量或许转化为了实实在在的物质，而这些凝聚下来的巨量物质所产生的万有引力又驱使局部宇宙迅猛向回坍缩。

是的，他能想象，在模型所呈现的这片广袤而狭长的星域中，两股力量正在激烈角力，此消彼长……

“你能想象——”此前一直瘫坐在豪华沙发上的总统突然站起身，目光失焦地望着他，“你所看到的这些背景辐射温度陡然增强的星域，正是‘韦伯’镜头的视野扫过的方向。”

“你是指人类的天文观察导致了——”宇宙冷酷的真相惨然闪

现，他禁不住将目光转向了不远处的窗户。透过玻璃窗，他看到了横贯天穹的“韦伯”，它像隐约可辨的细线水渍般映现在夏日午后蔚蓝洁净的天空中，静静地散发着浅薄的银白色光亮。忽然之间，他脑海中浮现出了十几年前那段荒诞而纯真的岁月。

“你现在应该明白我们找到你的缘由了吧？多年前你的博士论文提到了……”他听到总统气若游丝的声音。

“是的……我知道。”他缓慢地闭上了眼睛。

具有意识的生命体的观察，使得充盈于宇宙各处缥缈的暗能量蜕变成了实在的物质，而暗能量的不断消融则意味着终有一天宇宙整体将向回坍缩，背景辐射温度将重新升高。

正如惠勒所言，观察者即参与者，我们的观察参与构建了宇宙的历史。宇宙并非人们过往认知的那样具有明确独立的历史，相反，它是一个复杂的、由无数种可能性相互纠结的整体。每一个局部无不弥散着庞杂的动态量子波——暗能量，这即是当年令他困惑不已、隐匿于不确定态中的巨大能量。由此一来，整个宇宙构成了一个自激反馈回路——生命体对于宇宙的每一次观察行为：大型天文望远镜探测，发射星际探测器，抑或是群星映现在人类瞳孔的丝丝微光，都能或强或弱地令叠加在遥远天体上的量子态瓦解，坍塌成为明确、单一的经典状态，从而缔造出这些天体唯一明晰的过去，同时还伴随着暗能量转化为经典物质的过程——这一作用是在整个宇宙量子层面进行的，因此具有瞬时、超距、不可逆转的特性。

一个月后，欧阳初晴与罗依漫步于秋日的纽约街头。在时代广场，他们迎面与一支声势浩大的游行队伍相遇了。

“我们的宇宙只有一个，别让该死的‘韦伯’继续抬升宇宙背景辐射温度，点燃我们的宇宙，毁掉我们的未来——”游行的人群中各形各色的人齐声呼喊着。在他们高举的一块块标语牌上，“韦伯”的图像被狠狠地画上了黑色骷髅头，而NASA出品的一张张五彩斑斓的星空图片则被画上了道道触目惊心的红色大叉；熙攘的人群中，一个有着东方面孔的瘦高年轻人吸引了欧阳初晴的目光，他手中的牌子上分别用中英文写着："远方，除了遥远一无所有。"

远方，除了遥远一无所有……欧阳初晴在心中感慨万千地念道。他过往几十年中所追寻的远方，依旧不清不楚、摇摆不定，如今却又变得更加支离破碎、危机四伏；人类就犹如一群天生渴求光明的孩子，在黑暗中不断摸索，可谁又曾想到过一旦光线乍然亮起，整个宇宙又将脆弱得仿若蛛丝，将会在人类的注视下纷纷扬扬地破碎掉。

可是，人类心底与生俱来的探索欲望又如何抑制得了？

喧闹的游行的队伍渐渐远去了，他仍默然无语地站立在高楼的阴影中。在阴沉天空的映衬下，四周灰色的纽约大街恍若一幕色彩剥落、静止不动的舞台布景，他找不到丝毫真实生命的质感。不，仅有的生气来自依偎在他身旁的罗依。他欣慰地发现，她一直安静地拉着他的手，闪亮的大眼睛一眨不眨地注视着远去的人群，像是害怕被情绪激越的他们席卷进去似的。

在料峭的寒风中，他握紧了罗依的手，她的手纤柔而冰凉。

他只期望这紧握的双手永远都不会放开。

二〇三六年，午夜十一点。纽约昏暗的夜色中，欧阳初晴惊慌失措地驱车往家疾驰，他刚经历了一起未遂的抢劫，几名全副武装的劫匪试图攻击他的车。这几年来他一直在联合国任职，负责应对世界范围内"暗能量坍缩事件"所带来的影响。他也弄不清刚才发生的是不是一起单纯的抢劫，反正此时的社会秩序已经崩塌到了极点，整个世界就像一只不断积累怨气的皮球，不知道哪一天这个皮球就会突然爆裂。当然，事件最大的影响还是在精神层面上，林林总总的宗教门派兴起，人们在各式各样惊世骇俗的学说中寻求心灵的慰藉；而更多的人则选择了网络，毕竟在他们心中，相比令人难以捉摸的现实宇宙，他们更情愿退缩在一个让他们感到心安理得的充满规则的世界之中。

凌晨，他终于费劲地回到家，儿子已经睡着了，而卧室里罗伊还一个人沉溺在网络的世界。惊魂未定的他虚弱地瘫坐在了沙发上，怔怔地望着罗依头戴虚拟头盔、不时身躯摇晃的背影。此刻的他是多么渴望和她说上几句话。

“罗依，罗依——”他无力地轻声呼唤着她。

终于，罗依听到了他的声音，她回头向他挤出一丝勉强的笑容，但很快又重新转身回到了刺激的网络浪潮中。

这一刻，一股不知从哪儿生出的怒气，让他猛地起身，气急败坏地伸手想要去按下虚拟终端的开关，但就在那一瞬，他还是克制住了这从未有过的可怕冲动。

然而已经迟了，罗依察觉到了他的举动，她摘下头盔，浑身颤抖地站起身来。

“罗依……对不起，你知道我那让人心烦的工作，以及刚刚经历了一场事故……”他手足无措地嗫嚅着，“可是，我弄不懂你为什么会终日沉迷于这虚幻的世界中。”

她没有开口，只是冷冷地注视着他，目光中充满了让他感到陌生的愤懑。

“你有什么资格说网络虚幻？”罗依突然激动地尖声说道，在虚拟终端屏幕发出的幽幽荧光中，脸色苍白、长发披散的她活像是从她游戏世界走出的女巫师，“什么是真实？虚拟世界远比你那些星星来得真实。你那些该死的星星，把所有人的生活都毁掉了。这个宇宙已足够病态了，我们还不能为自己寻找一个灵魂的出口吗？”

他们长久地对视着，他们无法相互理解对方的世界。事实上，这几年来“暗能量坍缩事件”沉重的阴影一直裹挟着欧阳初晴，让他身心交瘁，他和罗依已经很长时间没能坐在一起平心静气地交谈了。

“可是生活还得继续，每个人都应该尽自己的职责——”他艰难地开口。

“我永远无法像你那样超然，绝大部分人也不会。人生苦短，与其生活在一个秩序混乱的、水深火热的世界中，不如选择一个自己能够掌控的伊甸园，自由自在地生活其中……欧阳，其实我一直想找机会告诉你，在这个荒谬的世界中，我唯一想要抓住、唯一想要依靠的，就是你和我们的孩子了。你知道，我早为我们一家三口申请了辽阔的网络空间，只是你一次都不曾光顾过。”她缓慢地说着，他默不作声地听着，他能感觉到她的语气在逐渐变得柔和起来，她似乎在试图弥合僵持在他们之间的紧张气氛。

“可是目前整体上传意识是非法的——”他迟疑着说道。

“欧阳，你应该比我更清楚，信仰危机加速了意识上传技术的研究，直到今天，意识上传在技术层面已经成熟，剩下的也仅是捅破一层薄弱的旧有道德的束缚而已。你难道感觉不出来，现实社会过不了多久就将分崩离析，到那时，不论你是否愿意，人类很快都将走上整体意识上传的道路。”

“不——”他绝望地喊道，他绝不相信这是人类在这个宇宙中的最后归宿。

他转身闷声地离开了房间，一个人走到阳台，失魂落魄地凝望起了迷茫的夜空，“韦伯”早已从中消逝了，冬日的星星闪烁着寒冷又异常的光亮，一种彻骨的孤独感笼罩着他。时至今日，地球上像他这样敢于仰望星空的还有几人？尽管精确的科学模型已经得出明确的结论：单纯的人眼观察对于遥远的暗能量的影响微乎其微……

夜已越来越深，他身后房间的灯依然明亮，可他的心仍是空荡荡的，好几次他都想返身回到卧室去吻吻罗依，与她重归于好，然而心底莫名的坚持让他没有这样做。他在想，如果真如罗依所说，未来哪一天他也将意识一股脑儿地上传，此刻心中的苦闷、挣扎、渴求、煎熬，是否就能一并消失得无影无踪呢？

三个月后的纽约，联合国举行的新闻发布晚会现场。

偌大的会场聚齐了各路人马：政客、军人、科学家、宗教人士、记者，而现场画面将向各国民众同步直播。讲台上，联合国秘书长正代表各国政府向全世界宣布一系列改变人类未来的举措。在众人忐忑的目光与此起彼伏的闪光灯中，这个新西兰人的语调悲戚而又不失感染力："十一年前'暗能量坍缩'被大众知晓以来，我们不得已放弃了探索宇宙未知疆域的努力。可我们自身的社会却如同一列失控的过山车，以我们所无法掌控的方式翻滚向前。人类旧有的道德认知体系雪崩般瓦解，各种新奇的思潮在迅猛涌动。而面对这汹涌而来的一切，我们甚至无力去评判其对错。人类是否拥有选择自己栖息地的权利？近几年来经过各国政府反复而慎重的磋商，以及全世界范围内民众的投票，各国政府决定今后将不再禁止意识上传网络。同时一旦时机成熟，我们会推动全体人类的意识上传，在无垠的赛博空间上构建我们更为高效的社会……

"在科学刚启蒙的年代，我们曾满怀憧憬地以为人类的未来必然属于我们头顶上那遥远而神秘的星辰；而二十世纪后期，随着生物技术的突飞猛进，我们又将对未来的期许转向了体内那些音符般绝妙的DNA中；但直到今天，历经诸般曲折的我们或许才算真正认清前方的道路：人类的未来不在别处，而就在我们自己一手缔造的虚拟网络中。"秘书长缓慢地结束了讲话，最后向台下深深地鞠了一个躬，这一刻全场一片肃静，所有人都站了起来，很多人眼中都泛着泪光。这当然不是一个令所有人都满意的结局，但毋庸置疑，悄无声息间，人类在所熟悉的那个真实世界所扮演的角色就此谢幕了。全体人类将以一个全新的、面目全非的姿态继续生存在这诡异的宇宙寒冬中。

接下来的时间里，负责各项目的科学家轮流上台，向大众阐述庞大而详密的未来计划的细枝末节：在此后的数十年中，遍布于太阳系各处的空间站将重新启动，其使命并不是观察深空，而是收集飘移于星际间的暗物质，一旦汲取够足量的暗物质，人类将运用这些暗物质为地球盖上一个硕大无朋的“盖子”，严严实实地包裹整个地球，彻底屏蔽宇宙中除引力外其他基本力对人类的作用。与此同时，为使人类活动的能耗降至最低，暗物质盖下的地表将被冰冻至接近绝对零度。到那时，一个依靠地热提供能量的网络处理器会高速运转于地心深处。可以想象，在这样一个宽阔的网络矩阵中，获得永生的人类可以随心所欲地变更形体，选择自己喜爱的生活形式。他们每天所需要做的仅是学会如何挥霍无尽的时光，他们甚至仍可以发展科技，比如研究构筑网络世界更新、更炫的数学算法，只是，这样的科技完全建立在已知理论的基础上，与外面纷扰的宇宙再无半点儿关系。

欧阳初晴默默地站在会场的一个角落，作为被大众媒体称为“旧势力”的一员，他必须承认他们已经失败过时，虽然他们竭力捍卫过，但最终还是被狼狈地赶下了舞台。不过，这又何尝不是一次彻底的解脱？既然你无力去改变这一切。现在他最应该做的就是主动与罗依和解，结束旷日持久的家庭冷战，和她一同迎接新纪元的到来。想到这里，顿感轻松的他不由得信步走出了会场，在外面的露天酒会中找了个空位子坐了下来。

清爽怡人的夜风中，他悠然品味起杯子中的威士忌来，四周的人们在朦胧的灯光下谈笑，让他恍然忆起了大学时代读到过的一段诗句：“我们拥有的尚未拥有我们，我们不再拥有的却拥有着我们。而后，我们必须在献身中得到解救。”是的，每个人都应该在放弃、献身中重获新生。他暗自微笑着，向着深沉的夜空举起了酒杯。

“欧阳——”他忽然听到身后一个浑厚的声音在呼喊自己。

他转过身，一位上了年纪的中年男人站在他的面前。“天啊——”他喜出望外地惊呼道，来者竟是艾根，他们差不多有十多年没有见面了，尽管偶尔圣诞节他们会通通邮件。他只知道艾根在他离开英国后去了欧洲宇航局，而此后他也弄不清楚他究竟在鼓捣什么。

不过，他应该料到他也会出现在这个历史性的场合才对。

在一个久违的英国式拥抱后，他微笑着打量起艾根来，艾根仍如记忆中走出一般的嬉皮风打扮：松垮的棉制蓝白色T恤，硕大又闪亮的白银项链，带裂口的牛仔裤，只是岁月在他依旧清瘦的面孔增添上了几笔刀刻般的皱纹，而他的目光仍是那样炯炯有神。

“怎么一个人待在这儿独自品味苦涩？”艾根微笑着给自己倒上了一杯酒。

“没有什么可苦闷的。对于我们来说，铁幕已经落下。”欧阳初晴平静地说道。

“难道你真愿永远浑浑噩噩地蜷缩在一片只存有已知的世界中？”艾根苦笑了一下，温和的目光在瞬间变得锋利起来，在他高大的身躯后，欧阳初晴看到了缀满天穹的星斗谜一般地在闪烁，当年，正是这些未知而神秘的星斗将他俩引向了宇宙的可能解。

艾根沉默着，过了好一阵才又重新开口道：“你有没有想过有一天去冲破这让人窒息的铁幕？”

“你是说——”欧阳初晴禁不住退后了一步。他惊惑地望着艾根，这一刻，他分明看到满天星辰的光在他眼中扭曲地燃烧。

“这么多年来，你应该也思考过‘暗能量坍缩’背后的深层意义吧——意识存在的目的究竟是什么？意识是否是作为一个不可缺席的观察者参与了宇宙的演化？冥冥之中，宇宙怎么会孤立无援地在看似平凡无奇的地球上衍生出生命？而事实上，早在三十几亿年前，当地球上最初的生命微沫——那些简单至极、漂游于太古海洋的单细胞有机物，隔着翻涌深广的海水，已经开始游丝般地改变着地球上空混沌未开的天穹，而后沧海桑田，斗转星移，又进化出人类这般拥有强大探知宇宙能力的奇特物种——”

“你想说，某种诡秘的力量在暗中推动我们的成长？使得羽翼渐丰的我们一步步走向浩瀚的宇宙深处，进而梳理宇宙纠结不清的历史？可为何如今，这种力量却又如死循环一般，让我们陷于进退维谷的境地？”欧阳初晴忍不住打断了艾根。

“谁也不知道答案。我们种族的使命，抑或是一次考验、一个契机，或许人类的提升之路需要这样的一个成人礼才能获得最后的真相。”夜色中，已不再年轻的艾根将杯中的威士忌一饮而尽，星光印在他满布皱纹的脸庞上，时隔多年，他冷静的话语仍充盈着直抵人心的震撼感，“可是今天，目光短浅的大众却选择了向着怯弱的内心不断退缩，愚蠢至极的他们竟打算给地球套上一个大盖子，屏蔽一切，作茧自缚，企图永远割断自己与真实宇宙的联系。”

“可事已至此，我们还有能力改变这一切吗？”

“我们只有孤注一掷，向着宇宙的各个方向发射大量的探测器。这些探测器搭载着人类的意识，呈放射状地向宇宙的尽头飞奔。随着探测器抵达疆域的急剧扩张，意识的观察将使宇宙涣散的量子态递次凝聚成经典物质，与此同时，当膨胀的宇宙达到某个平衡点后又将在引力作用下向回坍缩。终有一天，我们的探测器将与宇宙回缩的边界迎面相遇。想想那一刻我们会看到什么？”

“你疯了——”欧阳初晴惊呼道，那时地球上的人类将如同沸水中的青蛙，可事实上，艾根所描绘的这疯狂而又瑰丽的一幕曾不止一次地出现在他的梦境中，“你的计划如何实现得了？所有的天文项目都早已冻结，载人飞船也都荒弃了多年，更何况以我们现有的宇航技术仅有蜗牛般的几十分之一的光速。”

“我所说的这一切如今已不是空想，你也许不相信，多年前我们就悄悄动手了。此刻在太平洋的海底已不为人知地矗立起一列列火箭发射架。我们的成员来自各个阶层，从普通公民到各国政府的核心要员，但更多的还是像你我这样的科学家与退役宇航员，大家怀揣相同的梦想自发地聚到了一起。如今，我们的力量就如同燃烧在地表下难以遏制的地火，只待喷薄出的那一刻。今天，联合国做出的决定意味着我们不得不提速，我们必须赶在人类合拢天空窗口前启程。

“诚如你所言，我们的航天技术稚拙低效至极，然而一旦我们的探测器上路，漫长的旅程中我们尽可以源源不断地吸纳未知的信息，在浩渺、包罗万象的宇宙中不断地学习与提升……”

艾根深深地吸了口气，他泛红的眼中盈满了滚烫的希冀，他继续哽咽地说道：“无论最后我们会揭晓什么样的谜底，这已不再重要，是的，已不再重要，重要的是，我们曾经出发过——我们曾用自己的意识触摸过宇宙的模样，我们曾用自己的方式塑造过宇宙的过去、现在、未来。欧阳，我们永远不会独行，响应内心的呼唤吧，加入我们！”

欧阳初晴怔怔地站在原地，一时间脑中一阵眩晕。他定定地望着艾根。纽约城璀璨灯火的光华倾泻在他两鬓银白的鬓发上，好似给年迈的他加冕上灿烂的光环。艾根描绘的图景重燃起他心底的渴望，尽管他并不接受艾根的理论，因为他并不希望宇宙之外还存在着一个人类无从理解的、高高在上的主宰，但在这个扑朔迷离的宇宙中，他同样热切地需要去追寻一个真相，一个不让自己生命飘散的真相。只是，他隐约知晓追寻真相所需付出的代价，他并不惧怕那永无止境的虚空跃迁以及遥不可及的时空边界，让他真正害怕的是随之而来的与罗依以及他们的孩子的可怕离别。不，是诀别——一种深重的负罪感排山倒海地向他袭来——他又如何能忍心离开他们，独自踏上茫茫的探求之路？

此刻，在这夜色迷惘的命运交叉点，他仍像是当年那个优柔寡断的年轻人，他究竟该何去何从？

二〇四一年秋天。作为最后的告别，欧阳初晴一个人驱车横穿了整个英国。充满寒意的秋风一路缓缓吹拂着。他沿途所见到的已不再是他所熟悉与缅怀的那个风情万种的英伦大地，大地上的一切都在无可挽回地走向凋敝：记忆所及的那充盈着灵性的秀美山麓、清澈纯净的湖泊，如今随处都充斥着烧焦的树木、呛人的浓雾、死去的动物尸体，而庞大的城市则是一片腐朽死寂，人烟稀少——绝大部分人都已将意识上传至网络，还有一年的光景，暗物质的沉重帷幕就将落下，遮天蔽日，到那时地球表面将彻底不再适合生命存活。

夕阳西下，欧阳初晴来到了伦敦温布利大球场。不知什么缘故，这座曾经宏伟的球场看台此刻已沦为了一片残垣断壁。荒芜的球场草坪上尽是碎裂的石块、破烂的塑料垃圾，只有两座锈迹斑斑的球门还孤零零地立在球场两侧。他径直走向了球场一侧的球门，多年前，足总杯决赛点球决胜最后一轮，曼联队的摩德里奇就是在这儿射失了点球，而利物浦的苏亚雷斯则射进点球，成为最后的胜利者。

恍然间，记忆与现实在暮色中交叠。

他缓步走进了禁区，在禁区草坪上他竟找到了一个还算完好的足球，在片刻的踌躇后，他将球端放在了点球位上。

空旷的球场四周一片静谧，在当年同样的金色落日下，他深刻地感受着苏亚雷斯罚球前那种犹豫不定，该将足球射向哪个方位，是选择保守可靠，还是冒险刁钻的踢法？一旦射失就意味着要面对全盘皆输的巨大可能——当年的他甚至不敢看苏亚雷斯的选择。

可正如他的精神导师惠勒所说的那样，我们观察到什么，取决于我们用什么方式提问。无论未来如何悬而未决，他都应该勇敢地踢出自己脚下的足球。他退后了几步，缓慢助跑，用力地踢出了足球。

软绵绵的足球在空中划出一道弧线，缓缓地，从右侧立柱与横梁的交接处钻进球网。

是时候离开了。

在夕阳最后的一抹余晖中，他抵达了剑桥大学，这是他肉身在地球上的最后一站。

在熟悉的卡文迪什实验室的一个房间中，他进入了催眠状态。

一片绝对虚无的黑暗中，他昏沉的意识倏地融会进了一条五光十色的光流中，在跳闪的光流簇拥之下急速向前。他感到自己脑海深处的那些驳杂的记忆、在岁月中已变得无法分辨的琐碎情愫，正犹如一股股细微、湍急的支流，飞一般地离他而去。渐渐地，他的意识变得支离破碎，不再连贯，而轻盈起来的意识继续在光流中欢快地浮沉、激进，这让他感到了一种从未有过的畅然。就这样，他的意识在不断剥离中重获了新生……

忽然之间，四周斑斓炫目的光流消失不见了。

他慌忙张开眼睛。

在逐渐清晰的视线中，他发现自己置身于一片陌生的色彩明丽的开阔大地上，一棵开满粉红色花朵的大树挺立在他身旁，遒劲有力的树枝向着净蓝的天空的方向飞速地生长，更远处，华丽恢宏的高尖顶城堡与白雪皑皑的山巅被阳光镀上了一层灿烂的金色。略感失重的他能感受到弥散于清新空气中的芬芳，他不由得怔怔地伸出右手，顷刻间，一簇闪耀的光亮震颤着环绕在他的手臂四周，飘飞的花瓣雪花般轻柔地拂过他的指尖……

这里就是梦幻一般的网络世界。

恍惚间，他注意到眼前透明的空气中还有一个人形正在雾气般缓缓浮现，没过多久，一位年近暮年的男人出现在了他面前。欧阳初晴注视着这张似曾相识的面孔，他过于严肃的脸上有着太多瞬息万变的情感：苦涩、眷恋、宽慰、释然……这似乎与记忆中镜子里某一刻的自己很像……不，他就是自己。

他幡然醒悟了过来：他的上传过程与所有人都全然不同。他的意识就如衍射实验中的单个光子，在穿过光栅的一刹被一分为二，各自飞向了截然相反的宿命轨道。眼前的“他”正是具有探求意识的那部分自我，“他”将会搭乘冰冷的探测器飞向宇宙深处。而自己，则是剩下的另一半自我，如同童话的完美结局——“王子和公主从此快乐地生活在一起”，在此后漫长无尽的时光中，他会与罗依自由地生活在这片生机盎然的网络天地中。

两个世界都让欧阳初晴难以割舍，难以放手，于是他只得将自己的人格劈成了两半。

这就是他最后的抉择。

“嗨，你好！”他呆呆地站在原地，望着另一个自己，不知道该说些什么。

“嗨！”对方也嗫嚅着。

两人又沉默了。离别的风笛声飘扬在他们之间。“我会怀念你的。”作为梦想的那部分的“他”突然开口说。

“谢谢，你是我所有的梦想。”作为现实那部分的“他”感伤地回答道，总有一天，梦想部分的“他”终将见证外面那个广阔宇宙中最壮美的奇景。不过从心底，他仍庆幸自己能保留这现实一部分的欧阳初晴。

“我想我该离开了，好好照顾罗依。”“梦想者”最后抬眼望了望四周色彩缤纷的界面。

“我会的……一路珍重。”他声音哽咽地说道。

“再见——”“梦想者”向他挥了挥手，晶莹的泪水闪烁在“梦想者”的眼中。

这时，四周斑驳的光线遽然摇曳起来，脚下的落叶如一圈圈涟漪般翻滚起来。

紧接着，“梦想者”消失在了一道强光中。

过了许久，他才从恍惚中回过神。不知何时，重获青春的罗依伫立在不远处的一块芳草间，在明媚的阳光下，一脸灿烂笑容的她静静地凝望着他，正如记忆中那个稚气未脱的天使。

他不由得微笑着，步伐轻快地走向了她。

此时，沸腾的宇宙早已跨过临界状态，由开放转为了封闭，整个宇宙背景辐射温度变得炽热无比。

“梦想者”继续不停息地跃迁于日渐萎缩的宇宙，纷至沓来的喧嚣的新信息令他应接不暇，也让他飞速成长。

也不知道过了多久，时间之轴终于抵达了某个时刻，他察觉到自己已然来到了宇宙的边缘，这一刻，他稳如磐石的心境激荡起了层层波澜。

亿万光年外的太阳系如今是怎样一番景象？人类是否还安然沉醉于冰封的地球内层？这一切，“梦想者”已无从知晓。遥远的往昔记忆，在他苍老而博大的思维网络中浮光掠影般地闪过，身后远离自己的星星光点缓缓幻化成了记忆深处那双碧波摇漾的眼眸。直至这一刻，他才意识到，其实这双碧眼一直都在默默注视着自己，伴随着自己前行，是在她的支撑下自己才能跨越这近半个宇宙，来到了这时间与空间的尽头。此刻，他是如此怀恋地球上的碧海蓝天，怀恋作为“人”所经历过的所有声色光影。

于是，带着深深的眷恋，“梦想者”穿过了扑面而来的那道闪亮光洁的膜，他的意识豁然开朗起来。